EL REGALO

EL REGALO

Eloy Moreno

GRUPO ZETA

Barcelona • Madrid • Bogotá • Buenos Aires • Caracas • México D.F. • Miami • Montevideo • Santiago de Chile

1.ª edición: octubre 2015

© Eloy Moreno, 2015
© Ediciones B, S. A., 2015
   Consell de Cent, 425-427 - 08009 Barcelona (España)
   www.edicionesb.com

Printed in Spain
ISBN: 978-84-666-5789-1
DL B 17662-2015

Impreso por LIBERDÚPLEX, S.L.
Ctra. BV 2249, km 7,4
Polígono Torrentfondo
08791 Sant Llorenç d'Hortons

Respiré.

Apreté manos, dientes y párpados.

Uno, dos... ¡tres! Y nos movimos juntos, sabiendo que atrás no solo dejaba distancia.

No me sueltes, no me sueltes, susurraba mi mente mientras era mi corazón el que gritaba: suéltame.

Y me soltó, y lo supe sin girarme.

Miré hacia delante, sin distinguir apenas nada, notando como, al ritmo de la velocidad, se me iba deshaciendo el miedo. Las caídas, el dolor, la rabia, las dudas... todo aquello se me olvidó en el momento en que comencé a notar el viento.

Avancé sin ser consciente de que, a cada metro, iba dejando atrás el presente. Me moví hacia delante como el explorador que no conoce el frío, como el escalador al que se le olvida mirar hacia el vacío. Comencé a sentir la felicidad, la alegría y lo más importante de todo: el orgullo de haberlo conseguido.

Tras unos segundos que fueron siglos, apreté el freno y dejé la bicicleta en el suelo; y al girarme lo vi corriendo hacia mí: «Lo has conseguido, lo has conseguido», me decía mientras zarandeaba en el aire mi cuerpo.

«Lo has conseguido, lo has conseguido», me repetía mientras me abrazaba con tanta fuerza que toqué el cielo.

Y fue en ese momento cuando, sin decirlo, me dijo «te quiero».

*Incluso los que dicen que
no puedes hacer nada para cambiar tu destino,
miran al cruzar la calle.*

STEPHEN HAWKING

*Si tú no trabajas por tus sueños,
alguien te contratará para que
trabajes por los suyos.*

STEVE JOBS

El cuento

—¿Has entendido lo que ha pasado hoy?

—Sí, papá.

—¿Seguro?

—¡Que sí! Que ya no soy tan niña.

—Entonces sabes que no estoy muerto, ¿verdad?

—¿Ah, no? ¿Seguro que no estás muerto? —Y comenzó a hacerme cosquillas.

Y yo a ella; y le agarré una de sus piernas con una mano mientras con la otra intentaba quitarle el calcetín. Lo conseguí, lo tiré al suelo y empecé a morderle los pequeños dedos de su pie.

—¡No, eso no! ¡Eso no! —me gritaba mientras reía—. ¡Eso no! —Mientras intentaba escapar a la pata coja.

Y continuamos jugando durante varios minutos por toda la habitación: ella saltaba sobre la cama y yo intentaba atraparla, se cubría con las sábanas, me golpeaba con la almohada, saltaba de nuevo al suelo... y yo la perseguía entre risas, gritos y vida. Finalmente, agotados, ambos nos situamos de pie: frente a frente, cogimos aire y nos abrazamos.

—Papá...

—Dime.

—¿Me cuentas un cuento?

—Así que no eres tan niña, ¿eh?

—¿Solo se les pueden contar cuentos a los niños pequeños?

—No, tienes razón, te cuento uno.

—¿Uno?, no; dos, hoy quiero dos.

—¿Dos?

—Sí, dos, porfa, porfa, porfa...

—Bueno, un cuento y una historia, ¿vale?

—¿Me lo prometes?

—Sí, claro.

—Aunque me duerma...

—Aunque te duermas.

Me dio un fugaz beso en la mejilla y un abrazo tan fuerte que consiguió rodear no solo mi cuerpo, sino también mi vida.

De un salto se metió en la cama y se tapó con el edredón hasta la nariz, lo justo para que el aire entrara en su cuerpo, lo justo para poder seguir mirándome con los ojos —todavía— abiertos.

—Bueno, este es uno de los cuentos que tu abuelo más veces me contó cuando yo era pequeño.

—¡Vale, vale! ¡De los del abuelo!

—Bien, empecemos. Había una vez dos hermanos que trabajaban en el campo desde hacía ya muchos años, en el mismo campo en el que lo hicieron sus padres y también sus abuelos. No eran ni ricos ni pobres, trabajaban la tierra cada día y eso les daba para poder vivir cómodamente.

»Un día, cuando llevaban más de dos horas preparando la

tierra, uno de ellos encontró una botella enterrada, una botella con un papel en su interior.

—¡Vaya!, como los mensajes que hay en las botellas que se tiran al mar —me dijo ella.

—Sí, como esas, pero esta botella no la encontraron en el mar, esta botella la encontraron enterrada, eso era lo extraño.

»Ambos pararon de trabajar y se la llevaron al interior de la casa. Allí, al ver que no podían sacar el papel con facilidad, decidieron romperla para ver qué había dentro.

—¿Y qué había? ¡¿Qué había?!

—Era el plano de un tesoro.

—¡Halaaa! —exclamó con la voz y, sobre todo, con los ojos.

—Sí, era un mapa en el que había una cruz que indicaba la posición exacta del tesoro, el problema es que el lugar estaba muy, muy lejos de donde ellos vivían.

—¿Muy lejos?

—Sí, muchísimo.

—¿Y qué hicieron?

—Bueno, el hermano mayor perdió el interés rápidamente, pero el pequeño se quedó durante bastante tiempo observando el mapa.

»—Vaya, ¿y si vamos a buscarlo?, exclamó.

»—¿Para qué?, le respondió el mayor, eso no es más que una hoja que ha podido dibujar cualquiera, seguro que solo es una broma.

»—Pero, ¿y si de verdad hay un tesoro?

»—Deja de decir tonterías y sigamos a lo nuestro que se nos echa la tarde encima.

»Y así lo hicieron, ambos volvieron de nuevo al trabajo. Pero el hermano pequeño se guardó en el bolsillo el plano del tesoro y, cada día, al acostarse, lo miraba, lo comparaba con los planos de sus libros y veía que podía ser cierto: los países, la ruta para llegar... todo coincidía.

»Cuando ya había pasado más de un mes desde que encontraron el mapa, este habló de nuevo con su hermano mayor.

»—*¿Sabes?, voy a ir a buscar ese tesoro,* le dijo.

»—*¿Qué?, ¿pero aún estás con eso?, ¿vas a dejar todo esto, tu casa, a tu familia, a tus amigos... simplemente por un trozo de papel? ¿Vas a dejarlo todo para nada?*

»—*Pero ¿y si hay un tesoro?, ¿y si es cierto?*

»—Durante una semana toda la familia, amigos, vecinos... prácticamente todos los habitantes del pueblo intentaron convencerle de que no lo hiciera, de que era una locura... Bueno, no todos, los niños sí que le animaban a ir; de hecho, cada día, muchos niños se reunían a su alrededor y le preguntaban cómo iría, cuánto tiempo tardaría en llegar, dónde se encontraba exactamente el tesoro...

»Finalmente, un día, tras haber vendido todo lo que tenía y conseguir el suficiente dinero para el viaje, se marchó a la búsqueda del tesoro.

—¡Muy bien, muy bien! —contestó ella desde esa edad en la que todo es posible, en la que las distancias se miden en pasos y las horas en ratos, desde esa edad donde palabras como «límite» o «peligro» todavía no tienen significado.

—Y así comenzó su camino, un camino que duró más de dos años. Dos años en los que pasó por muchos países, dos años durante los que aprendió a montar a caballo, en camello...

—¡En camello!

—Sí, y también viajó en moto, en tren, en bicicleta e incluso subió en un globo.

—¡Vaya, en globo! Yo también quiero subir en globo, papá, yo también quiero subir en globo. ¿Puedo, puedo...?

—Algún día, algún día... —le contesté y, de inmediato, me di cuenta de que aquella no era la respuesta correcta—. Sí, lo haremos.

»Durante aquellos dos años aprendió a hablar en inglés, en francés y también en chino. Y lo más importante de todo, cada vez que paraba en alguna ciudad, conocía a muchas personas que acababan convirtiéndose en sus amigos.

»Finalmente, tras más de dos años de camino, llegó a donde se suponía que debía encontrar el tesoro.

—¿Y lo encontró, papá? ¿Lo encontró?

—Espera, espera. Había llegado a la ciudad, pero aún debía ir al lugar exacto que indicaba el mapa, una pequeña y preciosa playa.

—¿Y estaba allí, papá? ¿Estaba allí, el tesoro?

* * *

Me mantuve en silencio, intentando generar la intriga suficiente para que me volviera a insistir.

—¡Va, papá! —me gritó.

—Pues no —le dije al fin—, estuvo cavando en muchos, muchos sitios, permaneció en aquella playa más de cinco días y cinco noches y allí no encontró nada.

—Vaya... —Y noté la tristeza de todo su cuerpo reflejada en sus ojos—. ¿Y qué hizo?

—Decidió que como había llegado hasta allí se quedaría una temporada a vivir, pues no le apetecía pasarse dos años más viajando para volver de nuevo a casa.

»Al principio comenzó trabajando para un hombre que hacía pequeñas vasijas de barro y, en unos pocos meses, aprendió el oficio. Después también trabajó para un carpintero, para un herrero y así, poco a poco, fue conociendo varios oficios. Finalmente, lo que más le gustó fue la carpintería, y a los dos años montó su propia empresa. Una carpintería que hacía las puertas y ventanas más bonitas de toda la ciudad.

—¡Qué bien!

—Y además de ganar bastante dinero, se convirtió en uno de los hombres más respetados de la zona.

—¡Bien!

—Sí, pero a los tres años las cosas le comenzaron a ir mal, pues de Oriente llegaban puertas también muy bonitas y mucho más baratas. Poco a poco perdió todo lo que había conseguido.

—Vaya... —asintió con pena.

—Pero volvió a empezar de nuevo con más ganas aún, y esta vez, en lugar de fabricar puertas y ventanas, se dedicó a comerciar con telas. Viajó por nuevos países y eso le permitió conocer a mucha más gente, y al poco tiempo volvió a tener éxito. Y así pasó muchos años, viajando de aquí para allá, comerciando, buscando nuevos productos y haciendo cada vez más amigos.

—Entonces, al final le salió todo bien, ¿no? —me preguntó ella con unos ojos que poco a poco se le iban cerrando.

—Sí, hasta que llegó el día en el que se dio cuenta de que se estaba haciendo mayor y ya tenía muchas ganas de volver a casa para ver a su familia. Dejó la empresa a sus amigos y se llevó el dinero necesario para el viaje.

»En esta ocasión todavía tardó más en regresar, pues volvió a visitar a todas esas personas que le ayudaron al principio, para darles las gracias y pasar unos días con ellas.

»Y, finalmente, una calurosa mañana de verano, llegó a su ciudad. Se acercó a la casa de su hermano mayor y en cuanto se vieron corrieron a abrazarse.

»—*¡Hermano, querido hermano! ¡Pero cuánto tiempo! ¡Cuánto tiempo sin vernos!*, le dijo.

»—*Sí, cuánto tiempo, pero ya estoy aquí, para quedarme contigo.*

»—¡*Cómo te he echado de menos!*

»—*Y yo a ti querido hermano, y yo a ti...*

»Y se fundieron de nuevo en otro gran abrazo.

»—¿*Y qué tal?, ¿cómo ha ido todo por aquí?*, preguntó el hermano que acababa de volver.

»—*Pues bien, seguimos trabajando las tierras, no podemos quejarnos, yo me he hecho una casa más grande y he comprado algún terreno más. Pero no hablemos de mí, hablemos de ti, de tu aventura, de todo lo que has hecho, y sobre todo, de ese tesoro, ¿lo encontraste, hermano?, ¿encontraste aquel tesoro de la botella?*

»—*No, la verdad es que no, quizás aquel plano era falso, o quizás alguien ya había ido a buscar el tesoro antes, o quizá nunca existió.*

»—*Ves, te lo dije, te lo dije, no tendrías que haberte ido. Toda la vida fuera para qué, ¿para qué, hermano? ¿Para qué?*

»El hermano menor le miró fijamente a los ojos, le cogió de los hombros y, con lágrimas en los ojos, le dijo: *para vivir, hermano, para vivir...*

Y la habitación se llenó de silencio.

—¿Te ha gustado? —le susurré.

Silencio.

Su respuesta fue un breve ronroneo. Sus ojos se habían cerrado pero su mano continuaba aferrada a la mía. Sabía que aunque no me escuchaba me seguía oyendo.

Podría haberme ido y dejarla allí, tranquila, durmiendo, pero se lo había prometido, le había prometido una historia, y ese tipo de promesas son de las que se cumplen.

En realidad sabía que no se la contaba a ella.

En realidad quien necesitaba oírla era yo.

—Papá, y la historia... —me susurró desde el precipicio en el que se mezclan realidad y sueño.

—Sí, claro —le dije—, ahora la historia...

Historia

La historia

Aparqué mi coche junto a un vehículo vacío: el suyo.

Se había dejado la puerta abierta, quizá por olvido, quizá porque no tenía intención de volver.

Comencé a buscarlo con la mirada desdibujada por el miedo, asustado, temblando... olvidando un aliento que solo volví a recuperar cuando, a los pocos metros, descubrí una figura que acariciaba con los pies la orilla. Se movía lentamente, incrustando sus huellas en la arena, pisando con tanta fuerza que sus pasos podrían haber conseguido que dejase de girar el mundo.

De vez en cuando se detenía y miraba hacia el mar, seguramente sin verlo, seguramente buscando el lugar donde se despierta de los malos sueños.

Aquel era un día gris, nublado en demasiados sentidos: él acababa de perder a su esposa, y yo, a mi madre.

* * *

Lo estuve observando durante más tiempo del necesario. Quizá porque no sabía muy bien qué decirle, quizá porque durante los últimos años nos habíamos estado alejando de la misma forma en que lo hacen los continentes: lentamente, sin que nadie lo note.

A veces pienso que ni nosotros mismos nos dimos cuenta de ese distanciamiento hasta que vimos que de una orilla a la otra ya no llegábamos con un solo salto. Hasta que nos dimos cuenta de que nos uníamos a través de puentes formados por frases demasiado cortas: ¿cómo va todo? Bien, ¿y tú, qué tal? Bien, bien.

De pronto vi cómo metía los pies en el agua, y andaba; y después los tobillos... y andaba, y después las rodillas...

Tuve miedo, mucho miedo de perderlo también a él, tuve miedo de que aquel mar se lo tragara y, sobre todo, tuve miedo de que él se dejara tragar.

Eché a correr.

Seguramente, él, hasta ese momento apenas había rozado la realidad. Las últimas horas las había pasado de abrazo en abrazo, entre palabras de consuelo, cariños y silencios... Hasta ese momento había conseguido evitar el dolor porque este prefiere atraparte cuando te quedas a solas.

Por eso, cuando llegó a casa y comenzó a encontrarse con las ausencias: un hogar en silencio, la habitación vacía, el sofá desnudo, la cocina sin vida... la propia vida sin vida... fue en ese preciso momento cuando dolor y persona se miraron por primera vez de frente y uno de los dos tuvo que cerrar los ojos... y huir.

Por eso, cuando llegué a su casa y no lo encontré allí, supuse que se habría ido al lugar donde se conocieron: esa playa que le traería los suficientes recuerdos para, de momento, compensar las ausencias.

Pero el dolor que él consiguió evitar en aquella playa fue el mismo que, en cuanto me vio correr sobre la arena, se aferró a mí con violencia: como un puño invisible que te golpea en el interior del alma, entre la piel y la memoria.

Al correr hacia él me di cuenta de lo valiosas que son las personas cuando ya no podemos tenerlas, de lo importante que es el tacto cuando ya no hay con quien utilizarlo, de lo esenciales que son esas palabras que se quedan perdidas entre la boca y el aire, suspendidas en el viento, esperando alcanzar a quien ya nunca podrá escucharlas...

Me di cuenta de que ya no la tenía. De que no habría nadie al otro lado del teléfono cuando marcara su número; de que no estaría allí cuando, entre abrazos y risas, celebráramos que habíamos vivido otro año más; me di cuenta de que no sabría dónde esconder el corazón cuando mi hija me preguntase por su abuela; me di cuenta de todo lo que la quería, de todo lo que la necesitaba en mi vida, de que no podría decirle todos los *te quiero* que hasta entonces me había estado guardando...

Aquel día, mientras corría por la playa, me di cuenta de que había llegado a ese momento de la vida en el que, a cada minuto, se nos comienza a deshacer el mundo.

* * *

—¡Papá, papá! —grité sabiendo que en realidad le gritaba a ella.

Entré en el agua vestido por fuera pero totalmente desnudo por dentro. Llegué hasta él con lágrimas en las mejillas, sal en los labios y arena en el corazón. Se giró y lo abracé antes de que pudiera decir nada, antes de que sus prejuicios pudieran impedirlo.

Y me abrazó, pero, como siempre, a distancia.

Me apretó durante unos segundos y me soltó lentamente. No porque no quisiera abrazarme, sino porque nadie le había enseñado a hacerlo.

Y así, como dos náufragos que acaban de darse cuenta de que han perdido hasta la isla, nos mantuvimos en el interior del agua, mirando hacia el horizonte, en silencio.

Las olas rompían en nuestras rodillas mientras las nubes acercaban una oscuridad que se iba comiendo el mar, la playa y a nosotros mismos.

—Me he equivocado... —me dijo sin mirarme.

Dejó pasar unas cuantas olas más.

—Me he equivocado en todo... —Y allí, frente al mar, por primera vez en mi vida vi a mi padre llorar.

Descubrí una mirada distinta en un hombre acostumbrado a esconder los sentimientos entre el orgullo y la vergüenza. Allí, frente a la nada y de espaldas a todo, dejó caer unas lágrimas que de tanto esconderlas ya solo contenían sal.

—Me he equivocado en todo.

Y desvió de nuevo la mirada hacia el mar.

Silencio.

—¿Eres capaz de distinguir el horizonte?... —me preguntó sin esperar respuesta—. No lo ves porque el color del cielo hoy se confunde con el mar, porque hoy las nubes tapan el mundo, porque cuando todo está borroso es el mejor momento para darse cuenta de que en realidad no hay horizontes.

Silencio.

—Sabes... —y dejó caer otra lágrima que golpeó con violencia el mar— hoy tu madre tenía más flores de las que yo le hubiera regalado nunca, de las que nadie le hubiera regalado nunca en vida. Flores preciosas para adornar una situación terrible, flores que al verlas en círculo, amarradas a una corona, por muy bonitas que sean estropean cualquier momento.

»Flores preciosas que no ha podido ver, ni tocar, ni oler...

»Siempre le han encantado las flores —aún hablaba en presente—, pero ya nadie se las regalaba. Siempre se quejaba de eso, ¿sabes? *"Cariño, ¿por qué ya no me regalas flores?"* —me dijo hace unos días mientras me cogía por detrás, por la cintura.

Noté como mi padre se iba derrumbando por momentos, jamás lo había visto así, jamás había imaginado que una persona podía caerse a trozos en vida.

—¿Que ya no me quieres? —me decía aún, después de

cuarenta años... Y yo, y yo... Yo al principio sí que se las regalaba: flores, besos, caricias, palabras... los primeros años, cuando aún... pero después la propia vida ha sido la mejor excusa para dejar de hacerlo.

»Y ahora, ¿para qué las quiere ahora? ¿Por qué ninguna de esas personas le regaló las flores antes? Cuando aún podía disfrutarlas... ¿Por qué no llegaron un día a casa, llamaron al timbre y la sorprendieron con un ramo de preciosas flores...? ¿Y por qué no lo hice yo...?

Aunque yo al menos soy coherente, ni siquiera se las he regalado hoy.

Y en ese momento miró hacia otro lado, se llevó las manos a los ojos y le dejé llorar en la intimidad de una noche que nos devoraba.

Silencio.

No hizo falta ninguna señal, no hizo falta hablar más. Ambos nos volvimos y salimos del mar lentamente. Caminamos lastrados por el agua y los recuerdos, para regresar del paseo más largo de nuestras vidas.

Llegamos a los coches y allí, bajo la luz de las nubes, sus ojos se dirigieron a mí.

—Sabes, hijo... —le temblaba la boca, el cuerpo y la vida— hijo... —repitió en voz más baja— lo siento, no he sabido hacerlo mejor, no he sabido quererte mejor... lo siento... lo siento... lo siento...

Y se abalanzó sobre mí.

Y me abrazó con fuerza.

Me abrazó como en toda mi vida no me había abrazado. Amarró sus brazos como cuerdas alrededor de mi cuerpo, con tanta presión que cada vez que recuerdo su tacto me sigue doliendo.

Y escuché como lloraba, cómo aquellas presas que llevaban cerradas tantos años por fin explotaban con la fuerza del
dolor, cómo todas aquellas lágrimas se desparramaban por mi
hombro.

Y lloró.

Y lloré.

Y por primera vez en nuestras vidas, lloramos juntos.

Lloramos porque ambos sabíamos que aquello era una
despedida.

Al día siguiente se marchó.

A los dos años se volvió a marchar, esta vez para siempre.

* * *

Durante los dos años que transcurrieron entre la muerte de mi madre y la de mi padre, recibí varias cartas suyas, unas cartas que yo leía con la ilusión de un enamorado. Unas cartas en cuyo remite siempre venía escrita la misma frase: *Si hoy fuera tu último día, ¿qué estarías haciendo?*

En ellas me contaba cómo habían sido los días siguientes a nuestro último encuentro en la playa. Se había ido del trabajo, sin despedirse, simplemente no volvió a acudir. Había puesto en venta la casa y había cancelado el plan de pensiones. Con parte de ese dinero se había comprado una caravana de segunda mano y una cámara de fotos, *de las mejores*, me dijo.

Se había propuesto llegar hasta Hollywood, esa era su meta, su gran ilusión. Siempre recordé a mi padre viendo películas de todo tipo, pero sobre todo cine clásico, de su época, como él decía.

Siempre que pienso en mi infancia me veo a su lado, en una sala de cine, con una bolsa gigante de palomitas. Recuerdo que siempre me decía lo mismo: *La trama, la trama, eso es lo importante.*

Al acabar cada película nos íbamos a una cafetería y allí la comentábamos, me explicaba cómo estaba rodada, la historia de tal o cual personaje, el argumento... Yo la mayoría de veces no entendía absolutamente nada de lo que me decía, pero era feliz a su lado.

—¿Sabes, hijo? —me solía decir—. Cuando ahorremos dinero compraremos una caravana y nos iremos todos hasta allí para ver dónde se hacen todas estas películas, a Hollywood.

—¿Cuándo? —le preguntaba yo siempre.

—Algún día, algún día... —me contestaba.

Y aquel *algún día*, en mi infancia me parecía un *ya*, pero un *ya* que, lamentablemente, nunca llegaba. Conforme fui creciendo me di cuenta de que cuando un adulto dice *algún día*, significa *nunca*.

Aquella idea fue, poco a poco, desapareciendo de nuestras vidas, un sueño que se fue disolviendo entre las realidades: la casa nueva, con un jardín y un gran garaje; los dos coches y al final el tercero, el mío; la universidad, el piso de alquiler para estudiar, la ropa, mis gastos, sus gastos, los gastos...

Por una parte me alegré de que mi padre por fin hubiera decidido cumplir su sueño, pero por otra... no había pensado en llevarme con él. Aquel viaje era algo que teníamos pendiente desde mi infancia, y ahora, ahora se había ido sin mí.

Cada siete u ocho días, más o menos, me escribía una carta y me contaba cómo estaba siendo su aventura hasta los Estados Unidos. Normalmente estaba una semana en cada lugar, se esperaba a que llegara mi carta de vuelta y entonces movía la caravana hacia otro sitio, con la ilusión de llegar a ese tesoro del cuento que tantas veces me había contado de pequeño.

A través de aquellas cartas conocí de otra forma a mi padre porque se permitió decir cosas por escrito que jamás se hubiera atrevido a decir en persona. A través de aquellas cartas lo sentía más cerca que cuando, los domingos, nos juntábamos en su casa, en familia, y, como dos extraños, nos sentábamos a ambos extremos del salón: él para leer el periódico y yo para ver la tele.

A veces me pregunto adónde fueron a parar todas esas palabras que pensamos y nunca nos dijimos. ¿Quién sabe?, quizá se habían quedado flotando en el aire a la espera de caer algún día sobre el papel adecuado, a la espera de un disfraz de tinta que las hiciera visibles.

* * *

Y poco a poco, gracias a la barrera de la distancia, comenzamos a sentirnos más cerca. En las primeras cartas se despedía de mí con *un saludo* para, a las pocas semanas pasar a *un abrazo* y para —ante mi sorpresa y mi felicidad— a los dos meses enviarme una carta que acababa con un *te quiero*. Nunca se lo escuché en persona, jamás aquellas dos palabras consiguieron formarse en su boca, al menos ante mí.

—Mamá —le pregunté un día—, ¿papá, de novios, te dijo alguna vez «te quiero»?

—Sí, claro —sonrió ella—, muchas veces, muchas más de las que te imaginas.

—¿Y ahora?

—Ahora también.

—¿Cuándo?

—Cuando tú no lo escuchas.

—¿Por qué?

—Porque le daría demasiada vergüenza.

Y de pronto, mi madre me cogió y me abrazó.

—Te quiero —me dijo al oído.

—Yo también —le contesté, pero noté cómo le cambiaba el rostro...

—¡No, no! —me recriminó—. *Yo también* no es un *te quiero*, no lo olvides, no lo olvides nunca.

—Te quiero, mamá. ¡Te quiero! ¡Te quiero! —le grité.

Te quiero, quizá las dos palabras más complicadas de decir a un padre, quizá las dos palabras más complicadas de decir a un hijo. Sobre todo, cuando se ha superado la infancia y llega la adolescencia. Es como si, con el avanzar de los años, esas dos palabras tuvieran cada vez más letras. Se vuelven, sin razón aparente, más incómodas, más complicadas... y se quedan escondidas en algún lugar perdido a la espera de utilizarlas con la pareja, es entonces cuando vuelven con una fuerza desmedida.

Las utilizamos al besar, al hacer el amor, al abrazar, al apretar un cuerpo ajeno que sentimos propio. Pero pasan los años y, poco a poco, vuelven a perderse entre la rutina del día a día hasta que llega un hijo y, en la cuna, en la cama, en cada pequeño momento las vuelves a decir sin mesura... hasta que crece, llega la adolescencia y vuelven a desaparecer... Desaparecen y ya solo regresan ante hechos trágicos: ante una enfermedad, en la cama de un hospital, tras un accidente... justo cuando creemos que el tiempo se acaba.

Te quiero, dos palabras tan sencillas como complicadas, tan presentes como esquivas, tan pequeñas como el amor cuando se olvida, tan grandes como la felicidad que trae una nueva vida.

Dos palabras que nunca me dijo —que nunca le dije—

cuando estábamos juntos pero que por carta parecían surgir con mucha más facilidad.

Durante aquel tiempo vivimos como una pareja que acababa de conocerse: mirando con ilusión cada día el buzón para saber si había noticias suyas, para saber si había encontrado el tesoro que hasta ese momento nunca se había atrevido a buscar.

Y fotos, fotos, fotos... muchas fotos.

Las fotos que incluía en los sobres eran cada vez más divertidas. En las primeras jamás salía él, pero conforme avanzaba el tiempo y el viaje, comenzó a aparecer junto a su caravana, junto a un gran barco, subido en una moto, en una bicicleta, en un camello, en un globo... Abrazado a un anciano, a una mujer embarazada, rodeado de niños en una plaza, sentado en una gran mesa con más de treinta personas, brindando con desconocidos...

Por fin, mi padre estaba viviendo... pero sin mí.

Y así fue nuestra relación durante todo aquel tiempo hasta que, tras casi dos años después de su marcha, tras haber llegado a América y permanecer por allí varios meses, llegó la última carta.

Hola, hijo.

Nunca he sido de enredarme demasiado, ya sabes, así que no lo voy a hacer tampoco ahora.

Hace ya tiempo, mucho, que tengo una tos de esas que parece que dura más de lo normal, de esas que te van dejando vivir por el día y te invitan a morir por las noches.

Ya sabes también mi manía de no ir al médico, y menos por estas tierras que no entiendo la mitad de lo que me dicen. Pero la otra noche, cuando comencé a toser sangre supe que algo más estaba pasando.

Sí, cáncer, a estas edades ya no voy a andar con rodeos, cáncer y muy avanzado, me dicen que se ha extendido como lo hace una mancha de aceite en la cocina. El doctor me da unas semanas, o unos meses, como mucho. Eso es lo que me da él, pero como quien decide soy yo, me voy a coger un poco más de tiempo, por lo menos para poder regresar y volverte a ver.

Podría coger un avión y estaría mañana ahí, pero eso significaría que tengo miedo y que el doctor tiene razón. Por eso voy a hacerlo bien, volveré en la caravana, igual que vine, visitando a todos los amigos que he hecho por el camino, como en el cuento que tanto te gustaba, ¿te acuerdas, hijo? Y llegaré a tiempo para pasar mis últimos días contigo.

Espérame. Te quiero.

Pero no llegó, ni él ni más cartas. Lo único que llegó fue una pequeña urna negra —elegante, moderna— con sus cenizas a través de una empresa de mensajería. Así fue nuestra despedida.

A los dos días, más por la presión de sus hermanos que por mi deseo, realizamos una pequeña ceremonia. Vino mucha gente: excompañeros de trabajo que nunca llegaron a entender por qué dejó la empresa y se fue así, sin despedirse de nadie; familia de esa tan lejana que solo se acuerda de que existes cuando te has muerto; algunos amigos de la infancia, de esos también perdidos, y algunas otras personas que, por supuesto, nunca llegué a conocer.

Y sí, había flores.

Y allí, justo al lado de la urna negra que presidía una reunión triste, alguien había colocado una gran foto que me llamó la atención. En ella se veía a mi padre asomado a lo alto de una torre muy extraña: era una torre redonda con otras cuatro torres, también redondas, a su alrededor. Estaba saludando, riendo, llevaba unas gafas de sol y una barba de varios días. Y se le veía feliz.

Al finalizar la ceremonia cogí la urna: en mis manos estaba abrazando lo que quedaba del cuerpo de mi padre; afortunadamente, en casa, tenía, en forma de cartas, todos sus últimos recuerdos. A partir de aquel día comencé a echarle aún más de menos.

Te quiero, le dije a unas cenizas.

Te quiero, ahora, cuando ya no puedes oírme, cuando las luces se han apagado y no hay nadie en el escenario, cuando del calor solo queda el vaho.

A los pocos días las lancé al mar, en la playa en la que se conocieron, en la misma en la que hacía dos años nos habíamos despedido.

Y el tiempo pasó, y el dolor se fue, poco a poco, olvidando de mí. En momentos puntuales me visitaba: ante una foto, una sensación o un recuerdo; momentos antes de pedir un deseo en mi tarta de cumpleaños o cada vez que llegaba agosto y nos íbamos todos al pueblo en verano... y, sobre todo, cada vez que ella me preguntaba por los abuelos.

Todo continuó como siempre había continuado: día tras día, noche tras noche, semana tras... hasta que un día, un lunes, ocurrió algo que me obligó a cambiar mi vida, mi mundo y lo más importante de todo: mis pensamientos.

A la deriva

Varias horas antes de llegar a La Isla

LUNES. ENERO.

6:30 h. Abrí los ojos.

Hay mañanas en las que uno se despierta sabiendo perfectamente cuál será el guion de su día, a veces incluso de su vida: a qué hora exacta sonará la alarma del móvil, a qué hora volverá a sonar de nuevo tras haberla apagado; la búsqueda de esa prenda que no encuentras a la hora de vestirte; la misma mirada cansada frente al espejo, y ese desayuno que nunca te haces porque al final siempre sales de casa con el tiempo justo.

Lo que uno nunca puede llegar a pensar al levantarse es que ya no volverá a dormir en la cama en la que se despertó.

Aquel lunes de enero salí con la maleta cargada, sin hacer ruido porque a aquellas horas hasta la propia casa dormía. Me despedí de ellas en silencio, cerré la puerta con cuidado, llamé al ascensor y supe que no volvería a verlas hasta el sábado. Aquella era una de esas semanas en las que, tanto yo en mi trabajo como mi mujer en el suyo teníamos que estar fuera de casa durante cuatro o cinco días. Ella era representante médica, yo configurador de programas de contabilidad en empresas. Y nuestra hija la que sufría los efectos colaterales de aquella vida, una niña que iba a pasar la semana completa en casa de sus abuelos maternos.

No era la primera vez, claro, de hecho esa situación solía ocurrir varias veces al año, ya lo habíamos asumido. Aunque últimamente a mi mujer le tocaba viajar demasiado a menudo.

Al menos, aquella mañana entré al garaje con la ilusión del niño que espera los regalos bajo el árbol. En mi caso aquel regalo estaba aparcado en la plaza doce. Era blanco, nuevo, con llantas plateadas, navegador y todos los extras que pude pagar con el dinero que había estado ahorrando durante varios años; y caro, quizá demasiado.

Metí la maleta, el portátil y una pequeña bolsa deportiva, como siempre. Di una vuelta a su alrededor sin querer mirar demasiado, sin querer encontrar algún golpe o arañazo.

Abrí la puerta y me senté...

Y disfruté de ese olor que impregna un coche nuevo.

Y aspiré, aspiré queriendo inundar de ilusión mi cuerpo.

Miré el reloj: 7:10 h. Introduje la llave y arranqué.

Y a aquellas horas en las que hasta los sueños están en silencio, todo el garaje supo que acababa de despertar un coche, el mío, nuevo.

Nada más salir a la calle los limpiaparabrisas se conectaron automáticamente: llovía. Encendí la calefacción y en apenas unos minutos estaba como en el salón de mi casa. Recliné ligeramente el asiento y puse las noticias en la radio.

Atravesé la ciudad hasta que logré alcanzar la autovía. Comencé a disfrutar del camino en el interior de un precioso coche con apenas dos semanas de vida, un precioso coche que había liquidado gran parte de mis ahorros, un precioso coche que había sido la ilusión de mis últimos años.

Un precioso coche... el mismo que iba a perder en apenas unas horas.

* * *

2 horas y media antes de llegar a La Isla

9:33 H. LUNES. ENERO.

Tras casi dos horas y media de viaje me desvié en la misma salida de siempre, la que se dirigía al mismo sitio en el que llevaba desayunando desde hacía varios años.

Aparqué el coche lo más cerca posible del restaurante, algo difícil a aquellas horas en las que todos los emigrantes de hogares se dirigían al trabajo.

Abrí el paraguas y cerré la puerta con el mando, y, aun así, para asegurarme, apreté la manecilla varias veces con mis manos.

Caminé hacia el restaurante dándome la vuelta de vez en cuando, observando el ir y venir de vidas, de silencios, de economías...

Al acercarme a la puerta de entrada descubrí a un hombre acurrucado bajo la repisa de la pared, con un sombrero de copa cuadrado y unas gafas de sol blancas de montura exagerada. Permanecía allí, a resguardo de la lluvia, tocando una vieja guitarra. Sonaba bien, tan bien como puede sonar la música un lunes por la mañana.

Al pasar frente a él observé una pequeña taza en la que ponía: «PARA UN CRUCERO». Me hizo sonreír, pero a medias. En cierta forma sentí pena por aquel pobre hombre que tenía que estar tocando a esas horas de la mañana en un área de servicio para poder ganarse la vida, un pobre hombre con unos vaqueros rotos, una chaqueta con más de mil años, un triste sombrero de copa cuadrado —en realidad mal hecho— y una pequeña taza con un texto alegre para poder conseguir algo de dinero.

Metí la mano en el bolsillo y le di unas cuantas monedas.

No observé, en cambio, a otro hombre que, en ese mismo instante, estaba justo a su lado. Un hombre con traje, corbata y paraguas que se había levantado a las seis y media de la mañana. Un hombre que iba a estar una semana sin ver a su familia. No, a ese no lo vi.

Entré y busqué mi mesa de siempre, una de las pocas que tenía un enchufe cerca. Me quité la chaqueta, conecté el móvil y pedí también lo de siempre.

—Aquí lo tienes —me dijo una de las camareras.

—Muchas gracias.

—¿Te pongo más café?

—No, no, así está bien, muchas gracias.

Apreté la taza y disfruté de su calor en mis manos mientras observaba a través del cristal las formas desdibujadas del exterior: luces rojas y blancas, fugaces; paraguas intentando contener la lluvia y el viento; vidas de aquí para allá, como la mía; coches que entraban con cuidado, otros que daban vueltas buscando un sitio cercano y, de pronto, me fijé en uno blanco que encendía las luces, daba marcha atrás demasiado deprisa y salía quemando rueda hacia la autovía.

Fue todo tan rápido que me costó unos segundos asimilar que me acababan de robar el coche.

* * *

En el mismo instante que un hombre se levanta a toda prisa de su mesa tirando el café al suelo, alguien acaba de salir del área de servicio conduciendo un coche que no es suyo.

Se ha incorporado a la autovía sin apenas mirar y aprieta el volante más con los nervios que con las manos. Respira hondo y no se atreve a tocar nada más, no quiere dejar sus huellas sobre un coche que aún huele a nuevo.

Cuando apenas lleva unos metros frena de golpe en el arcén: le tiemblan las piernas, la vista y, sobre todo, la conciencia.

Respira, respira a golpes.

Duda.

Quizá debería devolverlo.

En realidad no sabe muy bien lo que está haciendo. Los remordimientos comienzan a tomar el control de un cuerpo que no siempre ha podido dominar: ¿debería dar la vuelta?

Se mantiene bajo la lluvia, tiritando más de miedo que

de frío, con las luces de emergencia encendidas en la orilla de la carretera, como otras veces lo ha estado en el arcén de su vida.

* * *

Unos segundos después de que un hombre haya salido de un restaurante corriendo —y tras él la mayoría de clientes— en persecución de un coche que era suyo pero ya no tiene, una camarera se ha acercado a su mesa para recoger los restos de una taza que se ha estrellado contra el suelo.

Empuja con cuidado cada trozo introduciéndolo en un recogedor. Revisa todo el alrededor y cuando parece que ya no queda nada, saca un pequeño trapo con el que secar las manchas de café que han quedado en la mesa.

Es en ese instante cuando observa un móvil nuevo, y caro, unido al enchufe.

Mira alrededor, en ese momento no hay nadie, todos están fuera contemplando el espectáculo.

* * *

Salí tirando todo tras de mí.

Abrí la puerta y corrí a través del aparcamiento. Atravesé la gasolinera, en medio de la lluvia y las miradas, hasta que llegué a la carretera. Una vez allí, distinguí a lo lejos mi coche aparcado en el arcén, con las luces de emergencia encendidas.

Tomé aire y comencé a correr como solo había corrido una vez en mi vida: en la playa, intentando que el mar no se tragara a mi padre. En esta ocasión era la lluvia quien parecía que iba a tragarse mi coche y quizás a mí mismo.

Corrí con la esperanza de que todo fuera una pesadilla, pensando que, de un momento a otro, me despertaría sobresaltado en mi cama, con esa sensación de haber caído, agarrándome a las sábanas y mirando alrededor sabiendo que nada ha ocurrido.

Pero no, continué corriendo, continué corriendo... ya lo tenía a menos de cincuenta metros...

* * *

Respira.

Cinco, cuatro, tres, dos... y en ese momento, al mirar por el retrovisor, descubre a un hombre que se acerca corriendo como un fantasma entre la lluvia, con la rabia en un rostro que no ve pero que intuye. No conoce al dueño del coche, pero no le quedan demasiadas dudas de que es él.

Y es el miedo, más que las ganas, quien consigue apretar el acelerador para incorporarse de nuevo a la autovía.

Lo único que quiere ahora mismo es llegar cuanto antes al lugar acordado, dejar el coche y olvidarse del asunto.

Piensa mientras huye si habría cámaras en la estación: sabe que sí, por eso llevaba unas gafas de sol bajo la lluvia y un gran paraguas que cubría su cuerpo, pero aun así...

Agarra el volante con más fuerza aún mientras se fija en el pequeño tatuaje que tiene en la parte interior de la muñeca izquierda. Un símbolo oriental con un significado muy especial. Un símbolo que desde hace tiempo siempre mira cada vez que está en una situación límite.

—¡Fuerza! —grita en voz alta, como le enseñaron a hacerlo cuando se le enredaban las líneas de su vida—. ¡Fuerza! ¡Fuerza! ¡Fuerza!

Respira hondo varias veces e intenta sacar una sonrisa que su rostro se niega a dibujar. En apenas media hora dejará el coche y todo habrá pasado.

Respira.

Poco a poco se va encontrando más tranquila.

* * *

Mientras fuera, bajo la lluvia, un hombre intenta atrapar un coche que se le escapa, en el interior del restaurante una camarera mira de nuevo alrededor, nadie se va a dar cuenta.

Desconecta el móvil del cargador, se lo mete en el bolsillo y se va corriendo a la cocina.

* * *

... Y justo cuando ya estaba a menos de diez metros... mi coche nuevo arrancó y se fue. Y con él toda mi ropa, y mi maleta, y mi ordenador... y una cosa que jamás debería haberse ido: mi felicidad.

Y yo, aun así, continué corriendo, quizás intentando encontrar la salida de aquel sueño que duraba más de lo necesario, quizá con la esperanza de caer al suelo y que el golpe se encargara de despertarme.

Finalmente, me arrodillé en el arcén, exhausto, recibiendo el agua y los pitidos de todos los coches que pasaban a centímetros de mi cuerpo.

Respiré.

Lentamente, me levanté.

Mi regreso se resumió en una sucesión de golpes de claxon seguidos por pequeñas olas de agua que me salpicaban al pasar.

Mientras caminaba pensé en mi habitación, en mi casa, en que desearía estar en el interior de mi cama, sin despertador, soñando que llegaría el día en que alguna semana tendría varios domingos.

Un nuevo pitido y una nueva ola que me mojaba aún más las piernas. Y otra, y otra, y otra...

Continué caminando de regreso.

Finalmente, tras lo que me pareció una vida andando por aquel arcén, llegué de nuevo al área de servicio. Allí me encontré a toda una multitud disfrutando el espectáculo; sí, disfrutando, esa es la palabra.

El encargado del restaurante se acercó a mí, me cogió por el brazo, me tapó con un paraguas que ya era inútil y me llevó hasta el interior.

Apenas recuerdo nada desde ese momento hasta que volví a entrar. Apenas nada a excepción de la música, la maldita música de aquel tipo que seguía tocando a pesar de todo. Estuve a punto de acercarme a él, quitarle la guitarra y rompérsela en la cabeza. Quizá para desahogar la rabia, quizá porque, por su aspecto, pensé que podía tener algo que ver con el robo, quizá solo eran prejuicios, pero...

* * *

En el mismo instante en que un hombre regresa derrotado de una de las pocas batallas serias de su vida, en el interior de un deportivo negro situado en el aparcamiento del área de servicio, un policía habla con su compañero de asiento que no ha dejado de hacer fotos desde que empezó todo.

Observa el alrededor y decide volver a dejar en la guantera la pistola que durante unos minutos ha mantenido en sus manos.

Saca un cigarrillo y lo enciende.

Abre un poco la ventanilla y deja que el humo luche contra la lluvia en el aire.

Le da varias caladas profundas, junta los dedos y, colocando la colilla entre ellos, la lanza al aire dejando que sea un charco quien apague su luz.

Cierra la ventanilla y llama por radio a comisaría.

—Sí, localizado, todo ok, me pongo en marcha.

—Yo me bajo —le dice su compañero.

—¿Te quedas aquí?

—Sí, ves tú a por ella.

Se despiden.

Arranca lentamente y sale en persecución de un coche blanco que acaba de ser robado. Ya tiene apuntada la matrícula y sabe dónde podrá encontrarlo.

* * *

Me dejé acompañar hasta la mesa como esa hoja que, recién caída del árbol, sin la seguridad que le daba la rama, no opone resistencia al viento.

—No te preocupes, solo es un coche —me decía el dueño intentando consolarme.

—Sí, ya, ya... solo es un coche... —repetía yo mientras por mi mente pasaban todos aquellos pequeños sacrificios que había hecho durante los últimos años para poder comprarlo.

—El seguro te lo cubrirá, ya verás.

Y era cierto, el seguro podría devolverme el dinero, quizá no todo, quizá no de inmediato, seguramente tardaría un tiempo, pero la ilusión de mi primer gran viaje en él, eso ya se lo habían llevado.

—¿Tienes algo de ropa? —me preguntó mientras él mismo se imaginaba la respuesta—. Iba todo en el coche, ¿verdad?

—Sí, sí, todo iba en el coche, en la maleta...

—Vale, vale, no te preocupes, por ahí dentro tengo algún uniforme, ven, acompáñame y te cambias.

Y allí, ante la mirada de todos, yo era el puñetero espectáculo, el tipo del que hablarían en cuanto llegasen a casa con sus parejas, con sus hijos, en la cena, al acostarse, yo sería el protagonista de la frase: *Sabes lo que ha pasado hoy en...* Y, por supuesto, también sería el protagonista de todos aquellos móviles que me habían ido grabando mientras volvía derrotado por el arcén de la carretera.

Entramos en una especie de vestuario. Allí me desnudé y me vestí de camarero: pantalón negro, camisa blanca con varias rayas rojas a los lados y un logotipo en el pecho.

—Lo único que no tengo son calzoncillos —me dijo intentando provocarme una pequeña sonrisa que no fui capaz de mostrar.

—No te preocupes.

—Voy a dejar tu ropa aquí, al lado del radiador, pero dudo de que esto se seque rápido.

Suspiré.

—Bueno, lo primero de todo es llamar y denunciar el robo, ¿las tarjetas las tienes?, eso es lo más importante.

—Sí, la cartera, la cartera, a ver, la llevaba... Sí, aquí no, en la chaqueta.

—Sí, toma, la chaqueta también te la he entrado.

Metí la mano en la chaqueta y allí estaba.

—Bueno, pues nada, miremos lo positivo. Y el móvil, ¿lo llevabas en el coche?

—No, no, lo he sacado porque no tenía batería, el móvil lo he dejado en la mesa, cargándose... —Comencé a temblar de nuevo.

—No te preocupes que ahí afuera había varios camareros, seguro que está en la mesa. Acaba de cambiarte, sal y te preparo un café con leche. Vamos, poco a poco se irá arreglando todo —me dijo tras darme una palmada en el hombro.

* * *

Hay miradas que pueden hacer más daño que cualquier golpe, que consiguen herirte desde lejos; miradas de lástima, miradas anónimas, miradas que no disimulan, que no se apartan al cruzarse con la tuya. Todas esas miradas fueron las que me empujaron en cuanto volví al salón.

Me acerqué a la mesa y comenzó a temblarme el pulso, el miedo y la razón: allí encima no estaba mi móvil.

Busqué alrededor, en las mesas de al lado, en el suelo y, de pronto, respiré aliviado: se había caído, allí estaba, bajo la mesa.

Permanecía apagado, quizá porque apenas tenía batería, quizá porque con el golpe se había estropeado. Lo cogí y volví a enchufarlo de nuevo deseando que simplemente necesitará un poco de energía.

Y una vez lo enchufé, me quedé inmóvil, sobre una silla, mirando hacia la nada. En aquel momento no sabía qué hacer, adónde ir, a quién llamar... uno nunca está preparado para ese tipo de situaciones.

* * *

Un coche blanco recién robado aparca con nervios en la parte de atrás de la siguiente área de servicio, justo en el lugar donde le han dicho que vendrán a buscarlo. Su conductora sale con miedo, cierra el coche y hace como que revisa la rueda para dejar en la parte posterior de la misma las llaves.

Mira alrededor, tiene la extraña sensación de ser vigilada.

Entra en la cafetería, pide un café descafeinado y se lo lleva a la mesa más alejada de la puerta, una de las que está junto a la ventana desde la que puede ver el coche.

Nerviosa, juguetea con la cucharilla.

Justo cuando introduce el azúcar en el café, un deportivo negro aparca en el lado contrario del edificio, allí donde ella no puede verlo. Desde su interior un policía vestido de paisano y con gafas de sol echa un vistazo a la zona: a esas horas hay demasiada gente. Decide no coger la pistola, pero sí las esposas.

Entra, se dirige a la barra y pide una cerveza.

Desde allí comienza a observar toda la estancia hasta que,

finalmente, la localiza: morena y alta, y guapa —piensa—. Atrás, en el fondo, escondida en la última mesa.

Coge el botellín y se dirige hacia ella.

* * *

¿Y ahora qué?

Fue la pregunta que más veces me repetí aquella mañana en la que habían zarandeado mi vida. Me paralicé a la espera de que mi mente comenzara a decidir: había tantas cosas que hacer... Tendría que llamar a la policía, eso lo primero, también a mi mujer, a mi jefe, a la empresa a la que tenía que ir a actualizar la contabilidad... tantas cosas.

—¿Y ahora qué? —pregunté en voz alta sin darme cuenta de que aquel hombre que me había ayudado estaba allí, a mi lado.

—Lo primero de todo es llamar a la policía para denunciar el robo del coche —me dijo—, nunca se sabe para qué pueden utilizarlo. Aunque de todas formas te van a decir que tienes que hacerlo por escrito. Mira, te he buscado el teléfono de la comisaría más cercana, toma, coge mi móvil y llama. Coméntales lo del robo y que irás para allá a poner la denuncia.

—Gracias, muchas gracias.

Llamé y, efectivamente, tras coger mis datos y contarles lo

ocurrido me dijeron que debía ir a formalizar la denuncia en persona.

Colgué y le di las gracias.

—¿Quieres llamar a alguien más? ¿A tu mujer, a la empresa, a algún amigo?

Pero en aquel momento no escuchaba nada, mis pensamientos permanecían ausentes a la espera de que se fueran las nubes de mi mente.

—No sé, no sé... —contesté nervioso—. No, mi mujer estará ahora mismo en el avión, mi hija preparándose para ir al colegio, con los abuelos... no sé si... no sé... durante esta semana no habrá nadie en casa... no sé si, la verdad es que no sé...

—Vale, vale, perdona, no te preocupes, no quería agobiarte, tómate el café con leche tranquilamente que tampoco va de un minuto. De todas formas ya has hecho lo más importante.

—Sí —contesté—, sí, claro... ¿Dónde está la comisaría?

—En un pueblo de aquí cerca, en La Isla —me contestó.

—Y quizá, con suerte, hasta encuentres allí el coche —interrumpió un hombre mayor que estaba sentado en un taburete, junto a la barra.

—¿Qué? —Desperté con esa pequeña esperanza que se tiene cuando, tras perder las llaves, se oye un tintineo en el fondo de una mochila; cuando, tras buscar un dinero perdido, notas el tacto de billetes en el interior de un bolsillo; cuando, ante una enfermedad, alguien dice: pero hay una posibilidad...

—Nada, no le hagas caso —respondió el dueño.

—Sí, sí, incluso puedes ir y comprar tu propio coche allí, donde viven esos desgraciados —volvió a decir el hombre mayor.

—Pero... —No sabía muy bien lo que estaba ocurriendo.

—No le hagas caso. Es un lugar un tanto extraño, se dice que todos los coches que roban por aquí van a parar allí, que hay como un negocio clandestino, pero bueno, son todo habladurías. En realidad nunca se ha demostrado nada.

—¡Sí, habladurías, habladurías! —gritaba de nuevo el hombre mayor—. Pero allí viven muy bien. ¡En qué coño trabajan, de dónde sacan el dinero! —volvió a gritar—. No los veo ahí afuera, jodidos en la obra, o poniendo asfalto en la carretera, o cargando y descargando camiones... ¡En qué cojones trabajan! ¡Todo de la droga, de robar, malditos hijos de puta!

—¡Ya vale! —le gritó el dueño—, ¿cómo se puede ir borracho a estas horas de la mañana? Tú tampoco es que hagas mucho para levantar el país. ¿Cuántas cervezas llevas ya?

—Las que tú me has vendido —le contestó el viejo dándole un trago a un botellín.

—Oye, olvídate de este —me dijo el dueño—, ve y pon la denuncia, eso es lo primero.

—Vale, sí, sí, es lo primero... ahora mismo voy, ahora mismo... ¿Cómo llego hasta allí?

—Bueno, hay un autobús, pero no pasa por aquí hasta las cuatro de la tarde. Yo te acompañaría pero es que justamente vamos a entrar en la hora punta y hoy andamos cortos de gente, lo siento. ¿Como no quiera llevarte este buen hombre de aquí? —me dijo dirigiéndose al viejo.

—¿Yo? Ni de coña voy hasta aquel agujero. ¡Que se pudran! —contestó con rabia.

—Espera un momento —me dijo, y se levantó en dirección al salón—, voy a ver si conozco a alguien que vaya para allá y te pueda llevar.

Allí me quedé de nuevo, en el fondo de esa soledad no escogida, en el interior de un día que me rechazaba como lo hace un órgano en un cuerpo extraño.

Lo observé hablando con varias personas hasta que, tras unos minutos, regresó.

—Bueno, aquí dentro no he encontrado a nadie, pero... ¿ves el tipo de ahí afuera?

—¿Quién? ¿El de la guitarra? —pregunté sorprendido.

—Sí, ¿qué ocurre?

—No, nada, nada...

—Pregúntale a él.

—¿Qué? Pero es qué... —contesté sin saber muy bien cómo excusarme, sin saber si las palabras que iban a salir de mi boca podían descubrir demasiado mis prejuicios...

—¡Ni de coña! —interrumpió de nuevo el viejo que ya tenía en la mano una cerveza nueva—. Ese te roba lo que te queda y además te deja tirado por ahí antes de llegar.

—¡Hostia ya! ¡Cállese de una puta vez! —le contestó el dueño—. Ve y habla con él, normalmente a estas horas recoge unos pedidos y sube para La Isla —me dijo mientras se marchaba de nuevo a atender en la barra.

Me quedé allí sentado, acabándome el café mientras observaba cómo el viejo me decía con el dedo que no lo hiciera.

Solo de nuevo, junto a un mar de desconocidos a mi alrededor. Necesitaba hablar con alguien, necesitaba hablar con ella, contarle lo ocurrido y, sobre todo, necesitaba escuchar su voz.

Me levanté, me acerqué a la barra y le pregunté de nuevo al dueño.

—¿Puedes dejarme el móvil? Es para llamar a mi mujer.

—Sí, claro, pero ¿no estaba tomando un vuelo?

—Sí, pero igual aún no ha subido al avión, igual aún está en el aeropuerto.

Cogí el móvil y, de pronto, ocurrió.

* * *

—Hola —le dice dejando la botella de cerveza y una placa de policía en su mesa.

—Hola —contesta ella nerviosa.

—Perdone, pero el coche blanco, ese tan nuevo y tan bonito que está aparcado ahí afuera, ¿es suyo?

—No, no, yo no tengo un coche blanco —le contesta temblando por dentro y por fuera.

—¿Seguro?

—No, no, agente, no es mío —contesta mirando a un alrededor que de momento no les hace demasiado caso.

El policía se sienta frente a ella, se mete la mano en el bolsillo y saca unas esposas que deja, también, sobre la mesa.

—¿Sabe? No me gustan las mentiras.

—Pero no le estoy mintiendo, ese coche no es mío.

—No sé por qué, pero no la creo —le contesta jugueteando con las esposas entre sus dedos—. Mire, podemos hacerlo de dos formas, de la correcta o...

—¿O...? —contesta ella—. ¿Me va a esposar aquí, delante de todos?

—Sí, si no me acompaña no tendré más remedio.

—Vale, vale... —le contesta levantándose lentamente mientras le tiende las dos manos.

El policía le coge una de ellas y se la lleva en dirección a los servicios.

Entran en el de mujeres y, tras comprobar que no hay nadie, se meten en uno de los últimos cubículos.

Allí él se baja el pantalón y ella se sube la falda.

Y aunque se conocen desde hace ya bastante tiempo, ambos se besan con la misma pasión de dos desconocidos, quizá porque mantienen una relación complicada, una relación a base de amor, sexo y ausencias; de pasión y olvidos; de encuentros a escondidas y distancias permitidas.

Lo hacen rápido, de pie, contra la pared y, sobre todo, contra la rutina.

Ella: mientras sus manos recorren la piel leyendo el braille de la columna de su espalda, son sus piernas las que atrapan un cuerpo del que nunca tiene demasiado.

Él: una de sus manos le basta para mantener el cuerpo de ella en el aire, sobre su sexo. Utiliza la otra para taparle una boca de la que escapa el placer en forma de gritos apagados.

Pasan los minutos atrapados en el interior de un enjambre de sensaciones, tactos y placer. Y tras varios jadeos sucesivos, ambos acaban, apoyados contra la pared, abrazados.

Salen: él primero, ella unos instantes más tarde.

Y fuera, ambos suben a un deportivo negro que arranca y desaparece por la carretera.

* * *

Y de pronto, ocurrió: no me sabía su número.

Intenté recordarlo, intenté buscar en algún rincón de la memoria: seis, cuatro, cinco, seis y... o era seis, cinco, cuatro... no lo sabía. Me puse a pensar y no me sabía de memoria el móvil de nadie, había dejado que, poco a poco —como esa piedra que se desgasta con el aire, el agua o el tiempo— la tecnología fuera sustituyendo partes de mi memoria.

Pensé en buscar en Internet el nombre de su empresa y llamar allí, y entonces preguntar por ella. Pero me dirían que estaba de viaje, que no podrían darme su móvil a no ser que fuera importante, y yo les tendría que explicar que era su marido, y justificar de alguna forma las razones por las que no me sabía su número...

Lo dejé pasar, ya llamaría por la tarde cuando se cargase mi móvil o, con suerte, cuando recordase su número, o quizá ya me llamaría ella... En ese momento era más urgente llamar a mi jefe, pues a las doce me esperaba un cliente, tenía que avisar de que no iba a llegar a tiempo. Tenía que denunciar también el robo del coche, tenía que conseguir que se secara mi ropa para sentir que al menos seguía siendo yo... Demasiadas cosas en una cabeza que no estaba en sus mejores condiciones.

Lo primero, decidí, la denuncia.

Me armé de valor y salí para hablar con aquel músico, quizás aquel mendigo. Eso sí, me llevé el móvil conmigo, por si acaso.

Salí con miedo, pues uno nunca sabe cuándo va a encontrarse con el diablo enfrente.

Abrí la puerta y el frío me golpeó en la cara.

Estaba allí, en el mismo lugar, bajo la repisa, resguardado de la lluvia, tocando con los ojos cerrados y una pequeña sonrisa. Y de pronto, sin ninguna razón aparente, aquel tipo comenzó a caerme mal, simplemente porque me di cuenta de que, en uno de los peores días de mi vida, aquel tipo era feliz.

Me acerqué lentamente hasta situarme a su lado, de pie, a la espera de que acabase la canción.

Quizá por mi educación siempre había tenido una especie de temor a la gente de la calle, a los mendigos, a los que viven pidiendo dinero... de hecho era la primera vez que iba a acercarme tanto a una persona así.

Siempre los había visto de lejos, agazapados en las esquinas, durmiendo en los cajeros, de pie junto a las iglesias, tumbados sobre un banco, bajo cartones... siempre los había observado desde esa distancia que te permite alargar el brazo y dejar unas monedas. Nunca había tenido la necesidad de entablar una conversación con ellos. Por eso, solo el hecho de saber que existía la posibilidad de compartir un viaje con él me generaba... miedo y, sobre todo, rechazo.

En el mismo momento en que iba a darme la vuelta para

regresar a la cafetería y buscar otras opciones de llegar a la comisaría, dejó de tocar.

—Si has venido a por las monedas, lo siento, no se admiten devoluciones —me dijo.

Me detuve, por vergüenza.

Y continué allí, junto a él, sin saber muy bien qué hacer: si quedarme, o ignorarle e irme. Esta última opción, a pesar de todo, no me pareció tan descabellada pues seguramente él estaba ya acostumbrado a eso, a que la gente le ignorase, pero continuó hablando...

—¿Un mal día?

—Bueno... —acerté finalmente a decir.

—Porque ese coche era tuyo, ¿no?

—Sí...

—Pues colega, es que llevaba la pegatina de róbame. ¿Cuánto te habrá costado? ¿40.000, 50.000 euros? Pero bueno, tranquilo, que si te has gastado ese dinero tendrás un buen seguro.

Podría haberle dicho muchas cosas, podría haber descargado toda la rabia acumulada aquella mañana sobre aquel tipo, pero intenté controlarme porque, a pesar de mis prejuicios, de mis miedos... a pesar de todo, quizás él era mi única posibilidad de llegar pronto a la comisaría.

* * *

—Lo siento —me dijo mientras se preparaba para tocar de nuevo—. Hay días en los que es mejor no levantarse, ¿verdad?

—Sí —contesté.

—Aunque... si no te levantas jamás sabrás cómo te va a ir el día...

—Pues hoy preferiría haberme quedado en la cama y no haberlo sabido —le contesté.

—Entonces no estaríamos tú y yo aquí hablando, te habrías perdido la gran oportunidad de conocerme —sonrió— y uno nunca sabe cuándo va a conocer a la persona que puede cambiarle su vida —volvió a sonreír.

No respondí.

Nos quedamos en silencio hasta que, finalmente, me armé de valor y decidí preguntarle por el robo. En mi interior tenía una ligera sospecha de que quizás a ese tipo le pagaban por vigilar, por hacer de señuelo...

—¿Has visto algo, sabes quién ha podido ser? —le dije con temor.

—¿Yo? —me contestó sorprendido—. Y ¿por qué debería saber algo?

—Venga, has estado aquí todo el rato, has visto perfectamente cómo robaban el coche, igual también has visto al tipo que se lo llevaba... o quizá...

—Mira, colega —me dijo dejando la guitarra en el suelo—, yo no me fijo en quién entra y sale de cada coche, yo solo estaba aquí tocando. ¿Qué estás insinuando?

—No, nada, nada, tranquilo —comencé a tener miedo—, pero allí dentro hay un hombre que me ha dicho que tú, que quizá tú...

—¡Ahí dentro, ahí dentro...! Estoy hasta los cojones de los de ahí dentro, ¿sabes? ¿Qué coño saben esos de ahí adentro? ¿No habrá sido el viejo ese que lleva toda su puñetera vida sentado en el mismo taburete viendo el fútbol y emborrachándose a costa del dinero de su pobre mujer, ese viejo que se pasa los días ahí porque no lo aguantan en su propia casa?; ¿o el otro, el que viene por la noche aquí, echa un polvo en el club de ahí enfrente, se va al camión a dormir y al día siguiente, por la mañana, a estas mismas horas, mientras se toma el primer café del día, llama a su mujer para preguntar cómo están los niños y decirle un te quiero que suena a eslogan de franquicia?; o quizás ha sido ese otro que... bueno, ¡qué coño importa!

Se tranquilizó, recogió la guitarra del suelo y volvió a colocarla en posición para tocar.

—¿Y tú? —me dijo—. Seguro que tú también has pensado lo mismo: ese tipo con pinta de mendigo seguro que ha tenido algo que ver.

No contesté.

—Un mendigo, un pobre, un *hippie*, uno de esos tipos que

te robaría la cartera en cuanto tuviera oportunidad. Simplemente porque estoy aquí fuera tocando la guitarra, disfrutando de la lluvia, en lugar de estar ahí dentro viéndola tras un cristal, descansando de un viaje de trabajo, tomándome un café con sacarina y leyendo las mismas mentiras de siempre en el periódico del día, ¿no?

Silencio.

—En fin, ¿qué quieres? —me dijo—. Porque seguro que te ha costado horrores llegar hasta aquí para hablar conmigo. Algo quieres, seguro.

Me había noqueado. K.O. Ni siquiera me había dado tiempo a tirar la toalla. Lentamente me senté en el suelo, a unos metros de él.

—Necesito ir a la comisaría más cercana, en La Isla —fui directo.

—Pues esta tarde pasa un autobús —me contestó.

—Bueno, sí, ya, pero necesito ir cuanto antes, es por lo del coche, para poner la denuncia.

—Coge el autobús...

Silencio.

Comencé a levantarme, pero me agarró del brazo.

* * *

Volví a sentarme.

—Empecemos de nuevo —me dijo—. Lo primero que hay que hacer siempre es presentarse, por muy inferior que me creas no olvides que no dejo de ser una persona, quizás una persona que no ha tenido la suerte que tienes tú, que no puede permitirse ese coche, pero una persona, no olvides nunca eso, ¿vale, colega?

—Lo siento, yo no he dicho nada de eso, yo no...

—No, tú no has hablado, lo han hecho tus gestos y sobre todo tu mirada.

Nos presentamos y, a pesar de mis reparos, nos dimos la mano.

—Y ahora sí, dime, ¿qué necesitas?

—Que me acerques a la comisaría más cercana, por favor.

—Perfecto, por favor, así sí. ¿Sabes?, enseñamos a los niños que hay que pedir las cosas por favor, que hay que dar las gracias, que no hay que tratar mal a nadie, que no hay que discriminar... y en cambio nosotros, los adultos, lo olvidamos tan pronto... Te llevaré, no hay problema.

—Gracias —le dije.

—Eso sí, hay que esperar a que me traigan unas cosas, las cargo en la furgoneta y nos vamos, ¿te parece?

—Sí, sí, claro.

—Voy a ver por qué tardan tanto, ya deberían estar aquí.

Y en ese momento sacó un móvil de última generación, incluso mejor que el mío. ¿A quién se lo había robado? ¿Cómo había conseguido el dinero para comprarlo?

Comenzó a mandar mensajes.

—Bueno, ya está, me dicen que en nada están aquí. Por cierto, ¿tienes móvil? ¿O estaba en el coche? ¿Necesitas llamar a alguien?

—No, por suerte no se lo han llevado, pero no va, o se ha quedado sin batería o se ha estropeado, lo he tirado al salir corriendo.

—Pues toma, toma, si quieres llamar a alguien...

—No, no, gracias... aunque —pensé—, aunque debería llamar a mi jefe, tenía que estar a las doce con un cliente y no llegaré. ¿Puedo llamar? —Me podía más la responsabilidad.

—Claro, ya te lo he dicho.

Saqué mi propia tarjeta de empresa y ahí estaba el teléfono general, el de la centralita. Me identifiqué y pedí hablar con mi responsable.

Le expliqué lo ocurrido y pareció entenderlo, pero me dijo que de una forma u otra tenía que llegar al cliente para la instalación del producto era uno de los más importantes y no podíamos fallarle.

—Pero no tengo coche —le contesté.

—Bueno, pues coge un autobús, un tren, un taxi, lo que sea, corremos con los gastos, pero tienes que estar esta tarde allí sí o sí.

—A las doce no llego, tengo que ir a comisaría —le contesté.

—Vale, pero en cuanto hayas hecho la denuncia ve al cliente, ya les aviso yo de que llegarás un poco más tarde.

—Vale, pero...

—Oye, que solo te han robado el coche, yo te paso por Internet la documentación. ¿Tú sabes el dinero que nos jugamos si no hacemos la instalación esta semana? Sabes que es nuestro principal cliente, ¿verdad?

—Vale, vale, lo entiendo.

—Muy bien, así me gusta. Venga, venga. Después de comer te quiero allí.

Colgué y le devolví el teléfono.

—¿Una bronca del jefe?

—Sí, bueno...

—Vaya, lo siento, y, si no es impertinencia, ¿a qué te dedicas? —me preguntó.

—Bueno, instalo y configuro unos programas de contabilidad en empresas. Mi especialidad son las actualizaciones de versión, el problema es que normalmente, si la empresa es muy grande, necesitan parar de trabajar mientras estoy migrando para no perder datos. Y en este caso, durante la mañana ya han parado para que yo pueda comenzar la migración.

—Ah —me dijo—, no parece muy interesante.

—Bueno... —le dije— me da para comer.

—Y para un buen coche.

—Sí, y para un buen coche.

»¿Y tú...? —Y en el mismo momento que las palabras salían por mi boca me arrepentí de la pregunta.

* * *

—Yo, bueno, ¿no lo ves? Soy músico, y de los buenos, ¿eh? —Y me sacó una sonrisa de esas de lástima.

Por primera vez sentí algo por aquel hombre, ya no era rechazo, era pena, pena porque un hombre de mi edad estaba allí, intentando ganarse unas monedas mientras yo estaba preocupado por un coche que costaba más de lo que él podría ganar en toda su vida.

—Pero ahora estoy aquí esperando a que traigan un cargamento «especial», ya me entiendes. —Y me dio con el codo—. Yo me encargo de llevar cosas especiales a La Isla, soy como un repartidor. Y yo, a diferencia de ti, no le quito el ojo a mi preciosidad, ves, de momento ahí la tengo.

Y señaló una vieja furgoneta con la pintura desgastada por los años.

Volví a sentir lástima por aquel hombre que no paraba de sonreír y que se sentía orgulloso de ser el chico de los recados.

—¿Alguna petición mientras esperamos?

—Qué...

—Sí, ¿alguna canción?

—Pues... no sé, la verdad es que no sé mucho de música.

—¿Nada, no sabes nada?, ¿ni siquiera una canción que te guste, alguna?

—No sé, no sé, la verdad es que la música no es algo que me haya interesado mucho.

—¿Qué? Decir eso es como decir que no te interesan las emociones, o los sentimientos, o la lluvia, o invertir tiempo en preparar un regalo, o jugar con una cometa entre el viento, o sentir el sol cuando se acaba la madrugada, o... en fin...

—Bueno, oigo lo que ponen en la radio.

—Madre mía, colega, tú estás bastante mal, ¿verdad? Ni siquiera te preocupas en buscar música que te guste, que te haga sentir, que te haga llorar o reír, te conformas con lo que te pongan en la radio... ¿Y aquí el pobre soy yo...? —Y comenzó a reír—. Y de sentimientos, ¿cómo andas?

Aquella pregunta me pilló descolocado, ni siquiera sabía qué contestar, ni siquiera sabía si había respuesta.

—No te preocupes, el mundo está lleno de personas que tienen limitados los sentimientos. Algunos los han perdido, otros simplemente los han ocultado y otros... otros ni siquiera saben si algún día los tuvieron, pero para eso está, entre otras cosas, la música.

Y comenzó a tocar una canción que me sonaba de haberla oído en algún lugar, quizá, como él decía, en la radio.

Allí estábamos los dos: yo esperando el momento para irnos a comisaría, y él tocando su guitarra, como si nada hubiera pasado, simplemente disfrutando del momento.

Tras varias canciones en las que yo me mantuve en silencio, simplemente disfrutando de la lluvia y escuchando, aparcó delante de nosotros un pequeño camión de reparto.

—¡Ya está ahí! —Y se levantó dándome la guitarra—. Cuídamela.

Observé cómo saludaba efusivamente a un chaval joven y entre los dos cargaron unas cuantas cajas en su furgoneta. Se despidieron y se acercó a mí de nuevo.

—¡Vamos!

—Un momento que tengo que coger la ropa —contesté.

—Rápido, colega, que no tengo todo el día.

Entré corriendo en el restaurante, cogí la ropa que continuaba mojada, la metí en una bolsa y les di las gracias a todos por su ayuda.

Y aquel día comencé el viaje más extraño de mi vida. Uno de esos viajes que te enseñan que, aunque no seas capaz de verlos, la vida está llena de aeropuertos.

Podría decir que aquel día inicié un viaje que me hizo darme cuenta de que había sido un hombre que abrió los ojos demasiados años después de haber nacido.

* * *

Una hora antes de llegar a La Isla

11:07 H. LUNES. ENERO.

Allí estaba yo, un hombre desnudo en pertenencias y, lo que es peor, también en esperanzas, subido a la furgoneta de un tipo que se ganaba la vida con una guitarra vieja y transportando mercancías especiales.

Me sentí extraño, como si de pronto alguien le hubiese quitado a mi mundo alguna de las paredes que lo sostenían. Por primera vez en mi vida no podía controlar nada de lo que me estaba pasando. Y poco a poco, como esa marea que, inevitablemente va inundando por las noches las rocas, el miedo comenzó también a inundarme a mí al pensar que nadie sabía dónde estaba, que nadie sabía con quién estaba, miedo a ese hombre que podía hacer cualquier cosa conmigo, miedo a... intenté interrumpir aquellos pensamientos que me estaban destrozando por dentro.

—¿Por qué le llaman La Isla? —pregunté—. Es raro que llamen así a un lugar que está en tierra, ¿no?

—Bueno, sí que está rodeada por agua, casi. Pero lo de La Isla no viene por eso, en realidad los que estamos aislados somos los que vivimos allí.

—¿Por el agua?

—No, por el agua no, por las mentalidades, y ese tipo de aislamiento, créeme, es el peor. Más que nada porque es un aislamiento invisible. Aunque para nosotros La Isla es el resto del mundo.

Asentí sin haber entendido absolutamente nada.

Lo primero que pasó por mi cabeza es que nos dirigíamos a uno de esos lugares en los que algún loco había montado una especie de secta.

Estuve a punto de decirle que me bajaba, que me dejara allí, en la carretera, aún estábamos cerca del área de servicio, seguro que alguien me recogería de vuelta. Comenzaba a tener miedo, pero de momento era mayor la fuerza de la vergüenza.

Silencio.

A los pocos minutos le llegó un mensaje al móvil, lo miró sin apenas prestar atención a la carretera y mientras con una mano conducía con la otra iba contestando.

Cruzó la línea de separación varias veces, afortunadamente por aquella carretera no había demasiado tráfico.

—Sabes —me dijo—, esta carretera es muy aburrida, vamos a ir por otro sitio, se tarda un poco más en llegar, pero el paisaje es más bonito.

Y ahí, sí, ahí ya comencé a tener de verdad miedo.

* * *

Cuatro años antes de mi llegada a La Isla

Dos ancianos se despiertan en una cama que ya ni siquiera saben si es suya. Buscan sus manos, incluso antes de abrir del todo los ojos, y se aprietan hueso contra hueso. Ya apenas queda nada de aquella suave piel, de aquella fuerza, de aquel brillo... pero el cariño que sienten al entrelazar sus dedos permanece intacto.

Se levantan lentamente, como en una de esas películas mudas, casi a golpes. Buscan la mejor ropa que pueden encontrar en un armario que hace siglos que no renuevan. Ella elige uno de los pocos vestidos que aún parece elegante; él, el traje de la última boda a la que asistieron.

Entran en el baño.

Ella repasa minuciosamente su boca con una barra de labios cuyo color no ha cambiado en años. Se mira al espejo y mientras se coloca los pendientes recuerda aquellos momentos en que se maquillaba nerviosa justo antes de quedar con su primer y único novio. El mismo que ahora está en el baño de al lado con una maquinilla desechable que ya ha utilizado más de cien veces. Recorre su rostro arrastrando un vello blanco, corto, difuso... mientras su mente piensa que la vida no debería ser tan injusta. Sabe que no van a conseguir nada, pero lo que no podría soportar es, al menos, no haberlo intentado.

Ambos coinciden de nuevo en la habitación, frente a frente, a los pies de una cama que ha sido testigo de tantos momentos. Se miran a los ojos descubriendo solo pasado. Ella deja escapar unas lágrimas que van sorteando pequeñas montañas de piel hasta caer al suelo. Él también llora pero lo hace por dentro, como le enseñaron en aquella época en la que no estaba bien visto que llorara un hombre.

La abraza y, desde su espalda, le susurra: «Todo se arreglará.»

Abren la puerta, cogen el ascensor y salen a la calle.
Abren el paraguas.
Comienzan a caminar juntos.

* * *

A los pocos metros giró bruscamente a la izquierda, entramos en un camino de tierra y aceleró de golpe: 90, 100, 110, 120, 130 km/h a través de una recta infinita. Me agarré al asiento con todas mis fuerzas, temiendo, de un momento a otro, encontrarme a la muerte de frente.

—¡Esto es vida! —gritaba mientras aquella vieja furgoneta hacía equilibrios para no volcar, y volábamos a través de aquel mar de tierra, polvo y miedo.

Yo continuaba aferrado al asiento, con los ojos cerrados esperando el momento del impacto, preguntándome cómo había llegado a aquella situación. Pero no ocurrió nada, poco a poco fue reduciendo la velocidad.

Yo estaba temblando: me temblaban las manos, el cuerpo y hasta las palabras, sobre todo las que aún no habían salido, las que me decía a mí mismo por dentro.

Silencio.

—Bueno, espero no haberte asustado —me dijo con una sonrisa—, pero aquí no hay nadie, nadie en kilómetros, todo es llano. ¿Sabes?, a veces la vida es así, después de subir y bajar montañas llega un momento en que se queda plana: ya no hay enamoramientos, ni ilusiones, ni noches eternas mirando al mar, ni viajes inesperados a cualquier parte, ni amigos con los que huirías sin destino... Llega un momento en la vida en que eso se acaba y solo hay horizonte. De vez en cuando hay que pasar un poco de miedo porque quizás eso sea lo más parecido a despertar, ¿no crees?

Me quedé en silencio.

—Bueno, vamos a ver qué tengo por aquí. —Buscó algo en su móvil, enchufó un cable y comenzó a sonar música—. Verás qué paisaje más bonito. ¿Sabes, colega?, puedes mirar delante, detrás, a la izquierda, a la derecha y no hay ni una puñetera montaña, es como un mar pero de tierra...

Aquel hombre continuó hablándome de todo lo que se plantaba por aquella zona, me iba señalando la ubicación invisible de las poblaciones cercanas, me habló de los pájaros que pasaban por allí en determinadas épocas, de algunas zonas protegidas... y, poco a poco, entre la música relajada y un monólogo agradable volví a tranquilizarme.

Y así, entre sus palabras y mis silencios, fueron pasando los minutos y los kilómetros.

Al rato comenzamos a ver viñedos a nuestro alrededor y ahí me cambió la cara, se me alegró la vista, y él lo notó.

—¿Te gusta?

—Sí, mucho, es mi pasión: el vino.

—¡Vaya! —se sorprendió—. Pues cuéntame algo, venga, que llevo yo hablando todo el rato.

—Vale, mira —le dije—, por ejemplo, fíjate en aquellas viñas de allí, las de tu izquierda, ¿las ves?

—Sí —me contestó.

—Bueno, pues su tipo de cultivo es totalmente distinto a

estas de aquí, las de mi lado, las que estamos pasando ahora.

—Sí, sí, aquellas son como las de siempre, y estas... más altas —me contestó.

—Sí, correcto. Aquellas de allí son las de siempre, las de vaso, ese es su nombre, y en cambio este sistema de aquí es más «nuevo», se llama «de espaldera».

Redujo la velocidad para poder verlas mejor.

—Ah, y ¿cuál es la diferencia?

—Estas últimas son más caras de instalar por el coste del poste, del alambre, de la mano de obra; sin embargo, en las de vaso solo necesitas la planta. Pero a cambio, las de espaldera, estas que parecen más altas y que están atadas a alambres, permiten una mecanización casi total del cultivo y vendimia, con el consiguiente ahorro económico. ¿Ves que tienen cuatro alambres?

—Sí.

—Bien, pues normalmente los dos del centro son móviles y los van subiendo conforme crece la viña.

—Curioso...

—Sí, y mira, fíjate en los postes de los extremos, ves que han plantado rosales.

—Vaya, sí, no me había dado cuenta, ¿para qué?

—No es por decoración, es porque las vides son muy sensibles al ataque de un hongo que provoca una enfermedad que se llama oidio. Y este hongo ataca también a los rosales dejándoles unas manchas en las hojas, y como parece que ataca antes a los rosales que a las vides, pues sirve de alarma para detectar a tiempo la enfermedad y tratarla.

—Vaya, he pasado mil veces por estas zonas y jamás me había fijado. Pues sí que sabe el señorito de vinos. ¿Tú también eres de los que cogen una copa y están una hora oliéndola hasta que al final se la beben? —E hizo el gesto mientras conducía—. Esto del vino está reservado a la gente con pelas, ¿no? Tú debes de tener mucha pasta, colega.

Y ahí me quedé en silencio, como si el miedo hubiese vuelto a subir al coche. Por un momento me había olvidado de dónde estaba y, sobre todo, me había olvidado de con quién estaba. Me vinieron a la mente las palabras de aquel viejo hombre del bar: «Ese tipo te quitará todo lo que lleves encima y te dejará tirado por ahí.»

Me callé y él lo notó.

Intenté salir como pude.

—No, en realidad no, es solo una afición como otra cualquiera, me ha encantado desde siempre pero no hace falta tener mucho dinero.

—Venga, ese móvil, ese coche, eso de los vinitos... Seguro que tienes pasta... —me dijo mientras me daba con el codo.

Nos quedamos en silencio, él conduciendo y yo mirando de nuevo hacia fuera deseando no haber abierto la boca, deseando llegar a la comisaría si es que realmente íbamos allí.

—¿Sabes, colega? —me dijo al cabo de un rato—, somos tan idiotas que nos dejaríamos matar antes de quedar en evidencia. Nos puede la vergüenza.

Comencé a temblar de nuevo.

—Ahora mismo estarás pensando que te llevo a un lugar donde no has estado antes, que seguramente me he desviado para hacerte algo. Y tú, en lugar de decir que dé la vuelta o que te deje aquí me sigues acompañando por miedo.

»He acelerado para ver si decías algo pero has preferido callarte y eso no hay que hacerlo. Eso tenemos que enseñárselo a los jóvenes. Hay que enseñarles que en el momento que se metan en un coche y el que conduzca esté borracho se bajen, le digan que pare, o que se pongan ellos a conducir, pero, sobre todo, hay que decirles que hagan algo.

»La carretera —en realidad, el mundo— está llena de ramos de flores atados a señales de tráfico, a piedras, a montañas... por gente que fue incapaz de decir una simple palabra de dos letras: no.

»Tenemos vergüenza cuando, en un restaurante, nos sirven un plato que está a medio hacer, o cuando nos ponen esos entrantes que no hemos pedido pero sí nos cobran. Seguro que sabes a qué me refiero. La mayoría de la gente al coger la cuenta ve que se lo han incluido y no protesta, nos contentamos diciendo: bueno, con tal de no volver... Casi nadie se planta y dice: oye, yo esto no te lo pago porque no lo he pedido. No, la mayoría de gente no hace nada. Afortunadamente también están los héroes, las personas que hacen algo para cambiar las cosas. Y eso sí, cuando lo han conseguido, entonces todos los demás nos aprovechamos de su esfuerzo como parásitos.

»La vida está llena de personas valientes: la primera mujer que decidió divorciarse de su marido porque no lo aguantaba; la primera persona negra que se atrevió a ir en un autobús solo para blancos; los primeros padres que, en un pueblo pequeño, decidieron no bautizar a su hijo a pesar de todos los comentarios absurdos que tendrían que soportar; la primera mujer que decidió conducir un autobús o el primer hombre que decidió ponerse de cajero en un supermercado. Personas valientes, pioneros, que nos han hecho la vida más fácil a los demás, a los cómodos, a todos esos que...

Yo continuaba escuchándole, sin saber muy bien de qué iba todo aquello, seguía sin comprender nada, pero eso no conseguía alejar el miedo.

—... que desde el puto sofá de casa son los primeros en poner a todos los demás a caldo: eso sí, sin haber movido el puñetero culo, sin haber hecho absolutamente nada. Los que se quejan de las colas en los hospitales pero jamás los verás en una manifestación a favor de la sanidad pública; los que se quejan de lo mal que está el colegio de sus hijos pero no saben lo que es estar dos horas protestando ante los responsables; los que se quejan de la comisión que les cobra el banco cuando sacan dinero de un cajero distinto al suyo sabiendo que hay bancos que no cobran comisiones, pero ¿cambian de banco? No, ni de coña, porque somos vagos, vagos de cojones. Tenemos vergüenza de todo y antes que protestar por algo preferimos callarnos, como tú ahora.

Me quedé callado.

—Y el hecho de que te diga esto te da aún más miedo, pero no lo dirás, no lo dirás porque la vergüenza te sigue controlando. ¿A que sí?

No hablé.

—¿Quieres bajar? —Y paró el coche.

* * *

Dos ancianos se disponen a entrar a un banco con los zapatos mojados y el semblante derrotado. Cierran el paraguas y lo sacuden.

Él se esfuerza por abrir una puerta que le pesa casi tanto como lo que le resta de vida, ella se acurruca bajo su brazo, como si esa articulación fuera el único salvavidas al que aferrarse en esos momentos. Ambos, ya en el interior del edificio, se mantienen abrazados, como si uno y otro fueran las únicas pertenencias que les quedan después de estar toda una vida trabajando, después de una vida que, de pronto, ha naufragado.

Se detienen, él observa el alrededor y ella prefiere dirigir sus ojos hacia el suelo. Se saben el centro de todas las miradas, más que por su edad, quizá por su aspecto. Se han puesto las mejores ropas que han encontrado, pero seguramente eso no ha sido suficiente, pues cuando uno está derrotado se le nota hasta en los pensamientos.

Él se separa de ella por un momento, dejándola a solas, para acercarse a una ventanilla en la que una chica joven le dice que esperen en los asientos del fondo.

Llama a su mujer y ambos se hunden en el sofá negro de la esquina, apartado de la vista, justo al lado de esa mesita en la que te ofrecen descuento por viajes y te regalan vajillas, donde un hombre mayor con una sonrisa tan blanca como la nieve te invita a hacer el crucero de tus sueños.

Él lo mira y piensa en la ironía de la vida.

Y esperan.

Los dos ancianos continúan sentados. Llevan allí más de una hora pero eso no va a detenerlos, si hay algo que les sobra es tiempo.

Finalmente, una joven con falda azul y blusa blanca se les acerca y, con una voz preciosa, les dice que ya pueden pasar, que el director les está esperando.

El anciano hace intención de incorporarse pero vuelve a caer de nuevo en el sofá. La chica le tiende una mano y él la agarra. Se levanta, su mujer lo ha hecho antes que él.

Ambos pasan a un despacho en el que un hombre de unos cuarenta años les invita a entrar. Lleva uno de esos trajes que ellos solo han visto en las películas. Al verlo ambos tienen un sentimiento de inferioridad que intentarán esquivar como mejor saben: queriéndose.

—Siéntense, siéntense, y disculpen que les haya hecho esperar, tenía que atender unos asuntos —les dice el director.

Pero tanto él como la pareja de ancianos saben que tales asuntos consistían en dejar pasar el tiempo para ver si aquellos dos problemas desaparecían por la puerta hartos de esperar.

—Ustedes dirán.

Y dicen. Y lo dicen todo porque ya no tienen nada que callar. Y lo dicen tan despacio... pero con tanta fuerza...

* * *

—Podrías bajarte aquí ahora mismo, y yo seguiría mi camino y tú el tuyo. El único problema es que estamos en medio de ningún sitio, colega, en medio de la nada, y además en medio de la lluvia. Pero tú decides...

¿Qué podía hacerme un tipo como aquel? Un tipo con una guitarra y una vieja furgoneta, un tipo que no tenía nada... Y de pronto pensé que eso era lo más peligroso, que aquel hombre no tenía nada que perder. Tuve miedo, mucho miedo, pero intenté no mostrarlo.

—Y te entiendo, te entiendo porque no hay nada que dé más miedo que alguien que no tiene nada que perder, ¿verdad? —Aquel hombre era capaz de leer mis pensamientos—. Un mendigo que sobrevive con una guitarra y llevando paquetes de aquí para allá...

Silencio.

La música había dejado de sonar.

Solo se escuchaban las gotas de lluvia golpeando el techo de una vieja furgoneta en cuyo interior dos hombres luchaban sin más armas que sus propias intenciones.

—Pero no te preocupes —continuó— yo no soy de esos, aunque no te lo creas, yo sí tengo cosas que perder.

Y en ese momento observé un cambio en su rostro, como si, tras pronunciar esas últimas palabras, los recuerdos hubieran tomado el control de un hombre que había estado ocultando algo.

Miró de frente y comenzó a hablar.

—Soy consciente de que he hecho daño, mucho daño. He hecho cosas de las que me arrepiento, cosas que muy poca gente sabe. Seguramente debo cargar con alguna muerte a mis espaldas, quizás algún suicidio... no lo sé, ni quiero saberlo. Pero un día ocurrió algo que lo cambió todo, un día la realidad me cogió del cuello y me dio una hostia en toda la cara. Y fue aquel día cuando me di cuenta de que se me iba acabando el tiempo y lo único que había hecho era... Aquel día me di cuenta de que no era feliz.

Giró la cabeza hacia su ventanilla y supe que estaba llorando porque sus movimientos fueron los mismos que hizo mi padre aquel día en el interior del mar.

—Creo que ese es uno de los momentos más tristes de una vida: cuando te das cuenta de que no eres feliz. Ahí, colega, tienes dos opciones: quedarte sentado esperando que sea la propia felicidad la que un día, quizá por casualidad, te encuentre, o ser más valiente y salir a buscarla.

Se volvió hacia mí y observé que comenzaban a temblarle los ojos, unos ojos que flotaban en el interior del pequeño lago que se había formado entre sus párpados.

—Cuando era pequeño mi padre me hizo un regalo que cambió mi vida. Me compró una guitarra y me apuntó a clases para aprender a tocarla. Quizá pienses que no tiene nada de extraordinario, pero sí que lo es si te hablo de mi padre, pues la música y él son del todo incompatibles, jamás se ha comprado un disco, nunca le he visto tararear una canción... de hecho no sabe absolutamente nada de música, y, aun así, me compró aquella guitarra.

Creo que nunca un regalo ha sido tan importante en mi vida. No sabes lo feliz que fui durante aquella época. Nos juntamos cuatro amigos y formamos un grupo de música. Hacíamos lo que podíamos, creo que éramos bastante malos... o no, ¿quién sabe?, pero fuimos tan felices... Cada día practicaba y practicaba, y dos o tres veces a la semana quedábamos para ensayar en un local que nos cedía el instituto. Y allí, durante unas dos horas tocábamos hasta quedar agotados. Salíamos con los oídos sordos, las manos cansadas y el corazón alegre.

Vi como sus párpados, convertidos en improvisadas presas, finalmente habían cedido y comenzaban a caer las lágrimas por sus mejillas.

—Y él, colega... él me acompañaba a los conciertos, me daba dinero para comprar cuerdas nuevas, me pagaba las clases, financió parte de nuestro disco sin, seguramente, ni siquiera gustarle lo que hacíamos... y ¿sabes por qué, colega?, por amor. Porque el amor se demuestra de tantas formas...

Y ahí comencé a llorar yo también. De pronto todos esos recuerdos que permanecían latentes en mi mente se despertaron de nuevo y empezaron a dolerme: la infancia con mis padres, todos esos momentos, todos esos regalos en forma de palabras, de actos, de vivencias... Comencé a recordar a esas dos personas que ya no estaban a mi lado.

Y allí se produjo una de esas situaciones extrañas de la vida, en la que dos desconocidos se convertían en compañeros de recuerdos, aunque fueran ajenos.

—Yo era buen estudiante —continuó—, muy bueno, casi todo sobresalientes. Y al año de tener la guitarra, cuando acabó el curso y le di las notas, mi madre y él me dijeron que les acompañara, que tenían una sorpresa para mí.

»Comenzamos a pasear por la ciudad sin que yo supiera muy bien adónde íbamos. Hasta que, de pronto, nos paramos en una tienda de música, la misma por la que yo pasaba semana sí, semana no. Y allí, frente al escaparate, vi una preciosa guitarra eléctrica con un cartel que ponía «Vendida a...» y mi nombre.

»No puedo describir con palabras lo que sentí, por fin iba a tener mi primera guitarra eléctrica, por fin podía tocar con el grupo con una guitarra propia.

»Para mis padres supuso todo un esfuerzo económico, lo sé ahora, pues cuando somos pequeños no nos damos cuenta de esas cosas, pero me hicieron tan feliz... No hay dinero que pueda pagar todos los recuerdos que tengo de aquella época.

—Te entiendo —le dije. Era la primera vez que me atrevía a interrumpir su historia.

—Por eso —continuó—, hace unos años, aquel día en que se me derrumbó todo, cuando me encontré cara a cara con la propia vergüenza, cuando me pregunté en qué me había convertido... me hice la pregunta que todos nos deberíamos hacer a diario: ¿Soy feliz? Y no, no lo era.

»Entonces comencé a pensar en qué momento de mi vida había sido realmente feliz y, de pronto, un clic aquí me llevó a la infancia, cuando tenía la guitarra en mis manos.

Se secó las lágrimas con el brazo, cogió la taza que llevaba en el salpicadero y me la mostró: «PARA UN CRUCERO.» Voy a contarte la historia de esta taza.

Y arrancó de nuevo la furgoneta.

Y me contó una historia. Una historia que comenzó a golpear sin piedad mis prejuicios, fue un combate desigual en el que apariencias y realidades luchaban con daño: conforme brotaban sus palabras era mi cuerpo el que necesitaba que se lo tragase la tierra.

* * *

Y allí, frente a un hombre que no se espera ninguno de esos golpes, hay un anciano que se mantiene en pie simplemente por la fuerza de sus palabras.

Unas palabras que explican una historia, la historia de dos personas que han perdido todos los ahorros de su vida, que han visto cómo todas las horas de duro trabajo se han convertido en... nada. Que han visto cómo todo el dinero que habían estado guardando para cumplir un sueño se ha esfumado. El sueño de hacer un crucero que les iba a llevar por todos esos países que siempre habían visto a través de la tele, que les iba a permitir, al menos en sus últimos años, vivir.

Y todo eso se lo cuentan a un director de banco que ahora mismo no sabe dónde esconderse, pues fue él mismo el que los llamó y les convenció para firmar aquellos productos que, según él, les iban a dar el doble por su dinero. Y ellos, clientes de toda la vida, necesitados de una lavadora y un frigorífico, de una televisión nueva y un sofá más decente, necesitados de unas pequeñas reformas en su también anciana casa, pensaron que era una buena idea. Hasta ese momento siempre se habían fiado de los empleados de un banco con el que llevaban trabajando toda su vida.

Pero no ganaron el doble, en realidad lo perdieron todo.

En cambio él, aquel director de banco, obtuvo durante aquellos meses una pequeña fortuna gracias a las comisiones del producto. Cada contrato firmado aumentaba su cuenta bancaria.

El hombre anciano continúa hablando sin tambalear, con un tono firme, duro, sin perder la compostura. Y cada una de sus palabras impacta como aguijones en el cuerpo de quien está frente a él.

Pero quizá, lo más doloroso de la situación es que el propio director sabe que aunque ese anciano tuviera ahora mismo una pistola en la mano no sería capaz de utilizarla, porque no hay maldad en su cuerpo, solo impotencia.

—¿Sabe? —le dice mirándole a la cara con unos ojos que hacen daño—. Hace ya unos años que nos jubilamos, no creo que nos quede mucha más vida, quizá mucha menos de la que nos imaginamos. Perdí a mi único hijo en un accidente, no tenemos a nadie, solo nos tenemos a nosotros, pero no vamos a rendirnos porque eso sería lo mismo que morir. Vendré aquí de vez en cuando, solo para que me vea, solo para que sepa que nos ha destrozado, para que nunca olvide que nos ha quitado la ilusión de vivir... y eso es peor que quitarnos la vida. Usted es, usted es un... usted es un...

Y hay tanta bondad en el anciano que su propia mente no le ha dado permiso a su boca para que expulse palabras tan duras. Es en ese momento cuando su mujer, que ha estado llorando tras un pañuelo, le coge de la mano para que se calme, seguramente porque no quiere que, además del dinero, aquella discusión pare un corazón que no sabe los latidos que le quedan.

Ella le agarra la mano y esa es la señal para irse.

Y así, sin dinero, ni crucero, ni lavadora, ni frigorífico... pero con la dignidad intacta, dos personas se levantan y se marchan del despacho cerrando la puerta con cuidado.

Llegan a la sala principal y recogen su paraguas.

Salen al exterior, bajo la lluvia, quizás el lugar perfecto para disimular las lágrimas.

Cruzan la calle y se sientan en la parada del autobús.

Clic.

En ese momento, mientras ambos permanecen sentados, un hombre les hace una foto desde la acera de enfrente.

Clic, otra foto y aumento del zoom.

La cámara capta ahora dos rostros que se acurrucan uno junto al otro, arruga con arruga. La cámara capta también las lágrimas de ella y la tensión en el rostro de él. Quizás es la imagen perfecta de la derrota.

Clic, otra foto y aumento del zoom.

La cámara ahora ya solo captura el rostro del hombre: unos ojos que no lloran pero tiemblan, intentando no estallar delante de ella. Un iris viejo sobre una pupila igual de negra que su futuro. Un futuro que quizá se limite a vivir en el interior de cuatro paredes que pasarán a ser una especie de nicho en vida.

La cámara se apaga y su dueño, tras guardarla cuidadosamente en la bolsa a resguardo de la lluvia, se acerca a ellos. Atraviesa la calle corriendo entre el tráfico.

Se arrodilla ante los ancianos, coge las manos de ambos, les habla durante unos instantes y les deja una tarjeta.

Levanta la vista hacia arriba y le mantiene la mirada a un hombre que está asomado a la ventana.

* * *

Y allí, en mitad de la nada, en el interior de una vieja furgoneta, aquel hombre me estaba dando una de las lecciones más grandes de mi vida. Noté un derrumbe en mi interior: todos mis prejuicios comenzaban a caer como naipes en una torre sin cimientos.

—Me asomé a la ventana y los vi salir —me dijo agarrando con fuerza el volante—, como dos náufragos perdidos en el asfalto. Ambos bajo el mismo paraguas, uno de esos de propaganda, de esos que dan en los bancos...

»Y desde aquella atalaya de la vergüenza comencé a verlos de otra forma: aquellas dos personas que se hundían en la vida podrían haber sido mis propios padres... Unos padres a los que yo habría defendido hasta la muerte, te aseguro que yo mismo hubiera ido a hablar con el banquero, y no habrían sido solo palabras, te lo aseguro...

Suspiró.

—Pero aquellas dos personas no tenían ni siquiera eso, no tenían a nadie que pudiera defenderlos, a nadie, aquellas dos personas habían venido desnudas, sin ayuda, únicamente con el valor de quien ya no tiene nada que perder, de quien ya lo ha perdido todo. Habían venido a verme a mí, al tipo que, conscientemente, les había jodido la vida. Sí, yo. Yo, colega. Yo.

Se mantuvo durante unos instantes en silencio.

—Observé cómo se sentaban en la parada del autobús. Ella se acurrucó junto a él, él puso su mano sobre el cuerpo de ella. Allí, entre el frío y la derrota, ambos esperaban a que un autobús los recogiera para llevarlos a una casa de la que ya no brotaría la vida, como dos semillas que han caído fuera de la tierra.

»Permanecí en la ventana, como un vigía macabro, observándoles, no podía dejar de hacerlo. Continuaban abrazados, uno junto al otro, unidos por una de las pocas sustancias que no se pueden comprar con dinero: amor.

»Pero a los pocos minutos ocurrió algo extraño, muy extraño. Varios coches comenzaron a pitar, uno tras otro, varias bocinas... Miré a la derecha y observé cómo un hombre cubierto por un chubasquero verde comenzaba a atravesar el tráfico sin orden ni control, entre los coches; un hombre que se dirigía hacia la parada del bus.

En cuanto llegó, se arrodilló ante ellos, les cogió las manos y estuvieron hablando durante unos instantes.

Y de pronto, me miró.

Miró hacia arriba, hacia mí, y aunque apenas podía distinguir su rostro, te juro que noté la fuerza de sus pupilas. Me miró de tal forma que temí que aquellos ojos fueran capaces de romper el cristal de la ventana desde la que espiaba la derrota.

—Aquel día, colega, aquel día cambió mi vida. Y aquel hombre, el de la cámara... Aquel día hubo un clic aquí dentro, colega. Aquí dentro. Y no fue por la mirada, no fue por verlos derrotados, no fue ni siquiera por lo que había hecho, fue otra cosa. Lo que me hizo cambiar fue que me di cuenta de que aquella pareja tenía algo que a mí me faltaba.

»Miré a mi alrededor y en ese momento solo vi dinero: la mesa del despacho de madera maciza, el perchero de diseño, un traje carísimo, unos zapatos de piel, una pluma que costaba más que los propios zapatos, un cuadro de tres mil euros por el que nadie pagaría más de cien... pero no encontraba lo único que aquel anciano tenía en abundancia, algo que se había ido con él cuando abandonaron el despacho: yo también necesitaba a alguien que se sintiera orgulloso de mí.

»Bajé la persiana.

»Cogí la chaqueta y decidí irme de allí, irme a casa, decidí, en un instante, no volver más a aquel banco. Me despedí sin dar ninguna excusa a nadie, con la sensación de que ya no volvería.

»Y así fue, jamás volví al banco; bueno, sí, una vez, para llegar a donde ahora mismo vamos...

* * *

—Salí del edificio —me continuaba contando—, a la calle, y comencé a buscar una floristería. A ella le encantan las rosas, sobre todo las que no son rojas: las blancas, las amarillas... Le compré un ramo precioso.

»Desde allí me fui a un restaurante chino y compré comida, por primera vez en muchos meses íbamos a comer los dos juntos un día entre semana.

»Llevaba todo en el coche: las flores, la comida y la ilusión.

»Aparqué en el garaje y recuerdo que subí nervioso en el ascensor, como en nuestras primeras citas. Me encantó, me encantó volver a notar eso de nuevo, después de tanto tiempo volvía a sentirme vivo.

»Llegué a nuestro piso, el cuarto. Cogí las llaves en una mano, y el ramo y la comida en la otra. Abrí la puerta lentamente, sin hacer ruido, despacio...

»Entré de puntillas y comencé a escuchar voces en el comedor: risas, sobre todo risas. Quería darle una sorpresa y al final la sorpresa me la dio ella a mí. En cuanto entré en el comedor vi a mi mujer con...

»—Mira, colega —se interrumpió—, ya hemos llegado —me dijo señalando una especie de castillo—. Ahí, al final de la recta, al fondo: La Isla.

La Isla
Primer día

Llegué a La Isla

LUNES. ENERO.

Y llegamos a un lugar que aún a día de hoy no sabría muy bien cómo definir: quizás es ese sitio al que te trasladas cuando suena el timbre del recreo, o allí donde vamos al cerrar los ojos justo antes de soplar las velas, o la eternidad en la que nos introducimos al juntar los tactos con la persona que amamos... ¿Quién sabe? O quizá no era más que la parte trasera del armario en que se había convertido mi vida: ahí donde se almacenan prendas que jamás volverás a ponerte pero te da pena tirar.

En aquel momento no era consciente de que acababa de llegar a un lugar del que ya no podría escapar, aunque algún día lograra salir.

Nos acercamos a través de una inmensa recta que dejaba a ambos lados líneas infinitas de cipreses, como si aquella fuera la carretera que llevaba a la muerte; más adelante comprendí que justamente era la que huía de ella.

Continuaba lloviendo.

Comencé a distinguir un pequeño castillo que parecía flotar sobre un pequeño lugar que, a su vez, parecía hacerlo sobre la nada.

Fue aminorando la marcha hasta que giró a la derecha y nos detuvimos sobre una gran explanada desde la que se veía todo el conjunto.

Silencio.

—A que es precioso... —me dijo.

—Sí —contesté.

Abrió la puerta del coche y dejó entrar la lluvia mientras comenzaban a salir sus movimientos.

—¡Vamos, ven! Voy a enseñarte una cosa.

—Pero... está lloviendo —protesté.

En ese momento se detuvo y me paralizó con la mirada.

—Sí, ya lo veo, y seguirá lloviendo incluso cuando ya no estemos vivos. Pero, ¿sabes? —me susurró—, no vas a encoger. ¿Has sido capaz de empaparte por perseguir un simple coche y no vas a ser capaz ahora de mojarte por disfrutar de un paisaje?

Y salió.

Y salí.

Nos acercamos a un precipicio desde el que se veía cómo un río rodeaba aquel pequeño lugar.

—¿Ves el castillo? ¿Allí arriba? —Me señalaba a través de las gotas de lluvia.

—Sí, sí.

—Cuando uno sube allí descubre todo lo que desde fuera no se puede ver. Cuando uno sube allí, colega, se da cuenta de lo pequeño que es el mundo.

Me quedé mirando la parte alta del castillo sin saber muy

bien qué significaban aquellas palabras. Lo supe más tarde, días después, cuando al subir allí arriba me encontró el pasado.

—Bueno, ¡vamos! Que ya nos estamos mojando demasiado. —Y se comenzó a reír.

Entramos en la furgoneta, se incorporó de nuevo a la carretera y nos dirigimos hacia el castillo.

Fue en aquel momento cuando tuve, por primera vez, una sensación que me fue acompañando durante las horas siguientes. La de que, sutilmente, alguien no quería que yo saliera de allí, por lo menos, que no saliera demasiado pronto. Me imaginé que algún conde me iba a encerrar en aquella torre para no dejarme salir jamás. No pensé en colmillos, ni ajos, ni crucifijos..., pero...

Atravesamos un primer arco estrecho, muy estrecho, por el que apenas cabía un coche, y a ambos lados, barrancos.

—Esta —me dijo— es la única entrada a La Isla... y también la única salida —añadió.

En ese momento me fijé en un gran cartel que había a la derecha, junto a la roca, un cartel negro con letras blancas: «Quien no encaja en el mundo está siempre cerca de encontrarse a sí mismo.» H. Hesse.

Atravesamos dos arcos más —en uno de ellos tuvimos que ceder el paso a una furgoneta de reparto— y comenzamos a recorrer pequeñas calles que iban dejando casas aquí y allá, casas que se mezclaban con árboles, con vehículos de todo tipo, con bancos y macetas... Era como si, tras un huracán, todas aquellas cosas hubieran caído allí sin orden ni respeto.

Avanzamos en el interior de una calle ancha hasta una gran plaza en la que, en ese momento, a pesar de la lluvia, había bastante movimiento.

—Bueno, colega —me dijo—, hemos llegado. Espera un momento en el coche que voy ahí enfrente a dejar una cosa. Enseguida vengo y te acompaño a comisaría.

Y sin esperar respuesta se puso de nuevo el sombrero y me dejó allí, con el motor y el miedo encendidos.

* * *

Un hombre con un sombrero de copa cuadrado entra en un pequeño bar en la esquina de una plaza, saluda a varios de los allí presentes y se acerca a la barra dejando un pequeño reguero de agua por el suelo.

—Bueno, ahí afuera te traigo el cargamento especial —le dice a un policía que lo mira a través de unas gafas de sol innecesarias.

—Demasiado pronto —contesta.

—¡Demasiado pronto! —protesta—. En cuanto enviaste el mensaje me desvié por el campo, le he estado entreteniendo, nos hemos parado a la entrada para ver el castillo, ya no sabía qué más decirle, si quieres le hago un concierto en la furgoneta.

—Vale, vale, se nos ha puesto gallito el músico... tranquilo, tómate algo.

—Y él, ¿qué hago con él? Lo he dejado en la furgoneta.

—¿Tú crees que se va a ir a algún sitio?

—No, no lo creo. —Y ambos sonríen.

Y se pide una cerveza, y brindan.

—Buen trabajo.

—Gracias, ¿y ella, qué tal?

—Nada más coger el coche se ha puesto tan nerviosa que ha parado en el arcén y entonces el cabrón ha salido corriendo y a punto ha estado de pillarla.

—¡Hostia!

—Sí, pero bueno, al final todo ha salido bien, la he recogido en la otra gasolinera.

—¿Y los papeles?

—Bueno, en eso están, tómate la cerveza tranquilo, sales y me lo metes en comisaría.

—¿Y el móvil?

—Sí, todo arreglado, ya le hemos dado su parte a la camarera.

—Bueno, pues perfecto entonces... Yo también quiero mi parte, eh, no lo olvides.

—Sí, hombre, sí, no te preocupes —le dice mientras le da un golpe en el hombro—. Oye, ¿y qué tal es el tipo?

—Un pringao.

—Como tú.

—Como yo, pero a este lo vais a dejar seco.

* * *

Allí me quedé, a solas, refugiado en el interior de una furgoneta que se mantenía encendida, con las llaves puestas. Las miré de reojo... pero para hacer algo así se necesita valor y razones y, por el momento, no tenía ni una cosa ni la otra.

Estuve observando el alrededor en busca de algo que me diera la excusa para huir, para desaparecer de allí. Y de pronto fue mi mente la que adquirió el control. En realidad todo aquello podía ser mentira, quizás aquel tipo no había sido banquero en su vida, quizá su historia la había ido inventando conforme conducía... Pero cuando realmente comencé a asustarme fue cuando me di cuenta de que estaba totalmente perdido, en ese mismo instante nadie sabía dónde me encontraba. Nadie. Ni mi mujer, ni mi hija, ni mis amigos, ni mis compañeros de trabajo... Era una situación que no me ocurría desde... desde que tenía dieciocho años y alguna vez me escapaba en bici a solas por la montaña. Desde entonces jamás había estado así.

Nadie, y además, ni siquiera podía usar mi móvil, que permanecía igual de apagado que las últimas horas de mi vida.

En aquel momento podrían acercarme a uno de esos barrancos, lanzarme y nadie se enteraría.

Los cinco minutos se convirtieron en diez, y los diez en quince, y los quince...

Durante el tiempo que estuve esperando me di cuenta de que no paraban de pasar camionetas de reparto. Venían, aparcaban y recogían paquetes que se volvían a llevar de inmediato. Durante el tiempo que estuve esperando vi al menos cinco, demasiadas para un lugar tan pequeño.

De pronto abrió la puerta, se quitó el sombrero y se sentó.

—¿Vamos? —me dijo sonriendo.

—Has tardado, ¿no? —protesté.

—Bueno, estaba hablando de negocios con un colega, era importante. Vamos a la comisaría.

Arrancó de nuevo la furgoneta y nos dirigimos hacia otra de las calles, dio más de dos vueltas por el mismo lugar y finalmente aparcó frente a una casa vieja, con tan solo un pequeño distintivo y un coche patrulla en el exterior.

Cuando nos disponíamos a entrar me fijé en una frase que había sobre la puerta: «Una cosa no es justa por el hecho de ser ley. Debe ser ley porque es justa.» Montesquieu.

Extraña frase en una comisaría, pensé.

Entramos y saludó a una policía que había en la recepción.

—¿Qué tal todo? —le dijo la mujer mientras se daban dos besos.

—Yo, de lujo, ya sabes —contestó él.

—¿Y el próximo concierto?

—¡En la capital! —exclamó.

—¿En serio?

—En serio, ¿vendrás a verme, no?

—Por supuesto. Hasta dónde estás llegando, ¿eh?

—Bueno, se hace lo que se puede, ya sabes... pero al tema, te traigo a este.

—Hola —me dijo tras mirarme de arriba abajo.

—Hola —contesté.

—¿Qué ha ocurrido? —me preguntó.

—He llamado antes para denunciar que me han robado el coche.

—Ah, sí, otro más.

—¿Otro?

—Sí, bienvenido al club, no sé qué tiene esta zona que parece que los coches desaparecen. En un mes llevamos más de diez.

—¿Más de diez? —contesté sorprendido.

—Sí, pero la buena noticia es que casi todos vuelven a aparecer por la zona a los días siguientes. Los utilizan para cualquier pequeño delito y después los abandonan.

—Los baratos —contestó el guitarrista.

—Sí, claro, los baratos.

—Pues este no era precisamente barato.

—¡Vaya! Pues entonces la cosa se complica... Bueno, acompáñeme y le tomaré declaración allí dentro.

Y entramos en una pequeña habitación donde comenzó a realizarme una serie de preguntas.

—¿Algún testigo? —Y yo señalé hacia él con la mirada.

—¿Yo?, no, ni de coña, colega; yo estaba tocando la guitarra, cuando el coche salió ni lo vi.

—Pero...

—Pero nada, colega.

—Bueno —desistí—, creo que nadie lo vio directamente, pero seguro que en la gasolinera había cámaras de seguridad.

—Sí, claro, las pediremos, pero a esa distancia y lloviendo...

Tras unas cuantas preguntas más, lo imprimió todo y me hizo firmar varias hojas, incluyendo la protección de datos, consentimiento, copias...

—Burocracia —intentaba disculparse educadamente—, de todas formas, no se vaya muy lejos porque suelen dejar por la zona tirado todo lo que roban si no les es de valor. En un rato saldrá una patrulla a mirar los alrededores e informaremos también a la central. Lo siento mucho y que pase un buen día.

* * *

Salimos fuera.

Continuaba lloviendo.

—Bueno, yo tengo que repartir unas cosas y enseguida vuelvo. Si quieres quédate allí enfrente, en aquella pastelería, tómate un café. Hace unos pasteles increíbles esa mujer.

—Pero... y qué hago, dónde cojo un tren, un autobús, tengo que llegar al cliente esta tarde.

—Bueno, bueno, colega, tranquilo, espera a que reparta unas cosas y de paso pregunto a qué hora sale el tren que me has comentado que necesitas y vuelvo aquí, no tardo nada.

—Vale —dije, ¿qué otra opción tenía?—. Vale —me resigné, era la impotencia la que iba poco a poco controlando mis decisiones—. Vale.

Se subió a la furgoneta, me dijo adiós con la mano y desapareció entre la lluvia.

Me quedé allí, a solas, de pie.

Asustado.

Crucé la plaza en dirección a aquella pastelería.

* * *

En el segundo piso de la comisaría se abre una pequeña ventana desde la que alguien observa cómo un hombre cruza, ligeramente perdido, la plaza en dirección a una de las mejores pastelerías del mundo.

—¿Es ese?

—Sí.

—Parece un idiota.

—Quizá lo sea, pero necesitamos la firma de ese idiota para que vender el coche sea legal —dice un hombre que continúa sin quitarse las gafas de sol.

—¿Y a cuánto asciende la deuda?

—A mucho.

—¿Entonces no bastará con lo que saquemos del coche?

—Me temo que no, según el jefe va a hacer falta bastante más...

En ese momento se abre la puerta de la sala y entra una policía con una sonrisa entre los labios y unos papeles entre las manos.

—¿Qué tal? —le preguntan.

—Ya tenemos la firma —contesta.

—Eres la mejor.

—Bueno, no ha sido tan difícil, simplemente le he colocado los folios a firmar entre el resto y, con lo nervioso y asustado que está, ni siquiera los ha leído. Así que la venta del coche ya tiene su consentimiento. Me debéis una.

—Bueno, pues comencemos, ahora hay que moverse, y rápido, debemos dejarlo todo zanjado lo antes posible, no sé cuánto tiempo lo podremos retener aquí antes de que sospeche algo.

—¿Qué hago entonces con la denuncia? —pregunta de nuevo ella.

—Rómpela.

Y allí, ante cinco personas, una mujer coge los folios que lleva en las manos, los introduce en la destructora y comienzan a salir pequeños hilos de mentira de una denuncia que jamás existió.

* * *

Tres años antes de mi llegada a La Isla

La tranquilidad de un club de carretera está a punto de ser alterada: en apenas unos segundos aparecerá un hombre con una pistola y la necesidad de huir hacia una isla.

Se abre la puerta principal del edificio y, tras saludar a una mujer regordeta y pequeña que conoce desde hace muchos años, realiza una sola pregunta.

—¿Dónde está?

—Arriba, donde siempre, pero tendrás que esperar porque ahora está ocupada —le contesta.

—¿Ocupada? —Y sonríe mientras le muestra una pistola.

—¡Oye, oye!, ¿qué coño vas a hacer? —grita la mujer, asustada.

Pero el hombre ya no está junto a ella.

Comienza a subir por las escaleras y abre una puerta, y otra, y otra... observando tras todas ellas la misma escena: cuerpos de extraños que se acarician sobre unas sábanas que de tanto usarlas ya ni siquiera se quejan.

Cuerpos de hombres que se han cansado del sexo de hogar; cuerpos de hombres de domingos de iglesia, de familias perfectas; de hombres solitarios o de aquellos que no encuentran otra senda más directa para llegar al placer momentáneo; vidas al fin y al cabo.

Finalmente, en el segundo piso, en la segunda puerta que abre, la ve, de espaldas, jadeando placeres ficticios, con movimientos demasiado calculados sobre un cuerpo inerte por el peso. Con dos manos aferradas a sus nalgas que parecen acuchilladas por unas uñas sucias, que la aprietan sin que sepa ni deba quejarse.

Ante el ruido de la puerta, ella se paraliza, gira la cabeza y se separa del otro cuerpo. Y ambos, cuerpo propio y dignidad ajena, se van por la parte derecha de la cama.

—¡Vamos! —le ordena el hombre que acaba de entrar en la habitación—. ¡Vámonos!

Pero en ese momento el cuerpo desnudo que hacía de balsa en el mar del sexo en el que ambos —mujer y hombre— se encontraban, se levanta con rabia y se dirige violentamente contra el espontáneo que acaba de interrumpir su momento de placer diario. Está a punto de golpearle cuando observa cómo una pistola apunta a su propia cabeza. Se detiene en seco. Tiembla.

Y así, desnudo, aquella pistola le ordena salir al pasillo, fuera, con una erección que ya apenas se sostiene.

El hombre de la pistola cierra la puerta y se queda con ella en la habitación.

—¡Vamos! Vístete! Nos vamos.

—Pero... Pero estás loco, ¿qué estás haciendo?

—Voy a contar hasta tres —le grita con todas sus fuerzas—, ¡nos vamos!

Y la mujer se viste como puede.

Abre un pequeño armario y comienza a meter sus pertenencias en una maleta: un bote de colonia, un cepillo de dientes, un cepillo para el pelo, dos pares de pantalones, un jersey, dos sujetadores y un puñado de bragas. Y mientras la cierra se da cuenta de que ahí, en esa pequeña maleta, cabe toda su vida.

Abre de nuevo la puerta y ambos bajan las escaleras mientras un cuerpo desnudo continúa esperando fuera, en el pasillo, tiritando de frío y de miedo.

—¡Hasta nunca! —grita al aire el hombre de la pistola mientras aprovecha para darle un beso en la boca a una mujer pequeña y regordeta que aún no acaba de asumir lo que está ocurriendo.

Salen de allí y se montan en un deportivo negro que huye de madrugada.

* * *

Y de pronto, al entrar allí, me di cuenta de que era uno de esos lugares en los que desearías pasar el resto del invierno. Un pequeño local con chimenea, unos cuantos butacones y alguna que otra mesita. Una pastelería de las que solo se encuentran en los cuentos.

Me quedé maravillado mirando todo lo que me rodeaba.

—¡Hola! —me sorprendió una voz tras un mostrador.

—Hola, hola —contesté.

—¿Qué te pongo? —me dijo una mujer preciosa que llevaba un pañuelo negro con una calavera en el pelo.

—Bueno, no sé, un café y algo para comer.

—Puedes elegir...

Y me señaló un mostrador adornado por tantos tipos de pasteles... Comencé a mirar sin poderme decidir, en realidad llevaba otras cosas en mi mente, demasiadas.

—Pues no sé...

—Perfecto, ya te sorprendo yo, ¿vale? —me dijo.

—Vale, vale. —Vale, otra vez.

—Puedes sentarte donde prefieras, ah, y si quieres puedes llevártelo tú mismo a la mesa.

—Bueno... sí, vale...

—No, es broma —comenzó a reír—, lo decía porque como vas vestido de camarero...

—Ah, sí, bueno... es una larga historia —contesté, avergonzado.

Me senté en un pequeño sofá justo al lado de la chimenea. Una preciosa chimenea sobre la cual había colgada una gran bandera pirata.

En apenas unos minutos llegó con un café y una bandeja con diferentes pastas.

—A estas horas ya no hay mucha gente por aquí, casi todos han venido esta mañana.

Me sirvió el café y se sirvió ella también.

—¿Te importa que me siente? —me dijo.

—No, no, hoy es uno de esos días en los que necesitas hablar con alguien. ¿Sabes? —le dije—. Es precioso, es precioso este local.

—Sí, es muy bonito, casi todo lo que ves es de segunda o tercera mano, cogido de aquí y de allá...

—¿Y esa bandera? —le pregunté señalando sobre la chimenea.

—Ah, sí —sonrió—. Bueno, esa bandera es por mi hijo, un juego entre nosotros, igual que el pañuelo que llevo en la cabeza. Además, todos somos un poco piratas, ¿no?

—No te entiendo... —le dije.

—Bueno, no te preocupes, cosas mías.

—Pues lo dicho, es un lugar precioso.

—Sí, finalmente lo he conseguido, pero tuvieron que obligarme, de lo contrario...

—¿Qué?

—Bueno, también es una larga historia. —Comenzó a reír de nuevo—. Creo que todas las personas tenemos, al menos, una larga historia, ¿verdad?

—Verdad —contesté.

—O deberíamos tenerla, de lo contrario, ¿qué vida es esa? —Y volvió a reír. Y yo con ella.

—En realidad llevaba mucho tiempo pensando en montar algo así, aunque el local no es rentable, pero me gusta.

—¿No es rentable?

—No, si fuera solo por el local ya habría cerrado hace tiempo... —Se llevó a la boca la taza de té.

—Y tú —me preguntó—, ¿qué haces en un lugar como este?

Y allí, ante aquella chimenea, comencé a contarle cómo había llegado a vestirme de camarero, le comenté que finalmente un guitarrista con un sombrero de copa cuadrado me había ofrecido su ayuda, que había ido a comisaría... Le conté todo eso sin saber que a pocos metros de donde estábamos sentados había varias personas que intentaban vaciarme la vida.

* * *

En el segundo piso de la comisaría...

—Lo primero de todo es el coche. De eso ya me encargo yo, ya hay comprador, esta misma tarde me lo llevo y a ver si mañana ya está fuera del país y el dinero cobrado. ¿Me lo habéis dejado limpio por dentro?

—Sí, claro, hemos sacado el ordenador, la maleta... —dice uno de los presentes.

—La maleta nos puede servir para negociar, ¿qué más? —pregunta el policía con gafas de sol.

—La documentación, una bolsa de deporte, las llaves...

—¿Las llaves de casa?

—Sí, supongo, por la pinta están las de casa, las del portal, el mando del garaje y lo más seguro es que esta sea la del trastero —dice mientras las muestra al aire.

—Ok, perfecto, ni se habrá dado cuenta de lo de las llaves, así que hay que actuar rápido. En la casa no vamos a entrar de momento, pero sí en el trastero. Vosotros dos —les dice a una pareja de hombres— id para allá, alquiláis una furgoneta y traed lo que valga la pena. Un tipo con un coche de 50.000 euros puede tener cosas interesantes en el trastero.

—La camarera me ha dicho que él comentó que no habría nadie en casa en toda la semana... —interrumpe otro de los presentes.

Se hace el silencio.

—Bueno, en principio no creo que sea necesario, a no ser que nos falle lo del dinero de sus cuentas... pero, bueno, vosotros mismos... Eso sí, haced las copias de todas las llaves ya y me las devolvéis, así se las entregaremos junto a la maleta para que no sospeche nada. ¿Qué más?

—El móvil, aquí lo tengo.

—Perfecto, ¿creéis que se dará cuenta de que el que va en el interior de la funda no es el suyo?

—No, no lo creo, el modelo es el mismo y está como nuevo. En principio el que lleva no se cargará, supongo que pensará que se le ha estropeado.

—Bueno, de todas formas hay que devolvérselo cuanto antes, no quiero que sospeche nada. De ahí es de donde tenemos que sacar lo suficiente para saldar la deuda.

En ese momento interrumpe otro de los presentes.

—¿Del móvil? Sí, es de los caros pero tampoco creo que nos den tanto.

El policía de las gafas de sol y el informático le miran con cara de sorpresa y comienzan a reír.

—No es por el móvil, idiota. Es por todo lo que se puede hacer hoy en día con un móvil.

Se oyen las risas de casi todos los presentes.

—Bueno, ¿algo más?

—Sí, el informático está ahora mismo volcando todo lo del móvil y el portátil en uno de nuestros ordenadores, esta noche ya lo tendrá listo. No somos conscientes de que tenemos toda nuestra vida ahí, en esos pequeños cacharros.

En ese momento, mientras cada uno de ellos va anotando diversas cosas, se oye una voz desde el interior de la habitación en la que se están haciendo las copias del móvil y del portátil.

—¡Joder, joder, joder! ¡Esto es la puta lotería! ¡Venid, venid!

* * *

Tres años antes de mi llegada a La Isla

Ambos, policía y prostituta, huyen en el interior de un precioso deportivo negro en cuya guantera hay ahora dos pistolas: la oficial y la otra, la que siempre ha estado fuera de la ley.

Lleva ya varios minutos conduciendo y aún no se han dirigido la palabra. Ella enciende la luz interior del coche, le mira el rostro y le quita las gafas para poder ver de cerca unos preciosos ojos verdes del mismo color que uno de los suyos.

—¿Qué miras?

—Tus ojos —le dice.

—Con esta luz no se verán demasiado.

—Se ven lo suficiente, ¿sabes que son del mismo color que mi ojo izquierdo?

—¿Sí?

—Sí, igualito.

—¿Y el otro?

—El otro no, el otro es azul.

—Eres rara, ¿eh?

Y ambos empiezan a reír.

Mientras ellos huyen, en el club se ha iniciado una discusión entre la dueña del mismo y un hombre que se ha quedado desnudo —y alterado— en el pasillo. Finalmente, ella le ha acompañado a otra habitación. Y allí, ya más calmado, se ha tumbado de nuevo sobre otra cama. A los pocos segundos entra una nueva chica y se sienta sobre él. No sabe su nombre, ni sus sentimientos, no sabe absolutamente nada de ella, pero tampoco le importa demasiado, solo quiere acabar lo que ha empezado.

Y poco a poco se restablece la paz en un club que continúa fabricando placer descafeinado, de ese que no deja demasiados recuerdos.

El coche sigue avanzando por la carretera con una mujer que asume que el pasado siempre va a estar ahí, como esa deuda que nunca acaba de pagarse; sabe que siempre habrá alguien que le recordará lo que fue.

—¿Adónde me llevas? —le pregunta ella.

—A una isla —le contesta él.

—¡Qué romántico!

En ese momento, ella le desabrocha los pantalones, se los baja unos centímetros y acerca su boca hacia...

—¿Lo hacías siempre así? —le pregunta mientras mira la carretera.

—No... nunca lo hacía fuera del club, me daba miedo...

—Me refiero a... bueno, déjalo.

—Perdona...

—No, no, perdona tú... —le dice el policía mientras se separan, mientras para en el arcén de la carretera.

Él se abrocha el pantalón, se desabrocha el cinturón de seguridad, la mira a los ojos y la abraza.

Y por primera vez en muchos, muchos años, ella desea que un abrazo no se acabe nunca, porque hace tanto tiempo que no tiene un abrazo de ese tipo, sin sexo ni dinero de por medio, de esos que no aprietan solo el cuerpo sino de los que son capaces de sostener las dudas y los miedos.

* * *

Tras contarle más o menos lo ocurrido, fui yo el que comenzó a hacerle preguntas a la única persona que, de momento, me había dado confianza para hacerlo.

—Bueno, ¿y qué tal se está aquí?

—Yo ahora estoy muy bien, la verdad es que vine casi por obligación. Al principio lo pasé mal, bastante mal, pero poco a poco, cuando entiendes...

—¿Cuando entiendes...?

—Bueno, sí, cuando entiendes cómo funcionan las cosas aquí todo se ve distinto, es complicado... Aquí hay gente muy buena y también gente muy extraña, aunque ambos términos no tienen por qué ser incompatibles... Cuando llegué hace unos años estaba también un poco... —Se quedó en silencio.

—Asustada.

—Bueno, no diría asustada, más bien desconcertada. Me encontré con algo... digamos, raro: casi todos los habitantes de La Isla tenían mucho dinero, no sabía muy bien de dónde salía, ni tampoco me atreví a preguntar.

—¿Droga?

—No, droga no, en ese sentido no hay problema. No, simplemente negocios distintos... ¿Has probado las pastas? —cambió de conversación.

Cogí una, me la metí en la boca y... estaba buenísima.

—Vaya, de lo mejor que he comido.

—Muchas gracias, me alegro de que te guste. Todo sale de ahí adentro —dijo señalando la sala que había tras el mostrador— y de mis manos —sonrió.

—Bueno, pues sea como sea, creo que has creado algo muy bonito.

—Sí, me costó al principio, me costó decidirme. Yo era como ese hombre que se cae en unas arenas movedizas... ¿Conoces el cuento?

—No, no lo conozco.

—Bueno, pues es un hombre que va caminando cuando, de pronto, se cae en un foso de arenas movedizas...

* * *

En el segundo piso de la comisaría...

—¿Qué ocurre? —Se acercan todos.

—Joder, joder, la puta lotería, a este tío no se le ha ocurrido otra cosa que fotografiar la puta tarjeta de coordenadas del banco. —Y comienza a reír.

—¿Qué?

—La puta tarjeta, tío, mira, la tiene entre las fotos del móvil.

—Bueno, yo también —contesta uno de los policías.

—¿Qué?

—Sí, así no voy con la tarjeta encima, la tengo en las fotos.

—Pues mira lo que te puede pasar —le contesta el informático mientras todos ríen.

—Ya, pero necesitarás al menos una clave para acceder.

—Sí, pero eso no es lo complicado, lo complicado era conseguir la tarjeta. Supongo que no caerá en esto, además él aún cree que lleva su propio móvil encima, ¿verdad?

—Sí, ¿por qué lo dices?

—Porque una vez acceda a su banco y comience a hacer transferencias de su cuenta a las nuestras, me pedirá la tarjeta de coordenadas, que ya la tengo, y seguramente confirmación vía móvil para finalizar la transferencia. Vamos, que lo tenemos todo... Bueno, y aún podemos conseguir algo más.

—¿Más?

—Sí, el tipo lleva la cartera encima, ¿no?

—Sí, sí, la cartera la tiene él.

—Ok, pues hay que conseguir el número de alguna de sus tarjetas bancarias.

—Ya te voy pillando, cabrón.

—Necesito el número de la tarjeta, la fecha de caducidad y las tres últimas cifras del número de detrás. Con eso podremos comprar lo que queramos por Internet, pues las confirmaciones supongo que también le llegarán, bueno, nos llegarán —sonríe— al móvil.

—Uf, me está entrando miedo —contesta una mujer—, en realidad estamos tan vendidos... No nos damos cuenta de que con un simple robo... Pero ¿a tanto asciende la deuda?

—Sí, esta vez es bastante, mucho —contesta el policía de las gafas de sol—. Eso sí, hay que hacerlo todo hoy, en cuanto sospeche cualquier cosa llamará para anular las tarjetas y las cuentas, y las coordenadas.

—De momento no lo creo, tiene la cartera con toda la documentación y las tarjetas, además piensa que tiene su propio móvil.

—Perfecto. Mientras no caiga en que además tenemos las llaves de su casa...

—Eso lo arreglamos enseguida, ya están haciendo copias. En cuanto estén las meteremos de nuevo en la maleta. Esta misma tarde se las devolvemos.

* * *

Tres años antes de mi llegada a La Isla.

—¿A dónde me llevas? —insiste de nuevo.

—Ya te lo he dicho, a una isla.

—Va, en serio.

—En serio.

—¿Para qué?

—Para que elijas.

—¿Para que elija qué?

—Lo que quieres hacer en la vida.

—Pero yo... yo no sé hacer otra cosa.

—Venga, no digas tonterías

—Pero... siempre seré...

—¿Una prostituta?

—Sí...

—Define «prostituirse».

—Acostarse con alguien por dinero.

—Pero ese era tu trabajo, ¿no?

—Sí, podríamos decirlo así.

—Entonces lo que hacías era trabajar por dinero.

—Bueno, sí...

—En ese caso no te preocupes, allí donde vamos todos se han prostituido alguna vez, de hecho esa es la principal razón de que hayan acabado en La Isla.

—¿Qué?

—Sí, la mayoría de habitantes del lugar al que vamos se sentían como tú, aunque su profesión no llevase el nombre de la tuya.

—No te entiendo.

—Allí encontrarás, por ejemplo, a personas que trabajaban más de doce horas al día por un sueldo miserable.

—Pero no es lo mismo.

—¿No es lo mismo? ¿Por qué?

—Bueno... no sé, porque no es lo mismo.

—¿Por qué?

—Porque yo prostituyo mi cuerpo.

—Ah, por eso. ¿Entonces esa es la diferencia? Que tú cobras para que utilicen tu cuerpo...

—Sí, supongo que sí.

—Y ese hombre que lleva más de veinte años —y varias hernias en la columna— cargando sacos en una cantera, ¿no ha prostituido su cuerpo? ¿O esa mujer que pasa varias horas diarias en una cámara frigorífica y no pega ojo por las noches porque le duelen demasiado los huesos? ¿O esa persona que carga tantas cajas de fruta o verdura que nota cómo va perdiendo movilidad en sus muñecas? ¿O esos mineros que, con el paso de los años, asumen que la tos será su compañera de por vida? ¿Todas esas personas no prostituyen también su cuerpo?

—Bueno, no lo había visto así...

Continúan en silencio durante unos minutos.

—Quiero hacerte un regalo —le dice el policía.

—Dime.

—Cierra los ojos.

—Bien y...

—Y ahora piensa en lo que te gustaría ser en la vida.

—Una princesa, por ejemplo —le dice ella riendo y abriendo los ojos.

—No, va, en serio.

—Vale, vale, perdona, empecemos, cierro los ojos.

—Piensa en eso que has soñado hacer desde pequeña, con lo que más disfrutarías, ese trabajo que para ti no sería trabajar.

Deja pasar unos cuantos segundos y, de pronto:

—Ya lo sé —dice mientras abre sus dos ojos, cada uno de un color.

—¿Sí?

—Sí

—Vale, dímelo.

Y se lo dice.

—No me jodas.

—No te rías.

—No me río.

* * *

—De pronto el hombre pisa unas arenas movedizas y comienza a hundirse. Observa tranquilamente cómo le desaparecen los pies, luego las rodillas, la cintura... —Se detuvo para tomar un sorbo de infusión—. Y continúa así varias horas hasta que la arena le comienza a tapar la boca. En ese momento se pone nervioso y comienza a gritar, a pedir ayuda.

A los pocos minutos aparece un pastor que había por la zona que, al verlo, busca una rama y se la ofrece para sacarlo.

El hombre agarra la rama pero no hace el esfuerzo necesario para salir del todo, solo saca su cuerpo hasta la cintura.

—¡Pero venga! ¡Tire de la rama y salga! —le grita el pastor.

—No, no me hace falta salir, aquí estoy bien, tan solo quería poder respirar.

Me quedé en silencio.

—Pues algo así me pasaba a mí —me dijo.

—Vaya, creo que eso nos pasa a todos, ¿no? Vamos aguantando, vamos aguantando, mientras no nos ahoguemos del todo, es inevitable, somos así.

—No —me contestó—, no es inevitable, te lo aseguro, lo

que pasa es que nos educan para que sea inevitable, así es más rentable. Pero se puede evitar, yo soy la prueba de ello.

No acabé de entender muy bien lo que decía, pero me gustaba su compañía, así que asentí y comenzamos a hablar de otras cosas.

A los pocos minutos se abrió la puerta y entró aquel tipo del sombrero de copa cuadrado.

—Bueno, ya estoy aquí, ¿te han tratado bien? —bromeaba mientras miraba hacia ella.

—Sí, sí —contesté.

—Pues nada, vamos.

Me despedí de aquella mujer pensando que ya no volvería a verla más. No podía estar más equivocado.

Salimos al exterior y continuaba lloviendo.

—He preguntado y me han dicho que hay un tren a las 17:00 que llega a donde tu quieres ir sobre las 19:00.

—Pero —protesté— tengo que llegar antes.

—Pues como no cojas un globo y te presentes allí —me dijo sonriendo.

—¿Y tú? ¿No podrías llevarme? Por favor, te pago lo que sea, te lo paga la empresa, pero necesito llegar allí como sea.

—¿Yo? Tengo mucho trabajo esta tarde por aquí.

—Por favor —imploré—, tengo que llegar.

—Bueno, vamos a hacer una cosa. Vamos a comer algo y lo hablamos, y así de paso te sigo contando mi historia, que te he dejado a mitad... A dos calles de aquí hay un restaurante buenísimo, es un sitio especial, vamos.

—Pero... —protesté— creo que no es necesario, en realidad casi prefiero irme ya, tengo que llegar al cliente después de comer.

—Oye —me dijo con cara de pocos amigos—, en serio, ¿ni siquiera me vas a dejar comer?

—Pero...

—Oye, colega, yo esta mañana tenía mil cosas que hacer y las he cancelado para estar contigo, para ayudarte a poner la denuncia, para traerte aquí; ¿en serio ahora no me vas a dejar ni siquiera comer? Me estás pidiendo además que te lleve en coche. ¿Crees que eso son formas? Mira —me dijo señalándome con violencia en sus gestos—, lo mínimo que deberías hacer es invitarme a comer en compensación por mi tiempo y la gasolina.

—Sí, lo siento —le dije—, tienes razón, tienes razón, vamos a comer. —Lo único que deseaba era salir de aquel lugar cuanto antes.

No me atreví a decir en voz alta en ningún momento lo que estaba pensando, pero me daba la impresión de que aquel hombre quería retenerme allí. Me sentí como una veleta moviéndose al son de vientos ajenos. Quizás era así mi vida, la vida de alguien como yo.

* * *

Fuimos a pie, continuaba lloviendo.

Cruzamos la plaza, giramos la esquina y caminamos durante varios minutos en línea recta hasta que nos detuvimos ante una preciosa fachada: «Restaurante La Cabaña.»

—Aquí —me dijo mientras me abría la puerta—, hay que venir al menos una vez en la vida.

Nada más entrar apareció un hombre que se abrazó al músico. Hablaron un poco entre ellos y, finalmente, nos acompañó al salón principal, un lugar adornado por libros, lámparas y sillas de todo tipo.

Nos sentamos en una mesa junto a un gran ventanal desde el que se veía todo el cañón, incluso parte del río.

Nos trajeron la carta y él la cogió.

Nos trajeron también la carta de vinos y me la dio a mí.

—Lo hacemos a medias —me dijo—: yo pido la comida, y tú el vino, ya he visto que algo sabes.

—Vale.

Mientras miraba la carta se me ocurrió que allí podría car-

gar el móvil. Pregunté a uno de los camareros y justo en la pared de enfrente había un enchufe.

Pedimos: él la comida y yo el vino.

Y aquel hombre continuó relatándome su historia, quizá
real, quizás inventada.

* * *

Dos años antes de mi llegada a La Isla

Dos hombres llevan varios minutos sentados en un banco observando cómo un grupo de niños juega en unos extraños columpios recién inaugurados. Uno de ellos lleva un traje violeta y una pequeña libreta sobre la que escribe unas notas, el otro simplemente hace fotos.

A los pocos minutos, en esos mismos columpios, dos niños inician una pequeña pelea, ambos tienen ocho años y son amigos del colegio. En realidad, la pelea, como en la mayoría de ocasiones, no se debe a nada demasiado importante: quizás una patada a destiempo mientras jugaban al balón, quizás un desafío ante la chica que a ambos les gusta o quizá la simple presión del grupo que a esa edad lo es todo.

Un pequeño incidente al que no le daríamos más importancia si no tuviéramos en cuenta el desenlace: uno de los dos niños acabará la tarde en la cama de un hospital.

En el mismo instante en que se inicia la pelea, una mujer viaja en un coche pensando en todo menos en conducir. Acaba de escaparse a escondidas del trabajo para recoger a su hijo del colegio y llevárselo a la actividad extraescolar correspondiente de ese día. Su jefa no sabe que ha salido y son sus compañeras las que ocultarán esa ausencia como ya lo han hecho en otras ocasiones en las que las fichas del puzle: abuelos, horarios, hermana, exmarido, trabajo... no han podido encajar para colocar a todos los miembros en el horario correcto.

Recogerá a su hijo, le dará un beso que apenas le rozará la piel, le preguntará un «¿qué tal?» del que jamás esperará otra respuesta que no sea «bien» y durante unos quince minutos recorrerán en coche una distancia que les costaría unos diez a pie.

Durante el trayecto los pensamientos de ella estarán en su trabajo; y los de él, en el móvil.

Llegarán. Aparcará sobre la acera, le abrirá la puerta y con un «después vendré a recogerte» se despedirán dos personas que cada vez se conocen menos. Dos personas que un día, hace no demasiados años, se hacían cosquillas en la piel, en los pensamientos y, sobre todo, en el corazón.

Dos personas: él, que hace años, a media noche, cuando la casa estaba dormida y sus pesadillas despiertas, se iba de puntillas a la cama de su madre para resguardarse a su lado, aliento con aliento, sabiendo que aquel era el lugar más seguro del mundo.

Dos personas: ella, que cuando él estaba enfermo permanecía toda la noche a su lado, tacto con tacto, para que los ataques de tos, la fiebre o los dolores fueran cada vez menos intensos.

Dos personas: él, que, un día, en un supermercado se perdió y se le comenzó a hundir el mundo entre las lágrimas, el miedo y, sobre todo, la incertidumbre. Ella, que cuando dejó de verlo a su lado comenzó a correr por todos los pasillos, llorando, desesperada, con más miedo incluso que él, pues el niño solo teme por haberse perdido, pero el adulto... el adulto sabe que hay demasiadas cosas malas en el mundo.

Y cuando, de pronto, en la misma esquina de un supermercado que se ha convertido en infierno para ambos, ella y él, niño y madre, se ven, es entonces cuando se abrazan con tanta fuerza que desearían no separarse nunca. Es entonces cuando él le dice: «mamá, nunca te vayas»; y es entonces cuando ella contesta: «jamás me separaré de tu lado».

Dos personas, él y ella, niño y madre, se despiden ahora en el interior de un coche desde el que no serán capaces de decirse un *Te quiero*.

* * *

Nos trajeron el vino y aquel músico exbanquero continuó su historia:

Llegué a casa y allí estaba ella, mi mujer, en la mesa, comiendo junto a un hombre al que yo no conocía de nada. Se reían, nada más, simplemente se reían. No me los encontré en la cama, ni ella sobre él, nadie huía con las sábanas en la mano; nada, no hubo ninguna escena, solo estaban allí, comiendo y riendo.

Pero fueron sus ojos los que hablaron, no me hizo falta preguntarle nada para saber que aquella mirada escondía más sentimientos de los que se atrevía a mostrar: sobran las palabras cuando es el rostro el que lo dice todo, el que con sus movimientos muestra lo que la boca se esfuerza en callar.

Durante los primeros momentos parecía que se había congelado el mundo: ella no dijo nada, él ni siquiera se atrevió a intentarlo.

Y allí estaba yo, con las flores en una mano y la bolsa de la comida en otra. Dejé la chaqueta en el perchero, como siempre. Entré en la cocina, cogí un vaso grande, lo llené de agua y puse el ramo. Y mientras cogía tres platos para repartir la comida en ellos, mi mujer se acercó a la cocina.

—¡Hola! Qué pronto has venido. ¿Ha ocurrido algo? ¿Estás bien? —me preguntó nerviosa.

—Sí, sí, solo he venido antes para darte una sorpresa —le contesté mientras salía a la mesa y dejaba los platos.

—Hola —le dije al hombre que estaba también allí sentado—, me presenté y nos dimos la mano.

—Él es... un compañero del trabajo que ha venido aquí porque... —me dijo, pero yo ya había dejado de escuchar.

Con el silencio de fondo, los tres nos pusimos a comer. Durante un instante miré a mi mujer y pude adivinar cómo sus lágrimas comenzaban a caerle por el revés de la piel. Unas lágrimas que a pesar de no verse no eran invisibles.

Continuamos allí, sufriendo la comida más larga de nuestras vidas. Finalmente, tras un buen rato, acabamos pero nadie parecía tener fuerzas para moverse.

—Bueno, pues yo voy a tumbarme un rato —les dije mientras me levantaba de la silla y me acercaba a mi mujer.

Le di un beso en los labios.

La besé con todo el amor que pude, la besé con una suavidad que nos dolió a ambos.

Y me refugié en mi —nuestra— habitación.

A los pocos minutos el tipo se fue.

Y a las pocas semanas me fui yo.

* * *

Dos años antes de mi llegada a La Isla

Ambos niños discuten durante unos segundos hasta que uno de los dos lanza el primer insulto, y luego otro el otro, y luego otro de nuevo el primero, y a continuación un empujón, y luego otro hasta que alrededor de ese baile de egos comienzan a encenderse móviles que apuntan en la dirección de la inminente pelea, ningún otro niño intentará separarlos porque de lo contrario no podrán grabar el espectáculo.

«¡Pelea, pelea, pelea!», se escucha alrededor.

Y un nuevo empujón, este distinto porque acaba con uno de los dos niños golpeándose en la cabeza contra un columpio. Ambos, amigos desde hace años, se miran ahora con odio, frente a frente, como si, después de tanto tiempo, acabaran de desconocerse.

Uno de ellos suelta un puñetazo que impacta directamente en la cara de su oponente. Un golpe que duele en tres lugares distintos: la cara del agredido, la mano del agresor y en la mente de ambos, el lugar donde más cuesta curar una cicatriz.

Justo en el momento en que dos hombres se dirigen hacia la escena para intentar separarlos, comienza a salir un pequeño hilo de sangre que llega hasta los labios del agredido. Se toca y le duele demasiado la nariz, quizás está rota. El agresor se arrepiente en el mismo momento de haber lanzado el golpe pero esos restos de conciencia se diluyen al oír alrededor los gritos de sus compañeros.

El agredido grita y se toca de nuevo la nariz, y al ver sangre en su mano no se devuelve; lo único que hace es huir de allí, quizá por miedo, quizá porque no acaba de comprender qué está ocurriendo.

«¡Gallina, gallina!», se oye mientas huye y eso hace que desee escapar aún más deprisa.

Y huye como lo hace un niño, sin mirar a ningún lado. Y es más la vergüenza de que ella, esa chica por la que siente algo, lo vea así, que el dolor, lo que hace que escape sin sentido, hacia afuera, sin mirar.

En el mismo instante en que un puñetazo impacta contra un rostro demasiado joven para entenderlo, una mujer que lleva demasiados años viviendo con el viento de cara, gira a toda velocidad la esquina. Es el segundo semáforo que se salta en rojo, mira el reloj nerviosa, tiene apenas quince minutos para recoger a su hijo, dejarlo en el campo de fútbol que hay en las afueras y volver a situarse en la caja registradora del supermercado.

Reza mientras conduce para que su jefa no se entere, pues la última vez casi le cuesta el puesto de trabajo. «Como tú hay muchas esperando que les demos una oportunidad», le dijeron.

Palabras que le harán pensar que el error es ir a recoger a su hijo, cuando el error es seguir manteniendo ese trabajo. Nerviosa, acelera un poco más.

* * *

Y tras acabar su historia se dirigió a mí.

—Bueno, ¿y tú qué?, cuéntame algo de tu vida, que desde que hemos venido, lo único que sé de ti es que tenías un cochazo y ya no lo tienes. Pero ¿qué es de tu vida? Tienes toda la pinta de ser un *dummy*, ¿no?

—¿Qué? —contesté.

—Sí, un *dummy*, uno de esos muñecos que colocan en los coches para probarlos, para darse hostias y ver en qué momento se revienta. Les someten a presiones, impactos laterales, frontales, aceleraciones... hasta que al final los destrozan y ponen otro en su lugar. Esos con sensores por todos lados.

—¿Qué? No sé a qué... —seguía sin comprender.

—Sí, seguro que sí —me interrumpió—, seguro que eres un *dummy*. ¿Me dejas que te haga la prueba?

—No sé...

—No te preocupes, mira —me dijo mientras se llevaba un trozo de carne a la boca—, voy a hacer de brujo, voy a leerte el pasado y el futuro, todo por el mismo precio, voy a leerte las manos sin ni siquiera mirarlas. A ver si acierto.

Y lo que a continuación dijo aquel hombre me dejó sin armadura, sin argumentos, desnudo, incluso un poco más de lo que ya estaba. En unos minutos describió mi vida con tanta exactitud... la describió como si hubiera estado a mi lado durante los últimos cuarenta años: aquel hombre me vio desde fuera como yo nunca lo había hecho desde dentro.

—Veamos, un tipo con una infancia feliz, sí, ¿por qué no? Después llegó la adolescencia, algún problema con algún matón de clase, pero poca cosa, feliz también. Al poco tiempo las primeras novias, esas que no llegaban a nada porque siempre tiran más los colegas, hasta que un día ves a la chica de tus sueños, esa que se te resiste, la que tanto te cuesta conquistar, esa chica por la que lo dejarías todo.

»Y, finalmente, tras insistir un poco, no demasiado, la consigues, porque sí, porque no estás mal —me echó una mirada— y además pareces un tipo legal.

»Esa novia se convierte en la persona con la que compartes más tiempo, poco a poco vas dejando de lado a la familia, a los colegas, incluso un poco los estudios. Durante los primeros meses todos tus pensamientos —y también tu tiempo— los inviertes en ella.

»Y pasan los meses y después los años, y mientras tanto vendrá la universidad, la carrera que no falte, varios años estudiando algo que seguramente no te gusta pero que te puede garantizar un buen trabajo, o quizás algo que sí que te gusta pero asumiendo que finalmente tendrás que trabajar de otra cosa. Ironías de la vida.

»Tras acabar la carrera y probar en pequeños empleos temporales, por fin encuentras uno en el que el sueldo no está mal y te ofrece una estabilidad. Durante ese tiempo lo que jamás se te pasa por la cabeza es generar tú mismo tu propio empleo, intentar dedicarte a lo que realmente te gusta, darle una oportunidad a lo que te hace feliz.

En ese momento se calló, tomó un trago de vino y partió varios trozos de carne de su plato.

Silencio.

—A los años os casasteis, por la Iglesia, por supuesto, aunque ni tú ni ella hayáis ido en vuestra vida a misa, pero por los padres, por los abuelos, por la familia... para que no se disgusten, total, no hacéis daño a nadie y solo es un trámite. Y la ilusión, claro, la ilusión...

Se llevó de nuevo un bocado a la boca, y a mí se me estaba quitando el hambre.

—Y la boda, a lo grande, si hace falta pedir un préstamo se pide, porque un día es un día, de todas formas ya se intenta que, en realidad, sea un negocio. Se supone que los invitados... —En ese momento comenzó a reírse con tanta fuerza que se atragantó. Tosió varias veces y bebió un trago de agua—. Perdona, perdona, es que me hace una gracia eso de los invitados... Los invitados son esos tipos a los que uno invita a su boda, pero les das el número de cuenta para que se paguen el cubierto, ¿no? —Y volvió a reír.

Y a toser.

Y a beber un poco de agua.

—Bueno, pues de esas. Y claro, no podía faltar la despedida, quizá la cosa más absurda que se ha inventado. Si uno lo piensa, el concepto de despedida es de lo más triste que hay en la vida, te despides de ¿qué?, ¿de la libertad? Si es así más vale no casarte, ¿no? Te despides de ser tú mismo, de ser una persona libre, en fin. O simplemente es una excusa para hacer una fiesta justificada con tus amigos, ¿acaso no puedes hacerla sin una boda de por medio?

Masticaba.

—Pero antes de la boda, y esto se me ha olvidado, el piso, por supuesto, porque eso de irse de alquiler es de *hippies*, de pobres, de cutres. Así que cuando apenas has empezado a trabajar y no tienes más que unos pocos ahorros, en lugar de esperarte y comenzar a invertirlo en activos que te vayan generando dinero y, poco a poco, poder vivir de eso, haces todo lo contrario: te gastas lo que no tienes, te hipotecas de por vida... —y arrastró la palabra por toda su boca, con tanta fuerza, con tanta intensidad que incluso me pareció verla salir a través de sus labios—, de por vida...

»Esa es, sin duda, la mejor forma de que el sistema te coja de los huevos para siempre, para que sigas trabajando y trabajando para pagar al estado y al banco, o al banco y al estado... es lo mismo. Y encima lo haces alegre, contento, te hace ilusión decir que has firmado una hipoteca, tiene algo de masoquismo, te alegras de que te hayan hecho prisionero de por vida.

Volvió a coger otro trozo de carne, masticó y bebió un poco más de agua. A mí ya se me había ido del todo el hambre.

—Y el coche, por supuesto. Te compras un coche nuevo y te metes en un nuevo préstamo. Ni se te ocurre comprarte uno de segunda mano que más o menos es lo mismo pero mucho más barato. Y así, poco a poco, a veces demasiado rápido, va pasando la vida. Y ese sueño que tenías de trabajar en lo que realmente te gustaba va desapareciendo. El problema es que eres tú mismo el que lo ha matado antes de nacer, pues ni siquiera lo has intentado, te has puesto a trabajar en lo primero más o menos estable que has encontrado. ¿Por qué? Para pagar la hipoteca, el préstamo del coche... Quizá, si hubieras esperado, si lo hubieras intentado durante unos años, quizá finalmente sí que habrías podido vivir de lo que realmente te gustaba, cumplir tu sueño pero colega, no nos educan para eso, nos educan para trabajar para otros, para cumplir los sueños de los demás...

* * *

Dos años antes de mi llegada a La Isla

Un niño con un pequeño hilo de sangre cayéndole por la barbilla sale huyendo de un parque en dirección a una avenida que cruza sin mirar.

En ese mismo instante un coche acaba de saltarse el último semáforo en ámbar, ha acelerado más de lo normal para poder llegar a tiempo, ha acelerado lo suficiente para no poder frenar a tiempo.

Dos vidas se cruzan.

El tiempo se detiene en el interior de un coche cuya conductora tardará unos segundos en comprender qué ha ocurrido. Unos segundos durante los que observará —entre zumbidos y niebla en la mirada—, a unos metros, en el suelo, un pequeño cuerpo que ha salido despedido tras impactar contra su coche.

Alrededor del suceso la vida se para y varios móviles marcan a los servicios de urgencia mientras muchos otros graban la escena de un niño tirado en el suelo con sangre, mucha sangre, en una de sus piernas. Una pequeña vida que acaba de cambiar de rumbo.

Y entre todas esas miradas destaca la de un objetivo que apunta, en lugar de al niño, a la mujer del coche.

Clic.

Aumento de zoom hacia una mujer que acaba de ser consciente de lo que ha ocurrido y está comenzando a desgarrarse por dentro, como si una cuchilla de dolor atravesara cada uno de sus huesos.

Una mujer que sale corriendo en dirección al niño y se aferra a él, lo coge en sus brazos y comienza a gritar como nunca ha gritado en su vida, quizá porque es la propia vida la que se derrama ahora mismo en su regazo.

Una mujer que comienza a gritar como solo puede hacerlo una madre que acaba de atropellar a su propio hijo.

La cámara enfoca.

Clic.

* * *

—Y cada día —continuaba hablando— vas trabajando más horas y más duro para, en un futuro, conseguir un ascenso que te permita trabajar aún más horas por un poco más de sueldo. Y cuanto más cobres, más gastarás, y así la rueda seguirá girando, pero siempre en el mismo sentido: el contrario a ti.

»Y tras toda una vida haciendo lo mismo llegará ese momento en el que te mirarás al espejo y te darás cuenta de que te has hecho viejo de repente. Llegará también el momento en el que verás normal que, por ejemplo, ir al cine sea algo extraordinario o ir a un concierto entre semana algo imposible. Verás incluso normal que de los 365 días que tiene un año, te den solo veinte de vacaciones, y además darás las gracias.

Se hizo el silencio. Comió un poco de su plato y prosiguió.

—También tendrás momentos de lucidez en los que te propondrás a ti mismo cambiar, trabajar unos cuantos años más y ahorrar lo suficiente para poder construir tu ilusión, pero el tiempo pasará y nunca lo intentarás de verdad. Al final te darás cuenta de que tus sueños se han ido alejando como lo hace el invierno en abril. Llegará el día en el que olvidarás que los tuviste, o lo que es peor, los dejarás aparcados para tu jubilación, ese lugar construido ya tan cerca de la muerte.

»Y mientras todo eso ocurre seguirás luchando para llegar a fin de mes. Te consolará saber que no eres el único, que casi todos viven así: agotando los recursos hasta que, de pronto, llega de nuevo la nómina y te abalanzas sobre ella como lo hacen las palomas en un parque ante unas migas de pan. Irás viviendo de nómina en nómina sin plantearte qué ocurrirá el día que —y cada vez es más normal— te despidan.

»Les dirás a tus hijos que no estás en casa, con ellos, porque tienes que trabajar cada vez más horas para poder pagar todo lo que tienen, cuando ellos lo único que quieren es tu compañía.

»Colega, ¿has visto alguna vez a un niño pequeño que te pregunte el dinero que ganas? No les importa, pero sí que les importa saber dónde está papá. Quieren saber por qué nunca vas a recogerles al cole, por qué por las noches llegas tan cansado que no puedes contarles un cuento, quieren coger la bici y salir por la tarde a pasear contigo, o a los columpios, o de excursión a la montaña... eso es todo lo que quieren.

»Pero tú no estás, casi nunca estás, va pasando su vida y ni te enteras. Al principio te da pena no haber estado ahí cuando dijeron por primera vez alguna palabra, cuando pasaron todo un día sin pañal, cuando aprendieron a comer solos, a leer, a escribir, a dibujar...

»Y su vida crecerá como un pequeño afluente de la tuya, hasta que llegará el día en el que te pondrás a buscarlos y te darás cuenta de que ya no están, de que han crecido y te has perdido lo más maravilloso de la vida: te has olvidado de vivirla.

En ese momento aquel tipo de sombrero cuadrado y rostro siempre alegre comenzó a llorar, allí, en el restaurante, delante de mí, delante de todo el mundo.

—Y llegará también el día en que llegarás a tu casa sin saber con quién pasa sus mejores momentos tu mujer...

* * *

Dos años antes de mi llegada a La Isla

Y allí, madre e hijo se abrazarán como nunca lo han hecho, sabiendo que lo ocurrido va a cambiar, al menos, dos vidas.

A partir de ese momento vendrán las preguntas que siempre nos hacemos cuando ya es demasiado tarde: ¿por qué iba tan rápida? ¿Por qué no miré? ¿Por qué tuvo que salir corriendo? Culpas, culpas, culpas...

Y en el hospital, durante los primeros momentos, esos en los que se teme por una vida casi sin estrenar, madre y padre, aunque separados, se apoyarán totalmente. Un apoyo que se irá diluyendo cuando, con el pasar de los días, comiencen a echarse en cara las culpas. Será en ese momento cuando el niño quede, de nuevo, en segundo plano.

Después vendrá la operación, y la recuperación, y las secuelas... Y llegará el momento en el que alguien tendrá que explicarle a ese niño que se acabó el fútbol, que esa pierna ya no pegará patadas como antes, que podrá dedicarse a otras muchas cosas, pero quizá no a las que se desean cuando se tiene esa edad. ¿Cómo se le explica eso a un niño? Y... cómo se contesta a la pregunta que tantas veces se hará: ¿por qué?

Lo que nadie le explicará —porque será él mismo quien lo descubra— es que, a partir de ese momento, también vendrán las burlas: el cojo, el lisiado, el pata palo... el niño al que empujarán y tirarán al suelo, del que se reirán cuando corra a la pata coja... nadie le explicará que cuando todo eso pase, su pierna será lo que menos le dolerá.

Y en el parque quedarán las madres y padres que estuvieron presentes contándose unos a otros lo ocurrido, se preguntarán quién ha tenido la culpa y se perdonarán a sí mismos al poder decir: «No, mi hijo no ha sido.» «Ni el mío», contestará la otra. «La mía tampoco, pues estaba lejos.» «Los dos míos estaban allí jugando pero no hicieron nada...» Y así nadie tendrá cargo de conciencia: ni niños, a pesar de que la mayoría de ellos tienen grabado todo lo sucedido; ni padres, que ni se plantearán mirar los móviles de sus hijos —o sí, pero preferirán no hacerlo.

* * *

Se secó las lágrimas con la manga.

—En fin, colega, así pasa la vida, esperando el momento de jubilarte para poder hacer lo que de verdad te gusta. Sí, así es, lo que realmente nos alimenta el alma lo dejamos para cuando ya apenas nos queda cuerpo.

Me quedé con los cubiertos en la mano, se me enfrió de golpe la comida, el cuerpo y el mundo: aquel tipo acababa de describir mi vida.

Y él se quedó en silencio, mirando hacia ningún lugar, ausente, quizás había acabado de hablar pero aún tenía en su mente el eco de sus pensamientos.

—Vaya —le dije—, lo has clavado.

—¿Qué? —me contestó confuso

—Que has acertado, en todo.

—Ah... bueno..., sí... —titubeaba—, en realidad no estaba hablando de ti... ¿sabes?, te acabo de contar mi vida.

Trajeron el segundo plato y continuamos comiendo en silencio: su boca en silencio, sus ojos en silencio, sus gestos en silencio...

Tras unos minutos en los que fui incapaz de romper aquella espera incómoda, se abrió la puerta y entró un policía con gafas de sol. Se dirigió a nosotros, le dio una palmada en el hombro que le sirvió, al menos, de despertador, y me estrechó la mano mientras se presentaba.

—¿Tú eres el del coche, verdad? —me dijo, sin más preámbulos, como esa persona que sabe que cada minuto de su vida cuenta.

—Sí, sí... —contesté.

—Bueno, pues has tenido suerte. —Y en ese momento se me abrió al cielo.

—¿Qué? ¿Habéis encontrado el coche? —casi grité mientras, torpemente, tiraba el cuchillo al suelo y me levantaba de la silla.

—Tranquilo, tranquilo, el coche aún no, pero la maleta sí, estaba tirada en un descampado a unos pocos kilómetros de aquí. También había una bolsa de deporte. Estamos tras la pista, porque un coche así no pasa desapercibido, seguro que hay gente que lo ha visto. Ya hemos dado aviso a todos los compañeros de la zona, seguro que aparece.

—¡Genial, muchas gracias, muchísimas gracias! —le dije estrechándole de nuevo la mano, tenía ganas de abrazarle.

—De nada, solo hacemos nuestro trabajo. Por cierto, esta tarde, sobre las 19:00 h, te dejarán la maleta en comisaría, tienes que ir a firmar la recogida, burocracia, ya sabes.

—¿Esta tarde? No, no, voy ahora mismo, que esta tarde tengo que estar en otro sitio. Voy ahora mismo —dije.

—Lo siento pero la ha recogido un coche que está de patrulla y no llegará hasta las siete.

—¿Hasta las siete? Pero... no hay forma de conseguirla antes.

—No, lo siento... —Y dejándome con la palabra en la boca, le dijo adiós con la mano al músico, se puso las gafas de sol en un día de lluvia y salió del restaurante.

* * *

En el mismo instante que un policía sale de un restaurante ofreciendo esperanzas estériles a un hombre que ha llegado a una Isla, un coche blanco y robado viaja por una carretera lejana en dirección a un lugar donde será puesto a la venta.

El comprador sabe que es un chollo, no sospecha que hay nada ilegal en ello, simplemente le dijeron que el dueño era un caprichoso y había decidido venderlo y comprarse otro modelo aún más caro.

Mañana, a primera hora, estará en el concesionario para su venta, solo hay un pequeño problema, que faltará un nuevo documento que deberán entregar firmado. Pero eso lo solucionan esta misma tarde, sobre las 19:00 h, más o menos.

* * *

—¿Y ahora qué? —me pregunté en voz alta.

—Bueno, ya le has oído, esta tarde tendrás tu maleta.

—Pero tengo que ir al cliente, no puedo fallar.

—Bueno, llama a tu jefe y se lo comentas, tampoco será para tanto, llegarás mañana en lugar de hoy, no pasa nada.

—Sí que pasa, sí que pasa... —contesté nervioso—, hay una fábrica parada y ahora, en época de crisis, cualquier motivo se utiliza para poder despedir a alguien. —Suspiré—. En fin... Y ¿qué hago? ¿Hay algún hotel por aquí, algún lugar donde pueda quedarme...?

—No, no hay nada de eso, pero no te preocupes, algo encontraremos, acabemos de comer.

—Pero es que...

—Vamos, acabemos de comer tranquilamente, nada va a cambiar por que te preocupes antes o después de la comida, ¿no? Disfruta de la tarta que hacen aquí, la voy a pedir ahora mismo. —Y desde allí la pidió, sabiendo que la iba a pagar yo, claro.

Y en realidad estaba buena, buenísima.

Nos la acabamos y pedimos también unos cafés.

Fue en ese momento cuando se levantó de la silla y se fue a hablar con el dueño.

—Ahora vengo —me dijo—, creo que tengo la solución para esta noche.

Estuvieron hablando, intercambiando preguntas y gestos; y a los pocos minutos regresó.

—Solucionado —me dijo con una amplia sonrisa.

—¿Qué?

—Solucionado, a veces las cosas no son tan complicadas. Me sonaba que había una casa en la que aún no vive nadie, he visto que durante las últimas semanas la estaban acabando de preparar. Le he preguntado y, efectivamente, hasta este fin de semana no se mudan, así que esta noche te puedes quedar allí.

—Pero...

—Nada, no te preocupes, total será una noche y seguro que a ellos no les importa.

—No sé... ¿seguro que no hay ningún hotel por aquí?

—Aquí, no, aquí no hay ningún hotel ni nada parecido, esto es muy pequeño.

Cogió el café, sopló varias veces y se lo acabó de un solo trago.

—Venga, invítame a esta comida y nos vamos para la casa. —E hizo un gesto para pedir la cuenta.

En apenas unos segundos la tuve sobre la mesa. La miré y me quedé sorprendido: aquello era caro, demasiado caro, estuve a punto de protestar pero pensé que no era el mejor momento... ni el mejor lugar. Apenas llevaba efectivo encima, afortunadamente tenía las tarjetas.

—Un poco caro ¿no?

—Bueno, ¿quién puede ponerle precio a esta comida en este restaurante y con esta compañía? —Sonrió.

* * *

Es el propio dueño del restaurante el que ha llevado la cuenta a la mesa con la esperanza de que aquel hombre no tenga suficiente efectivo esa es la razón de que haya duplicado el importe de la comida.

Sonríe en cuanto ve cómo saca la tarjeta y se la entrega.

La mira y memoriza el número y la fecha de caducidad, como tantas otras veces ha hecho. Le da la vuelta a la tarjeta para ver si está la firma y también memoriza los tres últimos números del código que hay detrás. Con eso ya tiene todo lo necesario para poder comprar por Internet.

La introduce, teclea el importe y espera...

Pero da un error.

El dueño lo prueba de nuevo sabiendo que, de momento, no va a funcionar. Y no funciona, por supuesto.

—Vaya, qué extraño, ¿no tendrás otra tarjeta? —le pregunta.

—Sí, sí —contesta ese pobre hombre que ha llegado a La Isla y no sospecha que le están quitando todo el dinero que tiene—. Prueba con esta.

El dueño del restaurante la mira y memoriza el nuevo número, y la fecha de caducidad, como tantas otras veces ha hecho. Le da la vuelta a la tarjeta haciendo como si mirara la firma y también memoriza los tres últimos números del código que hay detrás.

La introduce y esta vez sí.

Le entrega el ticket y se va a la cocina.

Allí coge un papel y apunta todos los datos de las dos tarjetas. Hace años que tiene métodos para memorizar decenas de números, es un don, piensa mientras sonríe, mientras marca un número de teléfono.

—Ya las tengo, dos.

—¿Dos?, perfecto, dime.

—Apunta, la primera: tres, cuatro, cuatro...

* * *

Cogí el móvil —que ni siquiera se había encendido— y salimos de allí.

Continuaba lloviendo.

Miré hacia el cielo y me di cuenta de que aquella lluvia me había estado acompañando desde que me desperté en casa... en casa...

Caminamos por las calles, sin paraguas, bajo las repisas, arrimándonos a las paredes, intentando esquivar las goteras...

—No te preocupes —me dijo—, está aquí al lado, en realidad en La Isla casi todo está aquí al lado.

Nos fuimos alejando un poco de lo que supuse era el centro, en dirección al barranco. Giramos una esquina, nos cruzamos con una furgoneta de reparto parada sobre la acera, caminamos unos cuantos metros y, a la vuelta de la siguiente calle, nos detuvimos ante una preciosa casa de madera.

—Aquí es —me dijo.

Y, ante mi sorpresa, ni siquiera sacó unas llaves, simplemente empujó la puerta, estaba abierta.

—Bueno, bienvenido. Como ves la casa está ya acabada, hasta la chimenea funciona. Si sabes encenderla, creo que en la parte de atrás, en el cobertizo del jardín, hay leña. Los dueños han venido alguna que otra vez y prácticamente ya lo tienen todo colocado.

—Vaya, es preciosa... —le dije mientras contemplaba un alrededor de madera y silencio— y fría.

—Sí, claro, tendrás que encender la calefacción, el termostato lo tienes aquí, en esta pared. Y sí, es muy bonita. La casa tiene dos plantas, esto es el comedor que se une con la cocina, ahí al fondo hay un baño y justo al lado una habitación de invitados, la tuya hoy —me sonrió—. Arriba están el resto de dormitorios y otro baño.

—Vale —contesté—, te la sabes de memoria.

—Sí, pero no tiene ningún mérito. Aquí hay varias parecidas, la mía es prácticamente igual. Bueno, colega, yo me voy, acuérdate de ir esta tarde a comisaría a por la maleta.

—¿Te vas? —le pregunté con miedo, como si hubiese vuelto a mi infancia, en ese momento en el que, bajo las sábanas, tras contar un cuento, ves como tu padre se marcha de la habitación y te deja allí, a solas, a expensas de cualquier monstruo.

—¿Yo? Claro, tengo trabajo hoy, tengo que repartir bastantes cosas. Si quieres, a la hora de cenar me paso por aquí a ver qué tal.

—Bueno...

—Pues nada, colega, nos vemos.

—Oye —le dije justo cuando ya se iba—, y esta puerta, ¿cómo se cierra?

—Ah, de momento aún no se puede, no le han puesto la cerradura. No te preocupes, entórnala y ya está.

—Pero y si entran a robar, y si entra alguien...

—¿A robar? ¿Aquí en La Isla? No, colega, aquí en la Isla no hay ladrones —me dijo mientras sonreía.

Y con un hasta luego, se marchó.

Y de pronto, el silencio.

Un silencio solo interrumpido por el ruido de la lluvia que seguía golpeando en el exterior.

Me asomé a una de las ventanas y observé cómo miles de gotas tropezaban sobre el cristal, se unían, se acariciaban unas a otras... Intenté tocarlas desde el interior... Estaban ahí, al alcance de mi mano, pero solo podría llegar a ellas si abría la ventana. No lo hice.

Tras unos segundos en los que mi mente intentó resumir un día extraño, volví de nuevo al salón. Metí la mano en el bolsillo con la intención de mirar el correo, los mensajes... se me había olvidado que el móvil no funcionaba. Y aun así me quedé mirando una pantalla apagada, también en silencio. Cogí el cargador y lo enchufé de nuevo, igual había suerte y volvía a funcionar.

En ese momento, con el móvil apagado en la mano me di cuenta de que tenía que llamar otra vez a mi jefe. Temblé. Tenía que llamarle, avisarle, aguantar la bronca e intentar estar allí mañana a primera hora.

Saqué mi ropa mojada de la bolsa y la dejé sobre uno de los radiadores. Me acerqué a la pared y conecté la calefacción.

* * *

¿Qué habría arriba?

Subí con cuidado las escaleras: tres habitaciones y un baño.

Las dos primeras, las más pequeñas, estaban prácticamente vacías. Al fondo había un baño y, justo a su lado, estaba la habitación más grande de la planta: el dormitorio principal. En su interior había una cama enorme, de dos metros por dos metros, como esas que hay en los hoteles de lujo.

Entré y miré a través de la ventana: abajo, un patio con dos columpios. Bonito. Miré también a lo lejos: las nubes ocultaban el alrededor... y en ese momento pensé en ellas, en mis dos niñas: en la mayor y la pequeña; en la que llevaba conmigo más de media vida y en la que llevaba poco más de ocho años. En cómo crecían ambas, la primera junto a mí, creando entre los dos nuestra propia vida; la segunda... de la que me estaba perdiendo tantas cosas...

Me moría por llamarlas, por hablar con ellas, por preguntarle a mi pequeña cómo le había ido el día, qué había aprendido, qué había vivido en mi ausencia... Maldito móvil.

Suspiré y, sin pensarlo, me tumbé sobre la cama.

Por fin, silencio.

Un silencio a través del cual iba distinguiendo el sonido de la lluvia que seguía llamando a la ventana, del viento que poco a poco comenzaba a tomar un poco más de fuerza, de algún motor lejano, de mi propia respiración, de alguien que llamaba a la puerta...

Me levanté sobresaltado.

¿Había sido allí? ¿Había sido en esa puerta que podía abrirse desde fuera?

Silencio.

Y otra vez: toc, toc, toc...

* * *

Asustado, bajé a abrir, aunque, en realidad, quienquiera que fuese podría estar ya en el interior de la casa, incluso sentado en el sofá.

Bajé, pero en el sofá no había nadie.

Me dirigí hacia la puerta.

Y abrí.

Y allí, frente a mí, bajo la repisa: un niño y una niña. Ambos de entre unos ocho y diez años, más o menos de la edad de mi hija. Ella, morena, con dos trenzas, una a cada lado; él, rubio y con un millón de pecas salpicándole la cara.

—¡Hola! —me dijo el niño, con tanta ilusión que al sonreír me dio la impresión de que se le habían movido los lunares del rostro.

—Hola —contesté.

—¿Ha venido? ¿Ha venido? —me dijo casi gritando.

—¿Qué? ¿Quién? ¿Quién?... Creo que te equivocas.

—¿Qué...? —Y vi cómo se le escapaba la ilusión del cuerpo—. Ah... es que hemos visto luz y pensé que ya habían llegado...

—¿Quiénes?

—Los que tienen que vivir aquí —me dijo de nuevo el niño como si eso fuera todo lo que necesitaba saber.

—Es que viene la novia de este —interrumpió la niña.

—No es mi novia —contestó él.

—Sí que lo es, sí que lo es.

—¡Que no!

Y comenzaron a discutir entre ellos, olvidándose de que yo estaba allí, observando una conversación ajena a mi vida. Continuaron intercambiando frases y acusaciones hasta que les interrumpí.

—Bueno, chicos, pues no, lo siento, yo solo estoy de paso, me han comentado que los dueños de esta casa vienen el fin de semana.

—¿Ves?, te lo dije. —Le dio un codazo la niña.

—Vale, déjame —contestó él.

—Hasta el fin de semana no podrás ver a tu novia —se burló.

—Que no es mi novia...

Y volvieron a enzarzarse en una discusión que intenté parar haciendo como que cerraba la puerta.

—Espera, espera —me dijo de nuevo la niña mientras ponía sus manos en jarras—. Pero, y entonces, ¿quién eres tú?

—Bueno, es una historia muy larga... Lo siento, chicos... —Y ya estaba entrando en la casa cuando la niña se dirigió de nuevo a mí.

—Espera, espera, ¿quieres comprarnos una taza?

—¿O un pastel? —añadió el niño.

—¿Qué? —contesté sin saber muy bien de qué me estaban hablando.

—Sí, ¿que si quieres comprarnos una taza?

—¿O un pastel? —añadió de nuevo el niño.

—Ah, no, no, lo siento, no... perdonad pero es que hoy no ha sido un buen día.

—¿Qué te ha pasado? —insistió ella.

—Que me han robado el coche —contesté.

—Vaya, ¿y cómo era ese coche?

—Blanco, bonito, muy bonito, y también muy caro —le dije.

—¿Y era grande?

—Sí, bastante.

—¿Cuántas bicis podía llevar dentro?

—¿Qué?... ¿Bicis?... ¿Dentro?... —Me pilló desprevenido—. Bicis, ninguna.

—¿Ninguna? Pues vaya, entonces no era tan grande. El de mi padre puede llevar por lo menos cuatro, y sin desmontarlas.

—Ah —contesté sin saber muy bien qué hacía allí hablando con aquellos dos niños bajo la repisa de una casa que no era mía, en una puerta que no se podía cerrar, en una Isla perdida...—. Bueno, pues es cierto, quizá no era tan grande. Bueno, niños, me tengo que ir. ¿Y vosotros no tendríais que estar ahora mismo en clase? —Intenté quitármelos de encima.

—Sí, claro, estamos en clase de ventas, por eso necesitamos que nos compres algo.

—¿Qué? ¿Clase de ventas?

—Sí, tenemos que vender.

—Bueno, pues habéis elegido a la persona equivocada. No tengo dinero —me excusé.

—Bueno, no tienes dinero ahora, pero nos fiamos de ti, puedes pagarnos más adelante si te parece.

—Pero si me voy mañana —le dije. Porque eso es lo que pensaba yo en aquel momento. Con el paso del tiempo me he dado cuenta de que uno no puede jugar a adivinar el futuro y menos cuando ni siquiera es capaz de controlar el presente.

—Bueno... Pues tienes tiempo de sobra, en un día entero se puede conseguir mucho dinero. Y si no seguro que tienes algo suelto, con lo que tengas nos basta.

Aquella niña no iba a ceder fácilmente, así que, finalmente, decidí preguntar para ver si me surgía alguna buena excusa para no comprarles nada.

—¿Y qué vendéis?

—Yo, tazas, y él, pasteles, pero nos hemos asociado y también vendemos packs de tazas con pastel. Las tazas contienen unos cuentos...

—¿Cuentos?

—Sí, cada taza tiene impreso un cuento, de esos que hacen pensar, yo les llamo cuentos para entender el mundo.

Intenté salir con alguna excusa, pero nada, finalmente, me derroté.

—Bueno, vale, dadme un pack.

—¿Con qué taza? —me preguntó ella.

—¿Con qué pastel? —me preguntó él.

—Lo que queráis, vosotros mismos.

—Perfecto, toma está taza, seguro que te gusta. —Y me entregó una taza con un cuento, un cuento que...

—Y este pastel —me dijo el niño—, está buenísimo, ya verás, los hace mi madre.

—¿Tu madre? —contesté, sorprendido.

—Sí, tiene una pastelería en la plaza.

—Ah... He estado allí esta mañana —le dije.

Cogí la taza y el pastel, les di el único dinero suelto que tenía en la cartera y me despedí de ellos.

Ambos niños abrieron sus pequeños paraguas y se fueron calle arriba: ella moviendo sus coletas y él con una perceptible cojera en su pierna derecha.

* * *

Cogí la taza y, mientras me comía el pastel, leí el cuento que había impreso sobre la misma: *El anillo del equilibrio.*

Sonreí, aquella niña, sin saberlo, me acababa de hacer uno de los mejores regalos de mi vida.

Comencé a dar vueltas por la casa a la espera de que se hicieran las siete de la tarde. Revisé varias estanterías, la mayoría estaban vacías, apenas unos cuantos libros... Revisé títulos, los fui pasando uno a uno... ¿Cuánto tiempo hacía que no leía un libro? ¿Cuánto tiempo hacía que no tenía tiempo para leer un libro?

Cogí uno de ellos y me senté en el sofá.

Por primera vez en mucho, mucho tiempo, disfruté de la soledad en silencio, en un silencio acompañado por la lluvia.

Y así, leyendo, me quedé a la espera de que se hiciera la hora para poder ir a comisaría y recoger mi maleta y... llamar a mi jefe.

También sería el momento de hablar con mi mujer. No había sabido nada de ella en todo el día, no había sabido nada de ellas.

Estuve más de dos horas leyendo y mirando, de vez en cuando, una puerta que se podía abrir desde fuera. ¿Cómo iba a dormir tranquilo esa noche?

Ya pensaría en algo.

Me quedé dormido.

* * *

En el mismo instante en que un hombre se queda dormido en un sofá en una Isla rodeada por la lluvia, una furgoneta acaba de salir de esa misma Isla en busca del trastero de ese mismo hombre.

La dirección la tienen clara incluso antes de encontrarla, pues estaba en la documentación de un coche blanco, nuevo, recién robado.

* * *

Abrí los ojos: oscuridad.

¿Cuánto tiempo llevaba durmiendo? ¿Qué hora era? ¿Dónde estaba? Esa última pregunta me llevaría más tiempo contestarla.

Me había quedado dormido en el sofá.

Intenté averiguar de alguna forma la hora pero fue imposible, mi móvil no iba, no llevaba reloj y tampoco había ninguno en toda la casa.

Me levanté y miré por una de las ventanas: oscuridad bajo unas pocas farolas, llovía débilmente.

Salí de allí sin paraguas, refugiándome en cualquier repisa, en cualquier esquina. No vi a nadie a quien preguntar, pero, finalmente, tras dar varias vueltas logré llegar a la plaza: las siete y media en el reloj del campanario.

Desde allí me resultó fácil encontrar la comisaría.

Entré y pregunté por la maleta. Tras identificarme, contestar a varias preguntas y firmar un par de papeles me la entregaron.

Salí y miré al cielo, comenzaba de nuevo a llover con más

fuerza. Cogí la maleta y corrí arrastrándola en dirección a la pastelería de la plaza.

Salí sin saber que me vigilaban.

* * *

Mientras un hombre se dirige al único lugar en el que se ha sentido bienvenido dentro de una Isla a la que no sabe muy bien cómo ha llegado, en una de las habitaciones del piso de arriba de una comisaría ya han conseguido la primera clave del banco. Saben que va a ser una noche larga, muy larga.

Ya han investigado sus cuentas: los últimos gastos, los saldos medios, la nómina —su único ingreso—, las mensualidades de la hipoteca... en apenas una hora conocen toda su información financiera.

Ahora se disponen a realizar varias transferencias que, en apenas unos minutos, dejarán la cuenta prácticamente a cero. Antes de poder completar cada una de las operaciones les llegará un mensaje de confirmación al móvil y, por supuesto, los aceptarán todos.

Se dan cuenta de lo fácil que es eliminar los ahorros de una persona en apenas unas horas.

Esa misma noche, volverán a hacer lo mismo con la información de las dos tarjetas. Realizarán compras en varias páginas web hasta que lleguen a un máximo que ellos mismos han modificado.

Y así pasará el día de un hombre que se ha quedado sin coche y sin dinero. Un hombre que aún tiene mucho que perder: no sabe que una furgoneta se dirige a su casa.

* * *

Abrí la puerta de la pastelería y entramos mi maleta y yo.

—Un momento, ya salgo —me dijo su voz desde una habitación que había tras el mostrador.

Me quedé allí, a la espera, observando a varias personas que estaban en ese momento sentadas, hablando, leyendo...

—Hola —me sorprendió de nuevo—. ¿Otra vez por aquí?

—Sí, vengo a tomar algo y a pedirte un pequeño favor.

—Sí, claro, dime, dime.

—Verás, necesito llamar al trabajo y mi móvil está estropeado o... no sé lo que le ocurre.

—Sí, claro, puedes llamar del fijo que tengo aquí dentro, ven, pasa, y así me acompañas.

—No quiero molestar...

—No te preocupes, estaba haciendo unos pasteles, yo sigo en ello. Ah, y después acércate a la chimenea y te secas un poco.

—Sí, claro, claro.

Saqué de nuevo la tarjeta de la cartera y marqué el número de la oficina, supuse que a esas horas aún habría gente, allí nadie se iba antes de las ocho u ocho y media.

Escuché con miedo aquellos primeros tonos, deseando que nadie cogiera el teléfono, deseando aplazar el que seguro iba a ser un mal momento. Descolgaron.

—Hola, soy yo...

Al principio la conversación fue suave: ¿Cómo va todo?, ¿estás bien?, ¿han encontrado el coche?... preguntas de ascensor hasta que le confesé que aún no había podido ir a la empresa. Le dije que estaba... ¿retenido? en aquel lugar.

—¿Sabes lo que nos estamos jugando? —gritó.

—Ya, no he podido ir, pero mañana estaré allí.

—A primera hora te quiero allí.

—¿A primera hora?

—Sí, claro, a primera hora —gritó de nuevo.

—Es que creo que solo hay tren a mediodía, no por la mañana... —Escuché un suspiro al otro lado y después el silencio.

—Bueno, seguro que encuentras alguna forma de llegar: un autobús, un taxi, alguien que te acerque... ¡algo! ¡No me jodas! ¡No me jodas! ¡Busca algo! —Y ahí ya perdió los papeles—. Si mañana antes de la hora de comer no estás allí, tomaré medidas. No te imaginas la bronca que me ha caído hoy. Allí, en la empresa, lo tenían todo preparado. Hay trabajadores que se han quedado en casa porque se suponía que iban a parar la fábrica, han perdido la producción de todo un día, ¿sabes quién va a pagar eso?

No era capaz de decir nada, no tenía palabras.

—Esa empresa paga el mantenimiento más caro, tenemos que responderles en menos de 24 horas y no lo hemos hecho.

Si quieren pueden buscarnos las cosquillas, y si mañana a primera hora no estás ahí nos las buscarán, y yo te las buscaré a ti, ¿lo entiendes?

—Sí —respondí.

—Mira, llevamos muchos años juntos y eres uno de nuestros mejores empleados; siempre que había que quedarse te has quedado, si había que hacer horas extras las has hecho...

—... y si tenía que volver a casa un viernes para estar con mi familia pero había trabajo me quedaba un día más; y cada vez que mi hija se ponía enferma yo siempre estaba a cientos de kilómetros de ella; y si había que anular el único viaje que mi mujer y yo teníamos programado como vacaciones, pues se anulaba; y si una Nochebuena tenía que quedarme cenando a solas en una ciudad extraña... pues lo hacía...—. Pero mañana tienes que estar allí antes de la hora de comer, no voy a ceder ya más. Ya veré qué invento para convencerlos. Bueno, mañana más te vale estar allí, te lo digo como amigo. Seguro que encuentras alguna forma de llegar.

—Vale.

Sí, pensé, quizás había formas de llegar, lo complicado era encontrar formas de salir.

Colgó y me quedé durante unos minutos escuchando ese silencio que nace tras las malas noticias, ese en el que te encuentras protegido, en el que desearías pasar el resto de la tarde, del día y quizá de la vida.

—¿Malas noticias? —me despertó ella.

—Sí, sí... yo no debería estar aquí, hay una empresa parada por mi culpa —le dije mientras colgaba el teléfono.

—¿Por tu culpa? ¿La has parado tú?

—Sí, en cierta manera, sí. Bueno, soy yo quien tiene que ponerla en funcionamiento. Y no estoy allí. Estoy aquí, impotente, sin poder salir, sin móvil, sin ordenador, sin poder hablar con mi mujer, ni con mi hija... sin... —Y allí, en la trastienda del dolor comencé a llorar, delante de ella, de una extraña.

—Vale, vale, tranquilo...

Y aquella mujer dejó lo que estaba haciendo, se limpió las manos en un trapo y me abrazó. Y aquel abrazo fue la primera señal de humanidad que encontré en aquella maldita Isla.

* * *

Me continuó abrazando.

Y llegó el momento en el que comencé a sentirme incó-
modo. Ese momento en el que piensas que hay que separarse
de la otra persona. Quizá porque uno no está acostumbrado
a mantener el contacto tanto tiempo con un extraño, quizá
porque nunca nos han enseñado lo que debe durar un abrazo, quizá porque durante toda nuestra vida siempre hemos
abrazado menos tiempo del necesario.

Finalmente, encontré la solución: me dejé llevar.

Fue ella la que, al notar que mi cuerpo se había ido calman-
do, se separó lentamente de mí, me limpió las lágrimas con sus
manos y me sonrió.

—Ven, siéntate aquí —me dijo.

Me senté en una pequeña silla junto al horno, preparó dos
infusiones y allí iniciamos una de esas conversaciones que
todo el mundo necesita.

—¿Tienes niños? —me preguntó.

—Sí, una niña... preciosa.

—¿Tienes alguna foto?

—Sí, espera. —Y fui a sacar el móvil del bolsillo—. Vaya, me he dejado el móvil cargando, no lo tengo aquí.

—Bueno, no te preocupes, ya me las enseñarás.

—Si lo consigo, porque no hay forma de que arranque, creo que se ha estropeado. Espero no haberlas perdido todas.

—No seas tan negativo. —Me sonrió de nuevo.

—¿Y tú? —le pregunté.

—Yo sí, un niño, el del pastel, el que te lo ha vendido esta tarde —sonrió.

—Vaya, el niño coj... —«El niño cojo» estuve a punto de decir, pero me callé al instante.

—Sí, el niño cojo, el pirata, el capitán Patapalo. —Y sonrió con lástima.

Nos mantuvimos en silencio.

—¿Sabes? —me dijo tras beber un sorbo de infusión—, lo atropellé yo... —Y noté como a ella también se le derrumbaba el mundo.

—Lo siento...

—Y yo, yo también lo siento, y me duele cada día, cada vez que lo veo, cada vez que miro cómo cojea... Pero ya no lloro, ya no me quedan lágrimas, un día decidí que en lugar de desperdiciar el tiempo llorando iba a invertirlo en darle a mi hijo la mejor vida posible. Hubo una época en la que él, mi niño, me veía llorar cada mañana, me veía triste, derrotada... y era él, mi pequeño, el que me animaba, el que me decía: mamá, no pasa nada, esto se curará. Ya verás como se curará, mamá...

No fui capaz de decir nada, me mantuve en silencio.

—Y eso fue lo que hice, cambié mi vida para poder cambiar también la suya. Y con esfuerzo, amor y dinero, ha ido evolucionando mucho. Y sé que algún día se le habrá curado. Seguro —susurró.

—Seguro —le dije yo.

Y en ese momento me sentí tan pequeño, tan idiota, tan... Allí estaba yo, llorando porque me habían robado un coche, porque no había llegado a tiempo a una empresa. «Idiota», me dije.

—Pero bueno —continuó—, ¿te ha gustado el cuento? ¿Te ha gustado el pastel?

—El cuento, maravilloso; el pastel, exquisito. —Sonreí, y sonrió—. Ah, por cierto, —intenté cambiar de tema—. tu hijo ha venido con otra niña y me han dicho una cosa extraña: que estaban en clase de ventas. ¿Eso existe?

—Bueno —sonrió—, aquí sí, aquí la escuela es, digamos, un poco especial. En realidad es una de las asignaturas que tienen de finanzas.

—¿Qué?

—Sí, la escuela de este sitio fue una de las cosas que me ayudó a decidirme a vivir aquí. Sobre todo lo hice por él, creo que en pocos lugares del mundo va a salir tan preparado para la vida como aquí.

—Por...

—Aquí me enseñaron que los niños tienen que ser capaces de generar su propio dinero, todo lo contrario de lo que se les enseña a los niños y adolescentes de ahí afuera.

Tomó un sorbo de su infusión.

—Sí, a los de ahí afuera se les enseña desde pequeños a ser empleados, a trabajar siempre para otros, a ser simples mercenarios del trabajo. En el colegio, en el instituto e incluso en la universidad, les preparan para conseguir un trabajo, les enseñan a trabajar para otros aunque el trabajo no les aporte nada, eso es todo, esas son las tristes aspiraciones que tienen. Pero aquí es todo muy diferente.

—¿Diferente?

—Sí, por ejemplo, todos los niños tienen bastantes horas a la semana de manualidades y todo lo que son capaces de hacer no lo guardan en casa, sino que —sobre todo, los más mayores— lo fabrican y lo venden. El dinero que sacan no lo administran ellos, evidentemente, lo hacen sus padres, pero te aseguro que aquí hay niños que ganan más dinero que muchos de los adultos de ahí afuera.

—Pero... ¿Qué? ¿Cómo? —Estaba totalmente sorprendido.

—Por Internet. A partir de los quince años más o menos tienen una asignatura en la que les enseñan a montar una tienda en Internet y a vender sus productos. Algunos lo hacen de forma individual, otros en grupos. Por ejemplo, el hijo de uno de mis mejores amigos en La Isla presentó un proyecto que consistía en una tienda *on-line* con mis pasteles.

—Vaya... qué bien, aunque no vendan mucho, por lo menos se van acostumbrando a los negocios...

—¿Aunque no vendan? —me contestó ella sonriendo—. El 90% de lo que gano sale de esa tienda de Internet, esta cafetería simplemente la tengo como centro social, ya te dije que no es rentable.

Me quedé sin palabras.

—Lo de ahí afuera es de locos —continuó—, no es que no les enseñen a los niños nada sobre el dinero, ni siquiera a los más mayores, lo peor de todo es que encima les van transmitiendo la idea de que es algo peyorativo, les dicen frases como «el dinero no es importante», «prefiero la salud al dinero», y cosas por el estilo, estupideces. Cuando te ocurre algo como lo que le sucedió a mi hijo te das cuenta de que el dinero sí que es importante, si no fuera por el dinero él no estaría tan bien como está ahora. Queramos o no, dependemos totalmente del dinero: lo que comemos, la ropa que tenemos, el colchón en el que dormimos, cómo nos desplazamos... todo depende del dinero, y aun así, ahí afuera, hay gente que dice que el dinero no es importante. ¿No te has fijado en todas las furgonetas de reparto que entran y salen de La Isla?

—Sí.

—Es dinero en movimiento.

En ese momento sonó un timbre.

—Ese es el timbre del mostrador, un segundo, voy a atender —me dijo mientras salía.

A los pocos segundos entró de nuevo.

—Ahí afuera te buscan.

* * *

Mientras una mujer sale al mostrador de una pastelería, alguien acaba de entrar en una casa de madera ocupada por un hombre al que esa misma mañana le han robado el coche.

Revisa las habitaciones en busca de un móvil que finalmente encuentra conectado a un enchufe. Lo coge, le quita la funda y lo sustituye por otro, por el mismo que en su día fue robado.

Lo enchufa de nuevo y se enciende la luz: cargando.

Ha borrado todos los mensajes que le han llegado del banco, de la tarjeta, de los cargos, transferencias... Todo está limpio, como si jamás hubiera ocurrido nada.

* * *

Salí de la habitación con la ropa, el cuerpo y las esperanzas aún húmedas... y allí lo vi, en una butaca, junto a la chimenea: hombre, sombrero y guitarra me esperaban. Me acerqué.

—Hola, colega, ¿qué tal ha ido el día? ¿Ya tienes la maleta? —me dijo.

—Sí, la maleta sí, pero del día mejor no hablar.

—Vale, lo dejamos entonces... ¿Sabes?, este es uno de mis sitios preferidos para tocar, a estas horas de la tarde ya no hay mucha gente y a veces me quedo aquí, cenando y ensayando mis canciones. He pasado por casa y al no verte he pensado que estarías aquí. ¿Has hablado con la empresa?

—Sí. —Y en ese momento cambié la cara.

—Ya entiendo.

—Uf, creo que me van a despedir. Me está saliendo todo mal, desde que desperté esta mañana, desde que llegué aquí, desde...

—Oye, oye, que no se acaba el mundo. A veces cuando pensamos que todo se hunde es cuando realmente estamos a punto de despegar. Mírame a mí —me dijo. Y el problema es que me lo dijo en serio.

Pedimos algo para cenar: unos bocadillos y unas bebidas. Y allí, mientras se secaba mi ropa y mi cuerpo, él continuó contándome..

—Aquel día, por la tarde, bajé al garaje y desempolvé esta vieja guitarra —me decía mientras me la enseñaba—, la misma que tenía de pequeño. La limpié, intenté afinarla como pude y me puse a tocar. Y toqué, vaya si toqué, no salí de aquella habitación en todo el día. Solo paré en el momento en que ella vino del colegio.

—¿Ella?

—Sí, mi hija.

Y allí volvió a pillarme, allí, de nuevo, quizá por los prejuicios, quizá porque estaba seguro de que aquel hombre no tenía familia...

—Llamó a la puerta —continuó—, entró en mi habitación y al ver la guitarra comenzó a sonreír. ¿Y sabes qué?, aquella tarde se quedó allí, conmigo, sentada en el suelo, apoyada en la pared, escuchando... y mi mujer también, pero fuera.

»Mi hija y yo estuvimos allí durante horas. Ella elegía un tema y yo lo buscaba en la tableta, miraba los acordes y los volvía a tocar.

»Estuvimos cantando juntos toda la tarde, aquel día no hubo deberes, aquella tarde fue solo para nosotros dos. Cantamos, reímos, hablamos... hasta que, al final, cayó rendida y se quedó durmiendo en el suelo, con su cabeza junto a mis piernas.

»La miré: esa cara, esos ojos, su pelo, su vida, en realidad mi vida... ¿y sabes qué, colega? Por primera vez en muchos años había pasado una tarde entera con ella, por primera vez en muchos años no habría querido estar en ningún otro lugar. Me sentía feliz, por mí y porque había sido capaz de hacerla feliz a ella también: me acababa de dar cuenta de que era eso a lo que quería dedicarme.

»Aquel día decidí dejar el banco definitivamente: mi gran sueldo, mi puesto de responsabilidad, mis relaciones con peces gordos... todo iba a dejarlo por tocar la guitarra. ¿Cómo le explicas a alguien eso, colega?

»Aquella tarde, con mi hija tumbada a mi lado, continué tocando cada vez canciones más tristes, más lentas, más antiguas... Retrocedí en el tiempo hasta que llegué a la primera, a la nuestra: la mía y la de mi mujer, la misma persona que había estado escuchándonos desde fuera, desde un pasillo que aquel día parecía estar a kilómetros de distancia.

»Finalmente, cuando ya me dolían los dedos de tanto tocar, llevé a mi hija a la cama y yo me fui al sofá a dormir.

»Pero no dormí.

»Me sentí como si, por fin, hubiese encontrado mi camino, me sentí también asustado.

»Fue una noche de dudas, de *y si...*, de preguntas sin respuesta, de asomarme a precipicios que nunca había visto...

»Un noche extraña que me dejó con dudas.

»Al día siguiente ocurrió algo que me las quitó todas.

* * *

—Al día siguiente, colega... al día siguiente decidí ir a recogerla al colegio. Eso era algo que prácticamente nunca podía hacer, casi siempre acababa demasiado tarde en el trabajo, siempre había algún asunto que, a última hora, se colaba delante de ella. Aquel día, la esperé fuera del colegio, nervioso, escondido entre los barrotes de la verja exterior.

»Sonó el timbre y miles de vidas salieron entre gritos, risas y alegrías. La mayoría iban en pequeños grupos, hablando de sus cosas: la última película que habían visto, el examen de mañana, ese chico tan guapo que hoy les había dedicado una sonrisa, esa chica que hoy vestía tan rara, mirando las fotos que les acababan de enviar por el móvil.

»Y entre todas esas vidas una pequeña niña, morena, con dos coletas y unos preciosos ojos negros. Llevaba una mochila con ruedas y una conversación con tres amigas suyas.

»Disfruté observándola desde lejos.

»Entré junto a todos los padres, escondiéndome para no ser visto, intentando llegar hasta ella sin que se diera cuenta.

»Aquel día yo iba sin traje, simplemente con unos vaqueros y una camiseta. Y en cuanto me vio... se puso a temblar. Dejó la mochila en el suelo y comenzó a correr hacia mí.

»Aquel fue uno de esos momentos que te cambian la vida. ¿Sabes, colega?, muchas noches, cuando me acuesto y me pregunto si hice bien en dejarlo todo para dedicarme a tocar la guitarra, me acuerdo de aquel día.

»—¡Papá, papá! —gritaba mientras se acercaba corriendo—. ¡Papá, papá! Y saltó sobre mí con tanta fuerza que nos caímos al suelo, los dos, allí, en medio de todos, allí justo en el centro de la felicidad.

»Nos levantamos entre risas y abrazos, recogió su cartera, me agarró de la mano y me llevó hasta donde estaban sus amigas... y también las madres y padres de sus amigas.

»Y allí, delante de ellos dijo algo que cambió mi vida: "Este es mi papá y sabe tocar la guitarra."

«Y sabe tocar la guitarra.»

—Colega, a mi hija le importaba una mierda que yo trabajara en un banco, que tuviera más pasta que la mayoría de sus compañeros, que llevara un coche de lujo o que nuestra casa tuviera los muebles más caros del vecindario..., lo único que le importaba a mi hija en ese momento, delante de todos, es que yo sabía tocar la guitarra. Solo eso.

»¿Sabes, colega?, a determinadas edades a un niño le da igual si eres contable, banquero o notario, si ganas más pasta que el presidente o si eres el número uno de tu empresa; nada de eso les importa porque a ellos les interesa más si sabes bailar, tocar la guitarra, si cantas, si haces magia, si eres capaz de transformar un folio en un avión o si puedes construir una espada con un globo. Eso es lo realmente importante para ellos, justo lo que menos nos importa a la mayoría de nosotros.

—Sí, hasta que te das cuenta de que con eso no se puede vivir —le contesté.

—Pero sí que se puede, colega —me dijo—. Sí que se puede, ese es el problema, que nos hacen creer que no, y no es cierto, claro que se puede. Hace tiempo, un tipo me enseñó una cosa muy importante: llega un momento en la vida en que puedes elegir entre dos caminos: dedicarte a algo que no te gusta para ir viviendo y así, algún día —quizá cuando te jubiles o cuando estés muerto— dedicarte a lo que te hace feliz, o dedicarte a lo que te gusta hasta que un día te dé para vivir. Por eso, colega, de vez en cuando hay que preguntarse: «¿De qué hablará mi hija en el colegio?»

Y callé, callé porque en ese momento no me imaginaba a mi hija diciendo: mi papá es configurador de sistemas contables. Aquel tipo tenía razón.

* * *

En el mismo instante en que dos hombres están hablando de la vida en una pequeña pastelería, a mucha distancia de allí, otros dos hombres hacen guardia en el interior de una furgoneta, en plena calle. Han aparcado frente a un edificio que no conocen pero que analizan desde lejos.

Están dejando pasar el tiempo para actuar, esperando el momento en el que todos los hogares hayan recogido las vidas que sostienen dentro.

* * *

—¿Y a ti? ¿A ti qué te gustaría hacer? —me preguntó.

—No sé.

—Venga, no me jodas, no me digas que te gusta esta mierda de estar viajando siempre fuera de casa, ¿cada cuánto ves a tu hija? Cada dos días, cada tres...

—Bueno, a veces cada día por la noche, otras veces solo los fines de semana.

—Vaya mierda —me contestó—. Seguro que hay algo a lo que te gustaría dedicarte y aun trabajando duro serías mucho más feliz.

—Bueno, sí, el vino, me encantaría tener mi propia bodega, quizá cuando me jubile...

—Cuando te jubiles se te habrán pasado las ganas de todo, no querrás hacer nada, salvo descansar y sobrevivir con la mierda de pensión que te habrá quedado. ¿Sabes que cuando a la gente mayor se le pregunta cuáles han sido los dos grandes errores de su vida, la mayoría coincide en los mismos?

—¿En cuáles?

—En haber hecho lo que se esperaba de uno en lugar de

haber hecho lo que realmente quería hacer, y en no haber pasado más tiempo con sus padres y sus hijos. Eso es la vida, colega.

—Vaya...

—Sí, el problema es que cuando se dan cuenta de eso ya se les ha acabado el tiempo.

—Ya, si a mí me encantaría, me gustaría tener mi propia bodega, un pequeño cultivo, me encantaría. He hecho mil cursos de vino, he ido a conferencias, he vendimiado, he ido a mil catas, pero...

—¿Pero? ¿Lo has intentado? ¿Al menos lo has intentado?

—No, pero siempre lo he pensado —contesté.

—Ese es el problema, que ni siquiera te has atrevido a intentarlo. La vida está llena de gente que mueve la mente pero deja quietos los brazos, que leen miles de frases del tipo «cada día hay que vivirlo como si fuera el último» o «dedícate a aquello que te haga feliz», frases que comparten en Internet, con sus amigos, que ponen en las paredes de sus casas... pero después no hacen absolutamente nada por cumplirlo, ese es el problema.

—Pero es muy caro, tendría que invertir dinero, no sé si saldría bien, y mi hija, y la hipoteca...

—¿Sabes?, el que quiere hacer algo le pone ganas, el que no, excusas.

—Pero no son excusas, es que...

—Sí que son excusas, la mayoría de la gente no quiere hacer las cosas que dice que quiere hacer. Hay gente que se pasa la vida diciendo que quiere hacer esto o lo otro, pero es mentira, no quieren, solo lo dicen, pero no mueven un dedo por conseguirlo. La mayoría de la gente vive una vida muy gris. Siempre que voy a tocar a alguna sala, lo primero que hago es darles la enhorabuena a los asistentes, por lo afortunados que son. No por venir a verme a mí, sino porque un miércoles, un lunes, un jueves... entre semana han podido ir a un concierto. Eso es ser rico, colega, lo de tener una casa más o menos cara, un coche grande o una cuenta corriente abultada, eso no es importante si cuando llega el momento en que un colega hace un concierto en tu ciudad, una exposición o presenta un libro no puedes asistir. ¿Me entiendes?

Me quedé en silencio.

Y él comenzó a tocar la guitarra. Allí, ante unas veinte o treinta personas. Hombres y mujeres solos, parejas, amigos... personas afortunadas por poder estar escuchando aquella música un lunes por la tarde que se iba haciendo noche...

Y yo estaba allí.

* * *

La puerta de un garaje se abre y una furgoneta ajena al edificio entra en el mismo. Aparca en una plaza vacía, una plaza que no se ocupará porque el coche blanco que salió esa misma mañana ya no volverá.

Ambos hombres bajan de la furgoneta y buscan la zona de los trasteros. A pesar de que les han dado un plano tardan en localizarlos: demasiadas puertas.

Finalmente, tras dar varias vueltas en silencio, lo encuentran y, a pesar de que en la llave no hay inscrito ningún número, no tienen problema en localizar la puerta correcta a la primera.

Abren el trastero. Encienden la luz y allí se encuentran una gran habitación repleta de objetos, pero —aunque eso ellos no lo saben— prácticamente vacía de recuerdos.

Inspeccionan todo con cuidado y, tras unos minutos, comienzan a cargar aquello que ven de valor. Lo primero que se llevan es una bicicleta de montaña, una de esas tan caras: doble suspensión, ligera, de buena marca, prácticamente nueva. Una bicicleta que apenas ha sido utilizada dos veces. Una bicicleta que nació para recorrer montañas, rodar sobre sendas, vivir momentos de esos que merece la pena contar y, en cambio, ha estado secuestrada demasiado tiempo en ese mismo trastero.

Se llevan también un kayak sin estrenar. Su dueño, tras hacer un cursillo de unas semanas, decidió que ya era el momento de tener el suyo propio y lo compró. Lo que no pudo comprar fue el tiempo para utilizarlo y allí se quedó, varado en tierra.

Se llevan también, y puede parecer que esos dos hombres no tienen piedad, otras dos bicicletas: una de mujer y otra de niña. Dos bicicletas también nuevas: la de mujer con las ruedas limpias, la de la niña con muy pocos kilómetros recorridos, casi ninguno.

Miran la furgoneta: aún queda mucho espacio, continúan.

* * *

Y así fue como aquel día me quedé a dormir en La Isla.

Tras el pequeño concierto improvisado que aquel hombre dio en la pastelería, nos fuimos y me dijo que le acompañase hasta su casa.

—Aquí es donde vivo yo, por si necesitas algo. Como ves es una casa parecida a la que tú estás ahora.

En ese momento me fijé en la frase que había sobre la puerta: «Te importará muy poco lo que los demás piensen de ti cuando te des cuenta de lo poco que piensan en ti.» D. F. Wallace.

—Vaya, muy buena —le dije.

—Sí, refleja mis últimos años —sonrió.

Me ofreció la mano y nos despedimos con un apretón.

—Sabrás llegar desde aquí, ¿no?

—Sí, sí, no te preocupes, sin problema.

—Pues hasta mañana.

—Hasta mañana.

Y me dirigí, a solas, hacia la casa que me habían prestado temporalmente.

Continuaba lloviendo.

Nadie alrededor, solo la luz naranja de las farolas que iluminaba unas calles desiertas, una luz que se escondía entre unas casas que parecían haber nacido ya unidas, como si tuvieran miedo a, en la noche, quedarse a solas.

Comencé a caminar sobre un suelo mojado que protestaba a cada paso, comencé a caminar en el interior de un presente que parecía querer jugar conmigo.

Giré la esquina... y me di cuenta de que en realidad no sabía muy bien dónde estaba, me di cuenta también de que, a pesar de lo pequeña que era aquella Isla, allí dentro había demasiadas calles.

Caminé un poco más y, a unos metros, me fijé en una pequeña casa totalmente blanca que tenía la puerta abierta. De dentro salía una luz anaranjada que temblaba. Al acercarme me di cuenta de que la luz venía de una vela que estaba en su interior. Leí el letrero que había sobre la puerta: «La habitación de las quejas.»

La puerta estaba abierta. Miré alrededor y entré.

Sobre la pared había una especie de pantalla, un pulsador rojo y un cartel: «Pulse el botón y comience a quejarse.» Sonreí.

Pulsé y en la pantalla apareció un mensaje: «Cuando haya terminado de quejarse pulse de nuevo el botón.»

Nada más. Allí estaba yo, frente a una pantalla, en el interior de una estancia totalmente vacía. No sabía qué significaba aquello.

Finalmente, aburrido, pulsé de nuevo el botón y apareció otro mensaje en la pantalla: «Acaba usted de perder 56 segundos de su vida.»

Sonreí.

Salí de allí y miré de nuevo el cartel que había sobre la puerta: «La habitación de las quejas.»

Continué caminando hacia el final de la calle para ver si podía situarme, si veía algo conocido.

Nada.

Silencio.

Y entre aquel silencio, el ruido de una persiana que se cerraba, de un gato que maullaba escondido en cualquier lugar a resguardo de la lluvia, el tintineo de las gotas en la uralita de algún tejado...

Decidí caminar recto, intuía que me estaba acercando a la casa. Crucé dos calles más y, por fin, a unos veinte metros la distinguí.

La puerta estaba cerrada y la luz interior, apagada. Aun así tuve miedo, sabía que, durante mi ausencia, cualquiera podría haber entrado en la casa. De hecho, pensé, cualquiera podría estar allí dentro en ese momento.

Llegué frente a la puerta y la empujé.

Se abrió gruñendo, como si fuera la propia casa la que protestaba porque alguien la estaba despertando a esas horas.

Y entré.

Y encendí la primera luz que encontré.

Y encendí todas las luces que pude.

Y comencé a mirar por todas partes: las habitaciones, los armarios, debajo de la camas, en los baños... Parecía que allí no había nadie, pero sabía que iba a ser incapaz de dormir así, con la puerta cerrada pero pudiendo ser abierta desde fuera.

¿Qué podía hacer?

Finalmente decidí mover el sofá para colocarlo detrás de la puerta de entrada, quizás eso conseguiría detener a alguien si entraba en mitad de la noche. Aunque si empujaban con fuerza podrían entrar. ¿Y qué podía hacer para darme cuenta de si entraba alguien?

Me fui a la cocina y cogí varios platos, cuchillos, tenedores y los coloqué por el sofá de tal forma que si lo movían cayeran al suelo y, por lo menos, el ruido me despertase.

Ya un poco más tranquilo comprobé también las ventanas, y en ese momento me encontré con una sorpresa: mi móvil estaba encendido, por fin se había cargado la batería.

Lo desconecté del enchufe, marqué el pin y a los pocos segundos se activó: funcionaba.

En lo primero que pensé fue en hablar con mi mujer, hacía tanto tiempo que no sabía nada de ella... Pero cuando ya estaba a punto de llamarla me detuve.

* * *

Dos hombres entran de nuevo al trastero y continúan vaciando su alma: un juego completo de pesas y una máquina de musculación prácticamente nueva: el asiento aún lleva el plástico; dos pares de patines que jamás han salido de sus cajas; la baca del coche para llevar unos esquís que solo tocaron la nieve una vez...

Lo colocan todo en una furgoneta que tiene capacidad de sobra para hacer desaparecer una vida.

Realizan de nuevo otro viaje: un juego de maletas que no han tomado demasiados vuelos; una cámara de vídeo que se pasó de formato demasiado pronto; una colección completa de libros de recetas que jamás cocinaron; un caballete, pinceles, óleos y lienzos que siempre han estado en blanco; un viejo Escalextric en forma de cero, básico, que dejó de usarse porque el coche que iba por el interior siempre ganaba; un puzle de diez mil piezas que aún tienen el precinto en la caja... una cuna, una sillita de bebé...

Tras varios viajes a la furgoneta, se dan cuenta de que se lo han llevado prácticamente todo.

Cierran con llave el trastero, se meten los dos en la furgoneta y, justo antes de arrancar, uno de ellos lanza la pregunta que ambos han estado pensando.

—¿Y la casa? Han dicho que no había nadie...

* * *

¿Qué iba a decirle? ¿Todo? ¿Nada? ¿Una parte?

¿Qué parte iba a contarle? ¿Lo de que me habían robado el coche, lo de que estaban a punto de despedirme o lo de que pensaba que me tenían secuestrado en una Isla?

No, quizás eso último no.

Marqué su número.

Un tono, dos tonos...

—Hola —me dijo—, por fin...

—¡Hola!

—Vaya, me tenías preocupada. He estado llamándote varias veces pero tu móvil no daba señal.

—Sí, es que me había quedado sin batería y... y han pasado muchas cosas...

Y comencé a contarle parte de lo ocurrido, solo parte, no quería que se preocupara demasiado. Le conté que me habían robado el coche en el área de servicio, que había venido a la comisaría de un pueblo a denunciarlo, que había recuperado ya la maleta y que hoy pasaba la noche en un hotel. Le dije también que al día siguiente cogería un tren y me iría a la empresa para continuar con mi trabajo. Intenté no preocuparla demasiado, aun así, sé que se preocupó. Aun así, cada dos o tres frases mías ella solo hacía que preguntarme si yo estaba bien.

—¿Pero estás bien? ¿Tú estás bien? —insistía con un tono nervioso.

—Sí, sí, lo único lo del coche, pero no pasa nada, el seguro lo pagará todo, no te preocupes. A mí no me ha pasado nada, además tengo todo lo importante: la cartera, el móvil y también he recuperado la maleta, lo único que he perdido es el portátil y el coche, claro.

—Bueno, un coche solo es un coche, no lo olvides —me dijo intentando tranquilizarme con una voz que noté que le temblaba.

—Sí, sí, solo es un coche. ¿Y la niña, cómo está? Hoy no he podido hablar con ella.

—Muy bien... está con... está con los abuelos, he llamado hace unas horas a mi madre y ya se acostaban a dormir.

—¿Ha preguntado por mí?

—Sí, claro, ha preguntado por ti. —Y me estremecí.

—A ver si mañana ya puedo seguir con mi vida.

—Seguro que sí, ¿seguro que estás bien? —insistió.

—Sí, claro, claro, no pasa nada.

—Siento mucho no poder ir a buscarte...

—No te preocupes que mañana ya se normalizará todo, ya verás. ¿Y tú, qué tal el viaje, qué tal el avión? —le pregunté.

—Bien, sin novedad, otro viaje más, ahora estoy en el hotel, estaba leyendo en la cama, preocupada porque no sabía nada de ti.

—Lo siento, es que no podía llamarte, ha sido un día caótico. ¿Y el hotel qué tal es? ¿Está bien? —intenté cambiar de tema para que no me preguntara por qué no había sido capaz de llamarla desde otro móvil.

—Bueno, como todos, está bien, mañana me espera un día duro, bueno, una semana dura.

—Pues a descansar, amor. ¿Sabes que te quiero?

—Yo también —me dijo, en voz baja, casi sin decirlo.

—Te quiero mucho —le grité.

—Y yo... y yo... —me dijo—. Buenas noches, amor... —Y colgó.

Y colgué, y noté algo extraño en su voz, en su forma de hablarme... quizá solo eran cosas mías.

A pesar del cansancio no tenía sueño, los nervios aún seguían vivos por dentro. Miré alrededor y allí no había televisión, ni una radio, ni ningún ordenador. Y me ocurrió algo que hacía mucho tiempo que no me sucedía: me di cuenta de que tenía tiempo libre y de que no sabía qué hacer con él.

Abrí la puerta del patio de atrás y me quedé allí, mirando cómo lloraba el cielo, cómo sus lágrimas se hundían en la tierra creando barro.

Silencio.

Y entre aquel silencio dejé pasar los minutos pensando en qué estaría ocurriendo en el resto del mundo, en el resto de ciudades, de vidas...

Y me quedé pensando en mi hija, en el poco tiempo que estaba con ella, en todas las cosas que me estaba perdiendo, en que, de un momento a otro, se le escaparía la infancia y yo no habría podido disfrutarla.

Me quedé también pensando en la conversación con mi mujer, la había notado nerviosa, y no era la primera vez. Durante las últimas semanas ya me había dado cuenta de que estaba... extraña, como si ocultase algo, como si... En las últimas semanas tenía demasiados viajes de empresa, demasiados vuelos. Pensé en lo que le había ocurrido al guitarrista con su mujer.

¿Y si mis ausencias ella las llenaba con otra presencia?, ¿y si, cuando yo no estaba se veía con otro a escondidas?

Y si, y si, y si...

* * *

Y mientras un hombre se pregunta si a su mujer le ocurre algo, esta, en cuanto cuelga el teléfono, se sienta sobre una silla y comienza a llorar.

Llora porque no sabe mentir, porque cada día le cuesta más ocultar todo lo que está ocurriendo, porque hace muchas semanas que vive fingiendo. Llora porque no está en ningún hotel, ni ha tomado ningún avión, llora porque ni siquiera está sola en la cama.

La Isla
Segundo día

Abrí los ojos.

Miré alrededor.

Estaba acostumbrado a despertar solo, en camas ajenas de hoteles; a despertar tras la alarma del móvil, a escuchar los sonidos de las habitaciones contiguas, del ir y venir del servicio de la limpieza... pero ese día...

Me quedé inmóvil en la cama. ¿Cómo había llegado hasta allí? Me quedé dormido mirando la lluvia y después... después supuse que habría subido las escaleras sin saberlo, sin acordarme de nada.

Silencio.

Y de pronto escuché unos golpes en la puerta, abajo.

Me asusté. Quizá no era allí, quizás era el ruido del viento en la ventana, quizá solo había sido el motor de algún coche...

Silencio.

Golpes de nuevo.

Me levanté nervioso. Recordé que, a pesar de haber colocado el sofá, aquella puerta no tenía cerradura. Cualquiera, empujando un poco, podía entrar.

Bajé corriendo las escaleras.

Quité los platos y cubiertos que había dejado sobre el sofá, lo aparté y abrí la puerta: allí estaba él de nuevo.

—Buenos días —me dijo echando una extraña mirada alrededor—, ¿de qué tenías miedo?

—¿Yo? Bueno... de nada, simplemente no estoy acostumbrado a que puedan abrir la puerta mientras duermo —me excusé—. ¿Qué ocurre? Aún falta mucho para las doce, ¿no?

—Sí, sí, por eso he venido pronto, porque me han pedido un favor. Solo te llevará unos minutos.

—¿Un favor?

—Sí, una de las profesoras del colegio me ha comentado que te preguntara si podías ayudarla en una clase.

—¿Qué? —Cada minuto que pasaba en aquella Isla ocurrían cosas más extrañas.

—Sí, venga, solo será un momento y es para ayudar a los niños. Es para los pequeños, los de cinco o seis años, esos todavía no dan miedo —sonrió.

—Pero... ¿pero qué tengo que hacer?

—Nada complicado, venga, cámbiate, te invito a un café en la pastelería y de camino a la escuela te lo explico.

Y no fui capaz de decir que no, ni allí ni durante mi vida. Ese siempre ha sido uno de mis grandes problemas. Cada vez que alguien me pedía un favor, cada vez que en la empresa me decían que me quedara alguna hora más, cada vez que... Nunca he sabido decir que no, por eso, a los diez minutos, aquel músico y yo, tras haber tomado un café rápido, íbamos camino de la escuela.

* * *

Tras cruzar varias calles llegamos a un pequeño parque.

—Vamos, es por aquí —me dijo.

Cuando apenas llevábamos unos metros me fijé en unos extraños columpios que quedaban a la derecha.

—Dan ganas de subir, ¿verdad? —me dijo.

—¿Qué?

—Esos columpios, ¿a que atraen?

—Pues sí, son tan... tan...

—Tan distintos.

—Pues sí, tienen algo...

—Tienen pasión, eso es lo que tienen. Una pasión que se nota en cada detalle, en cada forma, en cada color. Ahora no tenemos tiempo, pero, si quieres, cuando acabemos, los pruebas.

—No, no... si yo no iba a...

—Venga, vamos, acompáñame.

Dejamos atrás los columpios y llegamos a una puerta de madera sobre la que estaba escrita una frase que ocupaba gran parte de la fachada.

«Todo el mundo es un genio, pero si juzgas a un pez por

su habilidad para trepar a un árbol, vivirá toda su vida pensando que es un inútil.» A. Einstein.

—Curiosa frase —dije en voz alta.

—Sí. Lamentablemente, ahí afuera, es lo normal —me contestó mientras abría la puerta y accedíamos libremente al edificio.

Entramos, atravesamos un largo pasillo y nos dirigimos hacia uno de los despachos del fondo.

Llamó a la puerta y, tras escuchar un «adelante», pasamos.

—Hola —me saludó una mujer joven mientras se levantaba de su silla para darme dos besos.

—Hola —contesté sorprendido.

—Lo primero de todo, muchas gracias por venir, para nosotros es muy importante —me dijo mientras se sentaba de nuevo.

—De nada —contesté— pero no sé exactamente qué tengo que hacer.

—No te preocupes, ahora mismo te lo explico, no es nada difícil...

—Bueno, yo me tengo que ir —interrumpió el músico—, hago unas cosas y te espero en una hora y media fuera, en los columpios —me dijo guiñándome un ojo.

Abrió la puerta y se marchó.

—Verás —continuó ella—, dentro de la programación anual hemos incluido una clase que se llama «Conoce a otras personas» y, al menos una vez a la semana, intentamos que a los niños les visite alguien que no conocen de nada, alguien de fuera de La Isla, por eso, cada vez que tenemos un visitante le pedimos que nos acompañe durante un rato. También es una forma de abrirles la mente, de saber que esto no es el centro del universo.

—Pero... no entiendo, ¿qué tengo que hacer?

—Nada, nada complicado, ellos se encargan, son unos pocos niños, nada más. Te preguntarán todo lo que se les vaya ocurriendo: a qué te dedicas, si tienes hijos, familia, cuáles son tus aficiones... ese tipo de cosas.

—Pero yo, no sé, no creo que yo sea demasiado interesante.

—¿Cómo puedes decir eso? —me dijo moviendo la cabeza de lado a lado—. Todas las personas son interesantes, justamente eso es lo que intentamos demostrar a los niños. Les intentamos explicar que cada persona es importante por sí misma, no queremos que ninguno de ellos piense que por no ser capaz de trepar a un árbol ya no va a ser nadie en la vida, ¿entiendes?

—Sí, sí, entiendo —dije disculpándome.

—Perfecto, bueno, como aún queda casi media hora, si te apetece te enseño un poco el colegio.

—Vale —contesté, y comenzamos a pasear a través de varios pasillos. Sin duda aquel era uno de los edificios más grandes y cuidados de los que yo había visto en La Isla.

—Vaya —le dije sorprendido—, ¡qué cuidado está todo!

—Claro, aquí es donde más dinero se invierte, en realidad el futuro de La Isla depende de ellos, de todas estas pequeñas vidas.

—Pues el colegio de mi hija te aseguro que no es así, se cae a trozos.

—Sí, supongo, ahí afuera hay demasiado idiota. Y no hablo solo de políticos, hablo de los propios padres, muchos irían antes a una manifestación para que su equipo de fútbol no bajase de categoría que a una protesta para que mejoren las condiciones del colegio de sus hijos.

Llegamos frente a una puerta.

—Ven, mira, voy a enseñarte el aula más importante, un aula que debería estar de forma obligatoria en todos los colegios del mundo y que raramente existe.

Y tenía razón.

* * *

Dos años antes de mi llegada a La Isla

El objetivo de una cámara de fotos capta, desde lejos, una escena en la que un cuerpo se mantiene de pie en una estación de tren.

Clic: una foto y aumento del zoom.

El objetivo ahora se aproxima para distinguir a un hombre delgado, de unos cuarenta y tantos años, y sin equipaje, al menos visible, pues el bagaje mental a esa distancia no es posible calcularlo.

Viste de forma uniforme, con un gris que no llama la atención. Mira a ambos lados en una estación que a esas horas de la mañana permanece prácticamente vacía.

Observa repetidamente su reloj de pulsera y, de nuevo, mira a ambos lados, como si estuviera esperando la visita de alguien por el que merezca la pena quedarse.

Pero no viene nadie.

Clic: otra foto y un nuevo aumento del zoom.

El objetivo se aproxima aún más, y ya es capaz de distinguir cómo el hombre se mete una mano en el bolsillo, saca una pequeña caja y, tras abrirla, coge de su interior lo que parecen dos pequeños tapones para taparse los oídos.

Mientras se los coloca, las lágrimas comienzan a bordear unos ojos incapaces de contener nada.

Y así, vista la escena solo a través de un objetivo, sin tener en cuenta el alrededor, podríamos pensar que el momento representa a un hombre que espera un tren para huir de un amor de verano en pleno invierno.

El problema viene cuando decidimos mirarlo de nuevo todo, pero esta vez sin la cámara. Es entonces cuando uno se da cuenta de que hay dos cosas extrañas en ese encuadre: la primera es que el hombre, en realidad, se mantiene de pie fuera del andén, sobre las propias vías; la segunda es que el tren que está esperando es uno de los pocos que no tiene parada en esa estación.

* * *

Abrió la puerta y entramos en una gran habitación repleta de trozos de cuerpos: esqueletos, cabezas, cráneos, un tórax de plástico, montones de aparatos ortopédicos, vendas...

—Esto... —balbuceé—, ¿esto es la enfermería?

—No, no —sonrió—, no te asustes, esta es la sala donde enseñamos primeros auxilios, quizá la asignatura más importante que aprendan nunca. Ningún niño sale de este colegio sin ser capaz de salvar —o al menos intentarlo— la vida a otra persona.

Me quedé sin palabras.

—Verás, aquí, en La Isla, me enseñaron que de poco importan las matemáticas que sepas, o la química, o saber distinguir entre el sujeto y el predicado... si delante de nosotros se ahoga una persona y no somos capaces de salvarla. Mira, acompáñame.

Nos desplazamos por el interior de aquella habitación donde me iba explicando quizá las lecciones más importantes de mi vida.

—Aquí les enseñamos a curarse una pequeña herida, a distinguir el alcohol del agua oxigenada, a poner una tirita, a colocar correctamente un vendaje. Mira, ven. —Y abrió un gran armario del que sacó un muñeco—. Este es un muñeco especial con el que, periódicamente, practicamos la respiración asistida. No te imaginas la de vidas que se pueden salvar simplemente sabiendo realizar un masaje cardiaco.

—Pero es complicado, ¿no? He oído que si lo haces mal o demasiado fuerte puedes incluso romperle una costilla —le comenté.

—Bueno, en realidad cuando necesitas hacer un masaje cardiaco es porque la víctima no respira, es decir, está clínicamente muerta, lo de romperle una costilla sería lo que menos debería importarnos.

En ese momento dejó el muñeco en el suelo, boca arriba y...

—¡Este hombre acaba de tener una parada! —me gritó—. ¿Qué puedes hacer por él?

Y yo me quedé allí, mirando fijamente el muñeco, asustado, sin saber qué decir, sin saber qué hacer, como un idiota.

—¿Qué puedes hacer por él? —volvió a gritarme—. Se te acaba el tiempo.

—Nada —contesté—, nada, no sabría qué hacer por él, nada... —Y se me cayó el mundo encima.

—Nada —contestó ella mientras recogía el muñeco y lo colocaba en su sitio—. Eso es, la inmensa mayoría de la gente sabemos cómo manejar con los ojos cerrados un móvil, hay chavales que podrían finalizar en unas horas el videojuego más complicado, podemos pasarnos horas buscando la cosa más estúpida en Internet o malgastar nuestro tiempo retocando una foto con mil filtros, y en cambio somos incapaces de aprender cuatro cosas básicas que podrían salvar una vida.

Cerró el armario.

—Todos y cada uno de los niños de esta Isla son capaces de devolver vidas, ¿sabes lo que significa eso? —Y noté cómo se emocionaba. Y noté cómo a mí se me erizaba el vello.

—Mira ahí —me dijo.

Y en ese momento observé cómo en una de las paredes de la sala había algo escrito.

—Es un pequeño cuento popular, ¿ves?, acércate y léelo, te gustará.

Me acerqué y comencé a leer...

EL NIÑO QUE PUDO HACERLO

Dos niños llevaban toda la mañana patinando sobre un lago helado cuando, de pronto, el hielo se rompió y uno de ellos cayó al agua. La corriente interna lo desplazó unos metros por debajo de la parte helada, por lo que para salvarlo la única opción que había era romper la capa que lo cubría.

Su amigo comenzó a gritar pidiendo ayuda, pero al ver que nadie acudía buscó rápidamente una piedra y comenzó a golpear el hielo con todas sus fuerzas.

Golpeó, golpeó y golpeó hasta que consiguió abrir una grieta por la que metió el brazo para agarrar a su compañero y salvarlo.

A los pocos minutos, avisados por los vecinos que habían oído los gritos de socorro, llegaron los bomberos.

Cuando les contaron lo ocurrido, no paraban de preguntarse cómo aquel niño tan pequeño había sido capaz de romper una capa de hielo tan gruesa.

—Es imposible que con esas manos lo haya logrado, es imposible, no tiene la fuerza suficiente. ¿Cómo ha podido conseguirlo? —comentaban entre ellos.

Un anciano que estaba por los alrededores, al escuchar la conversación, se acercó a los bomberos.

—Yo sí sé cómo lo hizo —dijo.

—¿Cómo? —respondieron sorprendidos.

—No había nadie a su alrededor para decirle que no podía hacerlo.

Me quedé durante un rato mirando aquella pared, aquel pequeño dibujo en el que un niño sacaba a otro de un lago helado.

—Ningún niño sale de este colegio sin aprenderse de memoria este cuento —me sorprendió desde atrás.

* * *

Dos años antes de mi llegada a La Isla

Ni siquiera tiene que saltar, solo quedarse quieto, mirando hacia el lado opuesto a la muerte, con los oídos mudos y la vista ausente.

Observa de nuevo el reloj, no sabe muy bien si desea que el tren llegue pronto o que se retrase.

A falta de tren son las imágenes las que pasan en ese momento por su mente, unas imágenes que se trasladan a través de los pensamientos: la sonrisa de sus dos hijos, la de su mujer; las caricias de su madre en la infancia; la felicidad en los ojos de su pequeña cada vez que, por las mañanas, le besa en la mejilla; la felicidad de su pequeño cada vez que, los sábados por la tarde, se lo lleva con la bici al parque; los abrazos, los besos, la sensación de amor... unas imágenes efímeras que poco a poco van dejando paso a otro tipo de pensamientos: llegar, cada día, a casa sin un trabajo; el aviso de desahucio que les persigue como un molino lo hace con el viento; la vergüenza en la cola para pedir alimentos; la miserable ropa que sus hijos repiten cada día en el colegio; esos bocadillos con tanto pan y tan poco alimento; el frío de la casa y el olor a futuro vacío...

Por eso ha decidido ir al lugar donde acabarán, por fin, todos esos problemas, todos esos pensamientos. Justo el mismo lugar en el que también comenzarán, en un futuro demasiado cercano, otros: el de la hija que llorará cada noche porque ya no podrá abrazarlo; el del niño que llorará cada día cuando vea esa bicicleta sin nadie con quien compartirla; el de la mujer que se quedará sola al mando de un familia sin uno de sus tripulantes.

Por eso, porque ya lo había intentado otras veces y al final los segundos recuerdos siempre han aplastado a los primeros, ha decidido hacerlo esta vez con los oídos tapados, quizá para así, no oír a la conciencia por muy alto que grite. Ha decidido también hacerlo sin mirar al frente, de espaldas a la muerte.

Ahí permanece, como un muñeco inanimado, mirando al suelo, mientras un fotógrafo se ha ido acercando sin que se haya dado cuenta. Se ha situado frente a él, un poco al lado, fuera de la vía. Es ahí donde comienza a montar un trípode para estabilizar la cámara. Coloca lentamente todo, ajusta también el objetivo, mira el sol, la iluminación, las sombras... y hace una foto cuyo flash impacta sobre un rostro escondido que despierta al momento.

—¡Oiga, usted! —le grita—. ¿Qué hace? ¡Lárguese de aquí! —le increpa mientras el fotógrafo sigue ultimando los detalles.

—¿No me ha oído? ¡Váyase! ¡Váyase! —grita con más fuerza mientras se quita los tapones de los oídos.

A lo lejos se escucha ya el silbido de una muerte que se acerca.

—¡Váyase! ¡Váyase! —grita desesperado—. ¿Qué pretende?

Y en ese momento, cuando la cabeza del tren ya asoma por el horizonte, el fotógrafo le dirige unas palabras.

—Espero hacer una de las fotografías más impactantes de mi vida.

* * *

Salimos de aquel aula y recorrimos unos metros hasta la sala contigua. Abrió las puertas y entramos en lo que supuse que era la cocina del colegio.

—¿Aquí es donde comen? —pregunté.

—Bueno, sí y no. En La Isla, la mayoría de niños comen en sus casas, pero es cierto que no todos y que de vez en cuando lo hacen aquí, pero no es esa la principal utilidad de esta sala. Aquí es donde damos clases de cocina y, sobre todo, de nutrición, otra de las asignaturas principales.

»Ahora, con el auge de la tele, parece que está de moda, pero aquí en La Isla, los niños llevan cocinando durante años. Los niños tienen que saber hacerse su propia comida, no queremos inútiles como la mitad de la generación de nuestros padres, esos padres que si les quitas a la mujer de su lado, solo sobreviven yendo a comer al bar, o como esos niños que con doce años sus padres aún les tienen que hacer el bocadillo por las mañanas.

Asentí.

—Pero aprenden también nutrición, se les explica que uno

es las calorías que ingiere menos las que gasta, así de simple, nada más. Intentamos evitar que, de mayores, se pasen la vida haciendo dietas que no sirven para nada o gastándose dinero en pastillas milagrosas. Preferimos que se gasten el dinero en comida buena que en medicinas malas. Una vez al mes también damos clases a los padres.

—¿A los padres? —pregunté.

—Por supuesto, si un niño se alimenta mal la culpa es, sin duda, de los padres. Cuando estaba en otros colegios no te imaginas la pena que daba que prácticamente la mayoría de padres pusieran bollería a sus hijos para almorzar. Es lo más rápido, lo más cómodo, es la forma más rápida de preparar un almuerzo. Aquí aprenden a distinguir entre proteínas, grasas, vitaminas, minerales... Saben lo que puede hacer daño y lo que no al cuerpo.

»También les abrimos los ojos para que no les engañen. Por ejemplo —me dijo—, ¿por qué, con lo fácil que es coger cuatro naranjas y hacerse un zumo natural, la mayoría de la gente compra zumos concentrados, preparados, azucarados...?

—No sé, por la comodidad —contesté.

—Exacto, por la comodidad y porque les falta tiempo, y porque nos engañan vendiéndonoslo como sano, equilibrado y mil estupideces más... y nosotros lo creemos, o nos interesa creerlo. Lo que no sabemos es que cuanto más preparada esté una comida más intermediarios ganan. Si tú compras cuatro naranjas y te haces un zumo, gana el que ha plantado las naranjas y quizá quien las venda, nada más, ahí no hay negocio. En cambio si compras el zumo envasado y preparado y enriquecido hay muchos más intermediarios —parásitos— que pillan: agricultor, distribuidor, quienes procesan el zumo, los que envasan, los que vuelven a distribuir el producto a los supermercados, los propios supermercados... y al final te llega un producto más caro que las cuatro naranjas y mucho más adulterado. Ese es el negocio y así pasa con toda la comida: tortilla de patata prefabricada, paellas envasadas, canelones congelados... mierda preparada que nos enferma.

Me quedé en silencio.

—Venga, continuemos.

Nos desplazamos por otro pasillo hasta una sala que, de nuevo, volvió a sorprenderme, quizás aún más que la anterior. Jamás pensé que iba a encontrarme algo así en una escuela.

* * *

Ambos hombres se miran.

El tren se acerca.

30 segundos.

El fotógrafo se prepara sujetando con una mano la cámara y con la otra el trípode. En ese mismo instante dispara una foto.

20 segundos.

El hombre que se encuentra varado sobre los raíles se da, instintivamente, la vuelta para, al menos, mirar a la muerte de frente.

10 segundos.

Clic, una foto.

Salta.

Y el tren pasa entre un hombre que a punto ha estado de dejar de serlo y un fotógrafo que no ha podido sacar la foto de su vida.

Es este último quien se abalanza hacia el suicida que se ha quedado tumbado en el suelo, boca abajo, sin ganas de levantarse. Quizás, ahora que ya ha pasado, hubiese elegido la muerte en lugar de encontrarse, de nuevo, en la casilla de salida.

El fotógrafo lo levanta y lo acompaña hasta un pequeño muro. Allí, ambos hombres se sientan uno al lado del otro.

Silencio.

Dejan pasar el tiempo.

Más silencio.

—¿Por qué? —se lamenta uno de ellos.

—¿Por qué qué? —le contesta el otro mientras revisa las últimas fotos realizadas.

—¿Por qué no puedo dejarlo todo?

—Quizá porque aún tienes todo por hacer.

Y así, poco a poco, ambos hombres comienzan a entablar una pequeña conversación que llega al punto en el que uno de ellos se sincera.

—Todo comenzó a precipitarse: una crisis que nos arrastró a todos, primero a la construcción y después a todos los que dependíamos de ella. Más de veinte años trabajando en la misma empresa y, de pronto, adiós.

—Bueno, tan de pronto no sería —le contesta el fotógrafo.

—¿Qué?

—Que se veía venir...

—Bueno, sí, pero uno nunca piensa que le tocará a él. Perdí el trabajo, y a los pocos meses también lo perdió mi mujer. A partir de ahí desaparecieron los ingresos y todo lo demás: primero el apartamento que nos compramos para pasar las vacaciones, después nuestro propio piso... El banco se lo llevó todo, a punto estuvo también de llevarse la casa de mis padres, pues ellos se pusieron como avalistas.

—Uf —responde el viejo hombre mientras continúa revisando las últimas fotos realizadas.

—Sí, y ahora estamos allí, en su casa, viviendo todos: mi mujer, mis dos hijos, yo, mi padre, mi madre... y quien más espacio ocupa: la vergüenza.

»Una vergüenza que me ha ido carcomiendo por dentro, una vergüenza que me recuerda cada mañana, al levantarme, que no sirvo para nada, que no soy capaz de dar un techo a mis hijos; que, a los cuarenta y cinco años, tengo que depender de mis padres. Una vergüenza que se esconde en cada esquina de la casa y me va golpeando a cada momento del día: en las miradas de mis niños, en las palabras de mi mujer, en los *ya te lo dije* de mi padre, en los *déjalo que ya tiene bastante* de mi madre, en los *cómo va todo* de mis amigos, en las risas que me imagino en...

Silencio.

—¿Y a qué te dedicabas? —pregunta el fotógrafo.

—Me dedicaba a hacer tasaciones.

—¿Qué estudiaste? —pregunta de nuevo.

—Estudié la carrera de Arquitectura, al menos encontré algo relacionado con lo mío.

En ese momento el fotógrafo se levanta y comienza a caminar en círculos, nervioso.

—A ver, a ver... ¿me dices que estudiaste Arquitectura para después pasarte la vida haciendo tasaciones?

—Sí.

—Pero, ¿por qué? ¿No te interesaba la arquitectura?

—Sí, claro, me encanta, me encanta diseñar edificios, casas... es lo que más feliz me hace, pero cuando salí de la universidad nadie me contrataba por falta de experiencia, y como tenía que trabajar de algo...

—Pero ¿por qué no intentaste montarte algo por tu cuenta, seguir aprendiendo en alguna empresa, invertir en conocimientos...? ¿Por qué no comenzaste a perseguir tu sueño?

—Bueno... me casé, me compré una casa demasiado cara y había que pagar la hipoteca, y el coche, y...

—Y ahí hipotecaste tu vida.

—Sí.

—Pues ahora entiendo por qué no te puedes suicidar.

—¿Qué? ¿Por qué?

—Porque uno no se puede suicidar dos veces, y tú ya lo hiciste hace años, cuando decidiste apostar toda tu vida y la de tu familia a una sola carta. Cuando decidiste dejar de lado tus sueños.

Ambos se quedan callados.

—Verás, no hay nada más insensato en este mundo que depender de una sola fuente de ingresos y en cambio la mayoría de personas lo hacen, ya ves.

—Pero...

—Hay mucha gente que piensa que cuando vives alquilado es como si estuvieras tirando el dinero porque al final nunca tienes nada tuyo, ¿cierto?

—Sí.

—Bien, y cuando trabajas para otros, cuando llevas cuarenta años en una empresa, al jubilarte ¿qué te llevas?

—Bueno, mirándolo así...

—Es exactamente lo mismo, han alquilado tu tiempo a cambio de un sueldo, te han alquilado por dinero, pero nunca tienes nada tuyo. Cada día, cuando te levantas y vas al trabajo, empiezas otra vez de cero, todo el esfuerzo que has hecho no te ha servido para tener nada tuyo, para aumentar tu patrimonio... simplemente te han alquilado.

* * *

Aquella sala parecía un banco: tenía muestras de dinero por todas partes, pósters con cifras, gráficas, análisis... Me fijé en que además había varias mesas con Monopolys abiertos, con partidas a medio terminar.

—Bienvenido a la sala de Finanzas —me dijo orgullosa.

—¿Qué? —exclamé—. ¿Finanzas?

—Sí, claro, finanzas.

—Pero, no entiendo...

—Ya, ahí afuera esto es extraño, para mí también lo fue cuando llegué, algo totalmente anormal: ¿finanzas en un colegio? Pero no te preocupes, es lógico pensar así cuando uno no vive aquí.

—¿Finanzas? Pero, tan pequeños...

—Sí, ya, eso mismo pensé yo —me contestó mientras se sentaba sobre una mesa—. Mira, voy a hacerte la misma pregunta que el profesor de finanzas me hizo a mí cuando llegué, quizás esto te ayude. ¿Tienes hijos?

—Sí, una niña.

—Bien, pues imagínate que un día tu niña, cuando crezca,

cuando ya haya ido a la universidad, cuando ya tenga una pareja o no, cuando decida comprarse una casa o emprender un negocio... imagínate que va a un banco para que le concedan un crédito para poder montarse una empresa, para poder conseguir su sueño. ¿Qué crees que le preguntarán?

—No entiendo.

—¿Crees que para concederle el préstamo le preguntarán por su currículum académico?

—No.

—Claro que no, al banquero le importará un pimiento si tu hija ha sacado las mejores notas de su promoción o si ni siquiera ha ido a la universidad. Lo que de verdad le importará es su situación económica.

—El dinero.

—Sí, el dinero, queramos o no, al menos en esta sociedad, nos movemos con dinero. En toda nuestra vida, desde que nacemos hasta que morimos, nos acompaña el dinero. Dependemos del dinero para alimentarnos, para desplazarnos, para vestirnos, para divertirnos, para curarnos cuando estamos enfermos... incluso necesitamos dinero para morirnos. No pasa un día de nuestra vida sin que convivamos con el dinero. ¿No te parece extraño que en las escuelas no se enseñe absolutamente nada sobre algo tan habitual en nuestras vidas?

—No lo había pensado.

—Si nadie te enseña a manejar el dinero, lo lógico es que te engañen mucho más fácilmente. Hoy en día los alumnos, y hablo también de los universitarios, son unos auténticos inútiles en temas económicos. Sí, sabrán muchas matemáticas, o idiomas, o se sabrán de memoria los cuatro ríos que aún pasan por sus ciudades, pero no sabrán absolutamente nada de lo más importante en esta vida, de lo que va a depender su futuro, no tendrán ni idea de cómo generar dinero, en cambio sí les enseñamos mil formas de gastarlo.

Sonreí.

—Y eso es peligroso, muy peligroso. Porque cuando uno no tiene conocimientos financieros es cuando el sistema te coge y te aplasta como una hormiga. Ahí es donde te cuelan los impuestos, las preferentes, las hipotecas, los planes de pensiones, los seguros, los mantenimientos de mil productos, los préstamos personales, las loterías, las tarjetas de crédito, los pagos aplazados... ahí es donde te dicen que lo mejor que puedes hacer es gastarte todo el dinero que no tienes en un coche, una casa, un viaje... y después pasarte toda la vida trabajando para devolverlo.

»Nadie te explica que hay que hacerlo al revés, que hay que comprar las cosas cuando uno ya tiene el dinero, cuando uno ha sido capaz de generar varias fuentes de ingresos.

Me quedé en silencio.

—Aquí tenemos la esperanza de que estos niños sepan invertir el dinero para que les genere más dinero antes de hipotecarse de por vida, antes de comenzar a trabajar para el sistema sin poder salir de él. Mira...

Y abrió un armario en el que había decenas de libretas que parecían de contabilidad.

—Aquí enseñamos a gestionar el dinero. Les damos una pequeña paga semanal, real, que a lo largo del curso tienen que gestionar.

—¿Lo ahorran? —pregunté, y en ese momento ella comenzó a reír.

—¿Como en una hucha de cerdito? —continuó riendo—. No, no, no, eso no sirve de mucho, no puedes generar más dinero del que tienes simplemente ahorrándolo. Sí, al principio hay que ahorrar, pero no para tenerlo parado, el dinero hay que moverlo. La mayoría lo invierte y lo reinvierte y algunos crean hasta sus propias pequeñas empresas. Mira, ven.

Y nos fuimos hasta la pared del fondo.

Justo al lado de la pizarra había un póster con tres frases:

EL DINERO SÍ QUE ME IMPORTA

EL DINERO TAMBIÉN DA LA FELICIDAD

SÍ QUIERO HACERME RICO

—¿Y esto? —pregunté.

—Bueno, a la mayoría de las personas se les inculca unas ideas desde pequeños que les limitan. Por ejemplo, la primera frase, ¿a cuánta gente conoces que haya dicho alguna vez: «el dinero no es importante»?

—A mucha —contesté—, incluso yo lo he dicho muchas veces.

—Exacto, y ¿qué pasaría si un día un amigo te dijera que no le importas?

—Pues... supongo que dejaría de ser su amigo, que no me relacionaría más con él.

—Exacto. Eso es lo que pasa cada vez que dices que el dinero no te importa, que se va de tu lado.

—Vaya...

—Y la última frase es la más limitadora de todas, muchísima gente dice: «no, si yo no quiero hacerme rico, con tener suficiente para pasar el mes...». ¿Y qué es lo que consiguen?

—Llegar a fin de mes...

—Exacto, ni más ni menos —me dijo mientras miraba su reloj—. Vaya, vamos, que se nos ha hecho ya la hora.

Caminamos a través de un pasillo hasta que llegamos a una clase.

—Bueno, aquí es, ¿preparado?

—Supongo...

—Ah, solo hay una condición: tienes que ser sincero. Te preguntarán de todo, y tienes que decir la verdad, solo eso.

Abrió la puerta y me encontré un salón repleto de niños.

Y allí comenzó el verdadero examen de mi vida, ese al que nunca me había enfrentado.

* * *

Ambos hombres continúan sentados junto a un muro.

—Y tú, ¿cuántos años llevabas en la empresa?

—Unos veinte.

—¿Y cuántas casas has diseñado?

—En el trabajo ninguna, en casa muchas.

Se hace el silencio.

A los pocos minutos se oye el sonido de otro tren.

—Ahí viene otro, aún estás a tiempo de tirarte. Pero yo no lo haría, porque justamente ahora eres más libre de lo que has sido en todos estos años. Ahora puedes dedicarte a diseñar, a crear, ahora estás en el momento perfecto de tu vida: ya no tienes hipoteca y de momento tienes un techo en el que vivir. Estás como yo cuando empecé, ahora es tu oportunidad. Aprovéchala y olvídate de la vergüenza, esta se irá en cuanto comiences a perseguir tus sueños.

»La mayoría de las personas sueñan con tener una casa con terraza a la que después nunca salen, no hagas lo mismo, ¡sal!

El fotógrafo se levanta y lentamente, tras entregarle una tarjeta al hombre que continúa sentado en el suelo, va recogiendo todas sus cosas.

—Tú eliges —le dice—. Seguir lamentándote ahí o abrir por una vez las alas. Por acabar con todo no te preocupes demasiado, trenes como el de hoy pasan todos los días, puedes cogerlo en cualquier momento.

Y el fotógrafo se marcha. Y allí, sentado junto a un muro, un hombre se hunde un poco más en su vida.

* * *

—Bueno, al final no ha estado tan mal, ¿verdad?

—No —contesté, en realidad había sido una experiencia divertida, distinta, aquellos niños me habían hecho algunas de las preguntas más interesantes de mi vida.

—¿Te has dado cuenta de que todos querían preguntar, de que todos levantaban la mano? Todo eso se pierde cuando crecemos, conforme nos hacemos «adultos» nos va invadiendo la vergüenza. Un niño no tiene vergüenza a decir la pregunta más absurda, o más interesante, les da igual, ellos solo quieren expresarse, no les importa nada lo que digan los demás. Es la edad quien trae ese sentimiento de ridículo. Me he dado cuenta de que cuanto más adulta me hago más aprendo de los niños. A estas edades, cada niño es un manantial de verdades —me dijo sonriendo.

Estuvimos hablando allí, con un café de máquina, en la sala de profesores, durante un buen rato. Aquella mujer me pareció tan, tan... dulce. Era tan amable con los alumnos, durante nuestro encuentro los trató a todos con tanto cariño...

En realidad parecía sacada de un cuento. Quizá, pensé, no todo en aquella Isla era tan malo.

—¿Y cómo acabaste aquí? —le pregunté para ver si podía sacar un poco de información de aquel lugar.

—Bueno... es una historia extraña, casi tanto como este sitio —sonrió—. Soy maestra interina y he ido yendo, durante años, de aquí para allá. Hasta que un día acabé dando clases en una ciudad donde se me movió la vida, donde me perdí, una ciudad que me enamoró, una ciudad en la que me enamoré de quien no debía... o sí... eso nunca se sabe.

»Mantuve durante un tiempo el secreto, pero, al final, todo sale, con el tiempo he comprendido que no hay secretos más difíciles de guardar que los propios, porque estos, a pesar de creerlos controlados, saben cómo ir atravesando las grietas de nuestra conciencia. Pero, bueno, mi vida daría para un libro —me dijo.

Noté cómo empezaba a emocionarse, noté que ella también necesitaba hablar, quizá porque hay cosas que cuantas más veces las dices menos van doliendo.

—No sé, me perdí en las calles de una ciudad y al final lo hice también en mi vida... Y cuando lo confesé todo... pasé una mala época, muy mala, con una niña pequeña, sintiéndome la peor madre del mundo. Con un marido al que ya no quería y con un amor furtivo del que no sabía nada.

»Pasé incluso por una pequeña depresión, estuve con medicación, con tratamiento... Fue una época en la que necesitaba fuerza, mucha fuerza. Mira —me dijo mientras me enseñaba su muñeca izquierda—, en aquella época me hice este tatuaje. Es el símbolo de la fuerza en chino. Quizá te parezca una tontería, pero cada vez que me hundo o estoy en una situación nueva, complicada, lo miro y grito FUERZA en voz alta... y... y no sé por qué te estoy contando esto —me dijo sonriendo.

Y ambos nos reímos.

—Porque te había preguntado cómo llegaste aquí.

—Ah, sí —sonrió de nuevo—, bueno, finalmente decidí confesarlo todo y aquello cambió mi vida. Mi marido me dejó, el *amante* desapareció y justo en ese momento me quedé también sin trabajo, no había plazas que cubrir. Me hundí tanto que llegó un punto en que lo único que me quedaba ya era salir adelante. Comencé a mandar mi currículum a colegios privados y, sobre todo, comencé a buscarles.

—¿A quiénes?

—A unos ojos verdes.

—¿Y los encontraste?

—Me encontraron ellos a mí, me trajeron a esta Isla...

—Vaya...

—Sí, al principio me pareció un lugar muy raro, pero en general son buena gente.

—¿En general?

—Bueno, sí, como en todos los sitios, hay gente buena y gente mala, y aquí, además, hay gente extraña. —Sonrió.

Estuvimos hablando un rato más hasta que sonó un timbre y nos despedimos. Nos dimos dos besos: ella se marchó hacia un aula y yo, en apenas unos minutos, iba a visitar el infierno.

* * *

Salí del colegio y me quedé fuera, en el parque de enfrente, a la espera de que el guitarrista viniera a por mí y así, por fin, poder alejarme de aquel lugar tan extraño donde se enseñaban finanzas a los niños.

Me senté en un banco y observé esos columpios tan raros que había visto al entrar.

Miré alrededor: no había nadie.

Me acerqué y leí un cartel: de 0 a 100 años. Sonreí.

Me di cuenta de que aquello era una mezcla entre columpio y puzle. La parte central consistía en una especie de túnel cuyas puertas solo podían abrirse combinando unas determinadas figuras.

Miré de nuevo alrededor: nadie.

¿Y por qué no?

Abrí una puerta, entré en un pequeño túnel, moví una palanca y... me quedé allí atrapado.

* * *

Mientras un hombre acaba de quedarse atrapado en un columpio extraño en una extraña Isla, una furgoneta regresa repleta de objetos de un trastero y una casa que pertenecen a ese mismo hombre que acaba de quedarse atrapado en un columpio extraño en una extraña Isla.

* * *

Y ahora ¿qué?

Estaba encerrado. Miré en todas direcciones y me fijé en una salida, sobre mi cabeza. Toqué una de las piezas de colores y algo se movió, apareció una pequeña escalera para subir.

Jugué.

Arriba, en el segundo piso, había una serie de números que, supuse, debía combinar para conseguir algo. Comencé a probar hasta que, finalmente, se abrió un pasadizo lateral que me llevó a una pequeña sala con tres puertas pequeñas. Yo continuaba yendo a gatas, de rodillas. Más que miedo tenía vergüenza de que alguien me viera allí arriba, gateando, atrapado en el interior de un columpio.

Empujé una cualquiera y sobre mi cabeza se abrió una nueva trampilla. Subí y me encontré en lo alto de un tobogán que bajaba en forma de espiral.

Respiré.

Miré, desde arriba, el alrededor: no había nadie.

Me tiré y comencé a tomar velocidad hasta que aterricé en

el suelo, en la tierra, en realidad en el barro. Me levanté y mientras intentaba limpiarme comencé a reír.

—Son bonitos, ¿eh? —me sorprendió una voz.

—Sí, sí, perdón, perdón, perdón...

—Perdón, ¿por qué? —me dijo un hombre que llevaba puesto un traje violeta, completo: zapatos, pantalones y chaqueta a juego.

—Por tirarme.

—Para eso están.

—Ya, pero para los niños...

—No, no, yo no los construí solo para los niños.

—¿Qué? ¿Los ha hecho usted?

—Bueno, sí, mi empresa.

—No los había visto nunca.

—No, aquí solo están en tres o cuatro sitios, la mayoría de ellos están en otros países, son demasiado caros para una sociedad que deja a los niños en la cola del presupuesto. Los compran en los países donde prefieren gastar dinero en estos columpios que en otro tipo de cosas, ya me entiende, prioridades.

—Vaya...

—Pero bueno, en algunas ciudades sí que los han puesto, de hecho yo viajo mucho viendo cómo funcionan, qué les parecen a los niños —y a los adultos—, si hay algún acertijo que no saben completar. Lo mejor de estos columpios es que cada dos años, más o menos, los actualizamos. Todo: los toboganes, las escaleras, las mallas, todo es intercambiable.

—Pues le felicito, me encantan.

—Gracias, ah, y como ha podido ver, estos columpios están diseñados también para esos adultos que no necesitan la justificación de estar enamorados para probar uno.

Me hizo sonreír.

—Sí, los adultos necesitan subirse a los columpios mucho más que los niños... Pero lamentablemente casi ninguno lo hace.

—¿Por...?

—Por la misma razón por la que usted me ha pedido perdón al lanzarse, por miedo, por vergüenza, por... porque en realidad no se han hecho adultos, se han hecho viejos, y eso es algo que no depende de la edad.

Asentí.

—Y usted, ¿qué hace por aquí, por la Isla? —me preguntó.

—Bueno, vine ayer pero ya me voy hoy, ahora en cuanto vengan a recogerme.

—Vaya, tan pronto, y ¿qué tal?, ¿le ha gustado?

—Bueno, he visto muy poco —en realidad, pensaba, tampoco había tanto que ver—: el colegio, la cabaña, la plaza, la pastelería de la plaza...

—Humm, sí, buenísima. Y el cementerio, ¿ha ido ya al cementerio?

—¿Qué? No, no.

—Pues no puede irse de La Isla sin visitar este cementerio, es único en el mundo, se lo aseguro.

—Ya, pero es que tengo prisa.

—Sí, esa señorita, la prisa, la que nos quita todas las vivencias. De verdad, se arrepentirá si no se acerca a ese cementerio, allí encontrará muchas de las respuestas que ha estado buscando.

—¿Qué? —Aquel hombre del traje violeta me estaba dando miedo.

—¿Sabe?, yo estuve durante un tiempo perdido, hasta que me di cuenta de que uno solo está muerto cuando ya nadie le recuerda. Si alguna vez se ha sentido así, vaya, no le costará más de diez minutos y seguramente le cambiará la vida. ¿Ve aquella senda que baja?, siga las indicaciones, no tiene pérdida.

—Pero es que tengo prisa.

—Prisa, prisa, hay cosas que no puede uno dejar de vivirlas. Si va allí le aseguro que le cambiará la forma de ver el mundo, ¿un precio demasiado caro perder diez minutos?, ¿tan importante es su tiempo? Hay trenes que solo pasan una vez en la vida, y créeme, yo sé mucho de eso.

Y en ese momento, aquel tipo del traje violeta dio un salto y se metió en el columpio. Miré alrededor a ver si alguien me estaba gastando una broma.

A los pocos segundos asomó la cabeza por una puerta de la planta superior, justo al lado de un tobogán amarillo.

—En ningún lugar encontrará un cementerio así, si no va se arrepentirá toda la vida. —Y volvió a desaparecer.

Miré el reloj, aún quedaba media hora para que vinieran a recogerme.

* * *

Comencé a bajar por una pequeña senda que dejaba a su derecha un río que, a cada metro, parecía aprisionar aún más La Isla. Conforme descendía iba adentrándome en un pequeño bosque que, a través de sus árboles, parecía querer atraparme a mí también.

El camino se estrechaba, había momentos en los que tenía que ir saltando de roca en roca, otros en los que tuve que apoyarme en los árboles para no caer.

A los pocos minutos me encontré con un pequeño cartel de madera: CEMENTERIO. En ese momento miré hacia atrás, que en realidad era hacia arriba, y allí descubrí un cielo gris que apenas podía asomarse entre las copas de los árboles.

Algo en todo aquello me parecía extraño: ¿cómo podían llevar un ataúd por aquella senda tan complicada, si apenas podía pasar yo? Más adelante averigüé la respuesta.

Continué caminando.

De momento aún no llovía.

Miré el reloj: se hacía tarde. Me encontré en ese punto en el que uno debe decidir si seguir adelante o volver por donde ha venido; ese punto en el que hay que elegir entre vivir o regresar al lugar donde nada nuevo crece.

Decidí, por una vez, seguir adelante.

Poco a poco el sendero se fue ensanchando, era como si al tomar esa decisión los propios árboles hubieran optado por apartarse de mi camino. Llegué hasta una pequeña playa natural que se había formado al borde del río. Continué hacia delante, bordeando una gran roca durante unos cuantos metros. De pronto vi a lo lejos una pequeña casa de color blanco, en el interior del abrigo de la montaña.

Me acerqué y descubrí un extraño letrero:

CEMENTERIO
«La mariposa recordará siempre que fue gusano.»
Mario Benedetti

Había llegado.

Me fijé que la pared estaba completamente agujereada... eran nichos, nichos excavados en la propia roca.

Me recorrió un escalofrío.

Miré alrededor: no había nadie.

Miré hacia arriba y allí, a unos cuantos metros de altura, se veían algunas casas de La Isla, como una pequeña ciudad asomándose desde el cielo a lo que, instantes más tarde, me pareció el mismísimo infierno.

Miré también alrededor para descubrir que, justo enfrente de los nichos, a unos veinte metros de distancia, habían colocado varios columpios de esos tan extraños. ¿Columpios en un cementerio?

Me fui acercando un poco más a las lápidas y no acababa de entender las palabras de aquel hombre del traje violeta: a parte de que los nichos estaban en el interior de la roca y de que justo enfrente había columpios no vi nada especial.

No vi nada especial hasta que comencé a observar las fotos de los allí enterrados.

* * *

Un año y medio antes de mi llegada a La Isla

En una casa cualquiera de una ciudad cualquiera, un hombre escucha, como ya viene siendo habitual, unos gritos que nacen en el piso de al lado. Es viernes por la noche y eso lo agrava todo, pues el responsable de los mismos lleva la violencia mojada en alcohol.

Es la pared la única barrera entre el infierno y su casa; entre unas voces que van incrementando el miedo y la conciencia de un hombre que lleva ya varios días, en realidad meses, pensando en llamar a la policía. De momento sigue sin hacerlo.

Y de pronto se escucha un puño que impacta contra una puerta y, al segundo después, un plato que cae al suelo.

Y un grito, y otro golpe, y otro grito aún más fuerte, y un silencio que se interrumpe ahora por el llanto de un niño que se despierta asustado.

Y otro grito: «¡Haz callar a tu puto hijo!»

Y otro: «¡Ese puto hijo también es tuyo!»

Y otro grito: «¡A mí no me repliques que cojo este cuchillo y te rajo!»

Y otro grito: «¡¿Tú a mí?!»

Y otro plato se estrella contra el suelo, y otro golpe en la puerta, y otro grito...

Y un lloro que comienza a sonar aún con más fuerza.

Y otro grito: «¡Trae al puto niño!»

Y se escucha un forcejeo, y más gritos, y más golpes...

Y en el piso de al lado, un hombre ha tomado una decisión: ponerse unos cascos para ignorar el alrededor. Sube el volumen todo lo que pueden aguantar sus oídos y, aun así, aunque no los oiga, sigue escuchando los llantos de un niño que conoce de vista. Y también a su madre, y a su padre, si se les puede llamar así, piensa. Los saluda algunas mañanas, cuando sus vidas coinciden en el descansillo del piso. Apenas un hola y un adiós, ninguna referencia al infierno que escucha desde su casa.

Ninguno de ellos sabe —ni niño, ni hombre— que sus vidas se van a cruzar esa misma tarde. Que él sentirá cariño por un niño que no es su hijo, y que el niño sentirá que hay amor en el mundo, aunque no venga de sus padres. Ambos iniciaran en unas horas una relación que les unirá para siempre... aunque ese para siempre sea demasiado corto.

De los dos, uno tiene ya su destino escrito, el otro va a cambiarlo por completo.

* * *

Comencé a notar los latidos en la propia ropa, era como si mi corazón quisiera huir de aquel lugar sin ni siquiera darse cuenta de que se dejaba el cuerpo.

A partir de ese momento todo se aceleró: los movimientos de mis ojos, la sucesión de pensamientos, la respiración... aquellas fotos me estaban robando el aire, unas fotos que solo mostraban escenas de sufrimiento. Daba la impresión de que cada una de aquellas imágenes había sido tomada en los últimos instantes de vida, como si hubiera sido la propia muerte la que, en lugar de horca, llevase una cámara para inmortalizar el último aliento.

Y de pronto, me fijé también en las fechas.

Las fechas, las fechas, las fechas...

Miré una, y otra, y otra, y cada vez que me acercaba a una nueva inscripción lo hacía con miedo... la mayoría de ellas tenían algo macabro en común: demasiado jóvenes.

Me situé ante uno de los nichos del medio, en la segunda fila: un hombre delgado, muy delgado, tan en los huesos que hasta la piel parecía venirle grande, miraba a la cámara con unos ojos que habían perdido hasta las ganas de cerrarse: 42 años.

A su izquierda una mujer sin pelo, sin pestañas, sin cejas, con una sonrisa incapaz de ocultar la derrota, posando sobre la cama de un hospital, seguramente el mismo lugar en el que murió: 36 años.

En el nicho inferior, una pareja más mayor se abrazaba, permanecían sentados en lo que parecía la parada de un autobús: dos rostros que se acurrucan uno junto al otro, arruga con arruga, ella apoyada sobre él, con los ojos ya cerrados, y él con esa expresión de desear que se acabe el día, el año y hasta la vida.

A la derecha, una niña permanecía sentada sobre una silla de ruedas, rodeada de lágrimas, un gotero y mil agujas en sus pequeños brazos, una niña que miraba a la cámara con los ojos cerrados: 12 años.

Abajo, justo en la esquina opuesta, la foto de un hombre que permanecía de pie sobre las vías del tren, tapándose los oídos con las manos y los ojos con el propio miedo y, tras él, un tren que parecía que iba a atravesarlo: 42 años.

Cada vez me costaba más asomarme a una nueva lápida, a una nueva foto, a una nueva fecha... Temí encontrarme a mí mismo en aquella carnicería de vidas. El corazón quería irse de allí cuanto antes, pero la mente me animaba a descubrir por qué ese hombre del traje violeta me había animado a bajar a aquel lugar. Por alguna extraña razón necesitaba seguir mirando.

Avancé hasta el final de los nichos con la esperanza de que en la otra parte hubiera fallecidos normales, pero la cosa no mejoró, sino todo lo contrario.

Más niños, más jóvenes, más fotos desagradables...

Y allí decidí parar.

¿Qué estaba ocurriendo?

¿Qué pretendía mostrarme el hombre del traje violeta? Que en esa Isla la gente moría pronto, que moría sufriendo, que aquel cementerio era una sucursal del infierno...

Comenzó, de nuevo, a llover débilmente.

Miré arriba: las nubes volvían a comerse a La Isla.

Decidí irme, escapar de allí, quería salir de aquel lugar lo más rápido posible.

En ese momento, cuando iba a comenzar a correr de vuelta, escuché una voz.

—¡Oiga, usted!

* * *

Un año y medio antes de mi llegada a La Isla

Un hombre que cada mañana intenta olvidar lo que ocurre por las noches en la casa de al lado, sale a un gran descampado que hay frente a su edificio. Allí, en el suelo, despliega una pequeña cometa construida por él mismo y la echa a volar. La cuerda apenas tiene 20 metros de altura, lo suficiente para realizar unas comprobaciones; forma parte de un pequeño proyecto que ha iniciado con sus alumnos de la universidad.

En ese momento, justo cuando la cometa está en el cielo, aparece el niño —su vecino— acompañado por su madre. Un niño que, al ver aquel objeto rojo en el aire, echa a correr hacia el hombre que lo sostiene.

—Yo quiero, yo quiero —le dice al hombre.

—¿La cometa? —contesta él con una sonrisa.

—Sí, sí. —Y el hombre espera el consentimiento de una mujer demasiado maquillada que, a pesar del calor, lleva manga larga en verano. Una mujer que intenta sonreír.

Y el niño la coge y mira hacia el cielo.

Y sonríe. Y sonríen.

Ambos, hombre y niño, juegan; el adulto asumiendo que no es su hijo; el niño imaginando que ese hombre es su padre; y la mujer que lo observa todo, llorando por dentro porque no sabe cómo cortar una relación que se ha ido infectando con el tiempo.

Juegan con la cometa, se cae, la vuelven a subir, se vuelve a caer, se enreda la cuerda, la vuelven a elevar... Y así pasan ambos varios minutos, quizá los más felices de sus vidas.

Finalmente, agotados, se despiden: él con un adiós, el niño con un beso que le inunda todo el rostro.

—Toma —le dice—, te la regalo.

—Gracias —contesta el pequeño mientras se lleva la cometa, la alegría y un trozo de corazón de un hombre que nunca ha podido tener hijos.

Esa misma noche, en la casa de al lado, se oirán de nuevo gritos, golpes, insultos... y alguien lanzará por la ventana una cometa que caerá, inerte, al suelo.

Después vendrán los lágrimas de un niño que no entiende por qué toda la maldad del mundo ha tenido que coincidir en su casa; que no entiende el daño que puede hacer una cometa; un niño que se pregunta cuántos golpes caben en un cuerpo; un niño que, en pleno huracán del sinsentido aún sonríe al recordar el rato que ha pasado con su vecino.

El mismo que continuará escuchando el infierno desde su lado, el mismo hombre que se preguntará cómo es posible que sea tan complicado adoptar un niño y en cambio cualquier malnacido pueda ser padre.

Un hombre que coge el móvil y se dispone a marcar el número de la policía, como tantas otras veces.

Un hombre que finalmente desiste, como tantas otras veces.

* * *

Me giré y, del interior de la caseta, salió un hombre mayor vestido totalmente de blanco. Me quedé inmóvil, observando cómo se me acercaba.

—¿Le gusta? —me dijo.

—¿Qué? —contesté con el cuerpo paralizado por el miedo.

—El cementerio, ¿le gusta?

No entendía la pregunta, no entendía aquel lugar, no entendía por qué estábamos, aquel hombre y yo, allí, bajo una lluvia que poco a poco comenzaba a coger fuerza.

—Que si le gusta el cementerio —insistió.

—¿Cómo me va a gustar esto? ¿Ha visto las fotos, ha visto las fechas? Esto es... horrible.

—Distinto... —contestó tranquilamente—. Entre mi mujer y yo nos encargamos de cuidarlo. Ponemos flores, limpiamos las lápidas, preparamos los nuevos nichos... es un trabajo muy gratificante.

—¿Gratificante? —Y comencé a temblar de nuevo.

—Sí, para mí sí que lo es. Es el mejor trabajo que he hecho en mi vida.

—Pero... pero, ¿ha visto las fotos, las fechas, esas horribles expresiones?, ¿cómo puede decir que es gratificante?

—Algún día lo entenderá, algún día —me dijo mientras se alejaba, mientras se dirigía de nuevo hacia los...

Me quedé allí, viendo cómo aquel hombre se subía a un columpio y comenzaba a balancearse. Increíble.

Ya estaba a punto de irme por donde había venido cuando volvió a llamarme.

—¡Oiga! —me gritó en movimiento.

En ese mismo instante estuve a punto de echar a correr.

—Si ha de irse hágalo por allí —gritó—, por ese otro lado, es mucho más corto. Ah, y dese prisa porque se acerca una buena tormenta.

Entonces lo entendí, aquel era un camino más amplio, asfaltado, un camino por donde podían bajar y subir los coches, un camino apto para transportar a los muertos.

Y comencé a andar rápido para acabar corriendo, corriendo sin mirar atrás. Queriendo salir de aquel lugar de locos.

* * *

Un año y medio antes de mi llegada a La Isla

El tiempo pasa y prácticamente cada día, hombre y niño coinciden en el descampado que hay frente a su edificio.

Él, el adulto, baja cada tarde una cometa distinta que enseña a volar a un niño que va cogiendo demasiado cariño a un vecino que no es —pero desearía— su padre.

El problema viene cuando, por las noches, ambos escuchan el mismo infierno desde lados distintos.

El niño ha aprendido a quedarse en la cama, en silencio, mientras su padre grita, golpea objetos, a su madre y, de vez en cuando, a él.

El adulto se ha prometido a sí mismo que la próxima vez llamará a la Policía, siempre la próxima vez.

Y así, con esas intenciones y esas vivencias, el tiempo va pasando hasta que llega un sábado de madrugada, justo a la hora en que todo el edificio duerme. Es en ese momento cuando el diablo sube borracho por el ascensor, cuando tras abrir la puerta, aviva las llamas del infierno.

Y esa noche, la que debería ser la próxima vez, todo lo normal ocurre: los gritos, los insultos, los golpes, algún objeto estrellándose contra el suelo, contra la pared... hasta que, de pronto, un golpe seco deja la casa en silencio.

Un silencio que será eterno para una pequeña vida que ya no volverá a sentir dolor, ni miedo, ni volverá a llorar, ni a recibir golpes... Una vida que ya no crecerá, que no podrá enamorarse, ni soplar las velas de su próximo cumpleaños, ni descubrir el olor de nuevas flores, ni cogerle la mano a una chica, ni saltar una ola en el mar, ni pedalear con sus amigos bajo la lluvia en dirección a cualquier sitio... una vida que ya no volverá a volar nunca más una cometa.

* * *

Subí aquella cuesta más rápido de lo que me permitía el cuerpo: sin aire, sin pulso, sin saliva en la boca, sin fuerza en las piernas, sin intención de mirar atrás. Finalmente llegué a las faldas de un castillo que continuaba vigilando el horizonte, un horizonte carcomido por unos relámpagos que, a lo lejos, avisaban de que se acercaba una tormenta.

Descansé unos minutos, me doblé sobre mi propio cuerpo, cerré los ojos y comencé a sentir los latidos en mi cabeza. Respiré, respiré, respiré... no podía dar un paso más.

Miré hacia abajo: había conseguido salir de aquel infierno.

Llovía, aún débilmente.

Comencé a caminar por la calle principal, atravesé varias calles más, llegué al parque, a los columpios, con la esperanza de encontrarme al músico junto a la furgoneta que me sacaría de aquel lugar.

Y llegué, pero allí ya no había nadie, solo quedaba mi maleta que, junto a un banco vacío, se estaba llenando de lluvia.

Al cogerla me di cuenta de que sobre el banco, bajo una piedra, había una pequeña nota de papel que se estaba deshaciendo: «He estado un rato esperándote pero no venías, lo siento, tengo que hacer cosas.»

Suspiré.

Temblé.

Miré alrededor y allí, a solas, me di cuenta de que solo la lluvia quería abrazarme.

Me quedé con la nota en la mano durante unos minutos y con el recuerdo de las lápidas en mi mente. Cogí la maleta y decidí salir de aquella Isla, aunque fuera andando, aunque fuera corriendo bajo la lluvia como ya lo había hecho el día anterior persiguiendo un coche por la carretera.

Cada vez llovía más.

Arrastré la maleta por unas calles de piedra que resbalaban a cada paso, no miré atrás. Y allí, en una Isla que nunca estuvo en el mar, un hombre y su maleta caminábamos sin paraguas, sin protección, sin otra opción que salir de aquel lugar.

Tras muchos minutos llegué al primero de los arcos.

Continué caminando con una maleta que me seguía como un niño sigue a un padre.

Atravesé el segundo arco, ya estaba saliendo.

En ese momento entraba una furgoneta de mensajería, otra más.

Continué caminando y por fin llegué al tercer arco. Ya estaba fuera de La Isla.

¿Y ahora qué?

Frente a mí una carretera recta, acorralada por cipreses. Atrás, un castillo que me despedía sin saber muy bien si algún día me había dado la bienvenida.

Continué caminando, sabía que al final de aquella eterna recta estaba la carretera principal, alguien me pararía, algún autobús, algún camión, alguien...

Me di cuenta, mientras huía de aquel lugar, de que todo lo que hacía unas horas era importante se había ido quedando en un segundo plano: la empresa, el coche...

Caminé durante varios minutos, y a mi lado solo lluvia.

De pronto, tras de mí, se acercó un coche que venía desde La Isla, un coche que al verme frenó de golpe, un coche negro, deportivo.

* * *

Me quedé inmóvil, la maleta también.

Se abrió la puerta y salió el policía de las gafas de sol, las seguía llevando puestas.

—¿Pero adónde vas? —me preguntó—. ¡Con la que va a caer!

—A casa —contesté.

—¿Pero no te ibas con el músico? ¿No te iba a llevar él?

—Sí, pero he llegado tarde y ya se había ido, y he estado en el cementerio, y no había nadie y además... —estaba a punto de explotar.

—Tranquilo, tranquilo, sube al coche que con la que está cayendo al único sitio adonde vas a ir es al hospital.

Cogió mi maleta y la cargó.

Y yo subí al coche.

Volvíamos a La Isla.

* * *

Mientras un hombre y un policía que lleva gafas de sol en plena tormenta vuelven de nuevo a un lugar del que parece complicado escapar, un coche nuevo, blanco, caro, ya ha salido del país. Ha sido vendido legalmente y su nuevo dueño, en unas pocas horas, disfrutará de él.

* * *

Atravesamos un arco, dos, tres, ya estábamos de nuevo en La Isla.

Me llevó hasta la comisaría. Bajamos y nada más entrar me ofrecieron un café y una toalla.

—Ven, acércate aquí —me dijo mientras encendía una pequeña estufa eléctrica. —Vas empapado. ¿Tienes algo de ropa para cambiarte?

Y allí, en una pequeña habitación de la comisaría me di cuenta de que estaba viviendo de nuevo la misma situación: me había mojado en la carretera, estaba secándome, me preguntaban si tenía más ropa... Solo faltaba que alguien me diera un uniforme de policía.

Acerqué mis manos a la estufa y permanecí allí durante varios minutos, a solas, intentando secar un poco la ropa e intentando no mojar demasiado mis pensamientos.

Al rato se abrió la puerta y el policía entró en la habitación junto a él: el guitarrista.

—Colega, me han dicho que te ibas sin despedirte, eso no está bien, ¿a que no? —dijo dirigiéndose al policía.

—No, nada bien —contestó el policía—, con todo lo que estamos haciendo por ti.

—Sí, colega, con todo lo que estamos haciendo por ti, esto ha estado feo, muy feo. Te he traído, te hemos dejado una casa, te he estado acompañando... y ahora te vas así, sin decir nada. Mal colega, muy mal.

—Pero... —no acerté a decir nada—, pero tú te habías ido, tenía que ir a la estación, tengo que llegar a la empresa.

—¿Pero tú has visto la que está cayendo...?

En ese momento me sonó el móvil. Era de la empresa.

Temblé.

Me quedé con el teléfono en la mano mirando cómo sonaba, notando como la vibración jugaba con mi pulso.

—Colega, ¿no lo vas a coger?

—No —contesté—, seguramente es para decirme que estoy despedido.

—Vamos, no será para tanto.

—Yo creo que sí, ya debería estar camino a... Y en ese mismo instante me llegó un mensaje: «Ya no hace falta que vayas a la empresa, ya hemos mandado un compañero hacia allí. Me has decepcionado.»

Y allí, en plena comisaría, delante de aquellos dos hombres, me derrumbé. Me llevé las manos a la cara y comencé a llorar como nunca había llorado: de rabia, de impotencia, de tristeza... Allí, delante de ellos me hundí.

Me sentía totalmente impotente, no era capaz de salir de aquel maldito lugar. Había perdido mi coche, quizá también había perdido mi trabajo, no sabía nada de mi hija, de mi mujer... Allí estaba, prisionero en un lugar al que nunca había querido entrar.

Continué llorando, temblando...

—Vamos, vamos, colega, no te hundas, que no ha pasado nada —me decía el guitarrista arrodillado frente a mí.

Yo no podía parar de llorar, a mis años, después de todo lo vivido, después de tanta vida a mis espaldas, era incapaz de parar, como un niño.

—Vamos, vamos, no te derrumbes, nosotros estamos aquí para ayudarte, sabes que puedes confiar en mí, colega. Mira, hoy nos vamos a ir de excursión, te voy a llevar a un sitio que te gustará, que te alegrará el día. Vamos, vamos, pero no te derrumbes... Vámonos y mientras te contaré una historia que quizá te ayude.

Me cogió del brazo y me levantó como se levanta a ese púgil que ya no sabe si continúa subido al ring o ha tirado la toalla, como ese púgil que ha perdido hasta al adversario.

Me agarré a él y ambos salimos abrazados en el interior de un mismo paraguas.

***

Mientras un hombre derrotado sale de una comisaría acompañado por un guitarrista que a punto ha estado de confesarlo todo, en el interior de una pequeña habitación, en la planta de arriba, cinco personas se miran entre ellas. Es su conciencia la que más pesa, la que ha borrado las sonrisas de sus caras, pero el negocio es el negocio.

—Bueno, ¿cómo vamos de dinero? —pregunta uno de ellos.

—Entre el coche, las cuentas corrientes, lo que hemos comprado por Internet y los objetos de su casa que ya tienen comprador... hacen un total de... Creo que con esto ya está todo, ya está saldada la deuda.

Y al decir la cifra todos ellos se quedan sorprendidos del dinero que se puede sacar al exprimir una vida.

—¿Y todo esto en solo dos días?

—Sí, así es.

—Uf, bueno, a repartir entonces, ¿no?

—Ahora no —contesta el policía—, esta tarde, sobre las siete.

* * *

Nos acercamos hasta la casa. Entramos juntos.

—Mientras te cambias de ropa voy a un bar, compro algo para comer después y nos vamos. Espérame aquí, ¿eh? No te vuelvas a largar —me dijo mientras salía.

Escuché el motor de la furgoneta.

Escuché cómo se alejaba.

Abrí la maleta, saqué uno de mis dos trajes, el que aún estaba seco pero terriblemente arrugado... no tenía otra cosa.

Me vestí y ni siquiera me miré al espejo, pues no quería que nadie me viera así de derrotado, ni siquiera yo mismo.

Bajé y me senté a esperar en el sofá, con el alma bajo los pies y con las manos intentando atrapar la nada.

Entró sin llamar, aquella puerta siempre estaba abierta.

—¿Nos vamos?

Y nos fuimos.

Arrancó de nuevo su furgoneta y salimos de La Isla.

Durante más de media hora no dijimos nada, solo escuchamos música. La primera canción que puso era preciosa, lenta... La escuchaba mientras miraba a través de la ventanilla: agua y niebla.

¿Cómo podría recuperar mi empleo? ¿Qué mentiras inventaría para hacerlo? ¿Cómo podría recuperar mi vida? Fueron las preguntas que me estuve haciendo mientras apretaba con fuerza el móvil en el interior de aquella furgoneta. Estuve a punto de llamar a mi mujer y llorar con ella, contarle todo lo que había ocurrido... Pero no, no quería preocuparla.

Él debió de notar que la tormenta que había fuera no era nada comparada con la que se estaba formando a su lado en esos momentos, por eso, cogió el móvil y cambió la música.

—Vamos a poner algo más animado. Mira, a estos tipos los vi hace poco en un pequeño concierto —me sorprendió—. Son muy originales, mientras tocaban proyectaban sus propios rostros en una pantalla gigante cantando la canción en directo. Escucha.

No contesté, simplemente escuché.

Subió el volumen de la música.

—¿Te gusta el paisaje? —me preguntó.

—Sí, es precioso, ya lo sabes, hay muchos viñedos.

—Sabía que te gustaría, por aquí se hacen muy buenos vinos, de hecho hay varias bodegas. Hoy vamos a ir a una que está abandonada.

—¿Abandonada? ¿Y para qué vamos?

—Porque un día, varias semanas después de que la cerraran, forcé la puerta y entré. Investigué qué había por allí y encontré unas cuantas botellas olvidadas en una pequeña habitación.

—Vaya...

—Sí, hay muchas, centenares. Algunas de ellas las he vendido a varios restaurantes de la zona. Ellos me dicen que está muy bueno, que es de calidad, pero yo no entiendo. No sé qué precio ponerles, no sé si las estoy vendiendo caras o baratas, ¿me ayudas?

—¿Qué?

—Si te apetece, hoy lo pruebas y me dices qué tal está, necesito un experto para ponerle un precio correcto, no vaya a ser que esté perdiendo dinero —me dijo riendo, y me hizo reír a mí también.

»Vaya, por fin, una sonrisa. ¿Sabes, colega?, de vez en cuando a todos se nos cae la vida, y eso no es tan malo, a veces es necesario. A veces es necesario que se rompa en mil trozos para que, en el momento de recogerlos, sepamos cuántos debemos dejar en el suelo, abandonados.

Continuamos recorriendo kilómetros.

Puso una nueva canción y, a partir de ese momento, con la música de fondo y la lluvia cayendo sobre el precioso paisaje de alrededor, continuó contándome su vida.

—Los días pasaron y ya no volví al banco...

* * *

En el mismo instante que un guitarrista cuenta su historia en el interior de una furgoneta, a muchos kilómetros de La Isla, en una gran fábrica, un hombre con barba de diez días y ojeras de diez meses acaba de comprobar la pieza número ciento cincuenta y dos del día.

Correcta.

Introduce de nuevo otra pieza, exactamente igual que la anterior, de forma rectangular, de metal, amarilla. Aprieta el botón y se enciende un piloto azul que parpadeará durante un minuto.

Pasado ese tiempo, la máquina emitirá un pequeño pitido que él ya no escucha ni oye, solo se fijará en si la luz es verde o roja.

Verde.

Saca la pieza.

Correcta.

La deja en una pequeña cinta transportadora.

Acaba de comprobar la pieza número ciento cincuenta y tres del día.

Introduce de nuevo otra pieza, exactamente igual que la anterior, de forma rectangular, de metal, amarilla. Aprieta el botón y se enciende un piloto azul que parpadea.

Y mientras pasa ese minuto mira el reloj principal de la fábrica, aun quedan tres horas para acabar el turno, para llegar a casa y dedicarse a lo que más le gusta, montar maquetas de aviones. Una afición que ha tenido desde pequeño, cuando en el balcón de su casa conseguía que aviones de papel durasen lo inimaginable en el aire.

Sueña también en, algún día, dejar ese trabajo y montar su pequeña tienda de maquetas en la que organizar talleres, carreras, encuentros... En cuanto pague la hipoteca, piensa.

Pasa un minuto y la máquina emite un pequeño pitido que él ya no escucha ni oye. La luz se pone verde.

La saca y la deja en una pequeña cinta transportadora. Es la pieza número ciento cincuenta y cuatro del día.

Al otro extremo de la cinta, una mujer de unos treinta y pocos años coge la pieza y, cuidadosamente, la va ensamblando junto a otra de un tamaño mayor que acaba de montar ella misma. Oye un clic y, con varios movimientos ya automatizados en sus manos —y en su mente—, comprueba que ambas piezas se ajustan correctamente. Las introduce en otra máquina, espera veinte segundos, las saca y las deja unidas sobre otra cinta transportadora.

Ha tardado unos cincuenta segundos, en apenas diez más le llegará otra pieza amarilla.

* * *

—Los días pasaron y ya no volví al banco... Nadie entendía nada, ninguno de mis compañeros sabía qué me había ocurrido. Poco a poco se corrió el rumor de que el director se había vuelto loco. Creo que esa fue la frase que más se escuchó en la oficina cuando se enteraron de que me había puesto a tocar la guitarra.

»Me alquilé un pequeño apartamento a unas pocas calles de mi casa, no podía vivir bajo el mismo techo que mi mujer, pero no quería alejarme demasiado de mi hija.

»Y allí, en aquel pequeño estudio de una sola habitación, comencé a crear música, a componer canciones... Colega, en aquellos cuarenta metros cuadrados comencé a vivir.

»Y a sufrir, mucho, allí lloré por estar lejos de ellas, por sentir que, de alguna forma, estaba perdiendo a mi mujer, ¿sabes? Dicen que no hay peor dolor que el del amor que no acaba del todo. También lloré por mi otra ella, por esa pequeña vida de la que me había estado perdiendo tantas cosas.

En ese momento me di cuenta de que aquel hombre de sombrero extraño volvía a recordar un dolor pasado.

—Con respecto a ella, a la niña, no sabíamos muy bien cómo explicarle lo de nuestra separación, así que decidimos, en un principio, no decirle nada. En realidad para ella, de momento, eran todo ventajas. A mí me veía mucho más que antes; de hecho, lo que le extrañó no fue mi ausencia, lo que más le extrañó fue mi presencia en su vida durante todo el día, ¿triste, verdad?

»El primer cambio que ella notó fue que a partir de aquel día me dediqué yo a llevarla y a recogerla del colegio. Es lo que tiene dejar el trabajo, que le da a uno tiempo para disfrutar de la vida.

»Durante aquellos días me di cuenta de que apenas conocía a mi hija, me di cuenta de que habían pasado demasiados años sin estar a su lado: casi nunca la había acompañado al colegio por las mañanas, casi nunca la había recogido por las tardes, no conocía a sus amigos, a los padres y madres de sus amigos... Y eso, colega, eso es lo único que te llevas a la tumba.

—¿Y tus padres, tu familia, cómo se lo tomaron? —interrumpí.

—Ellos, bueno, como cualquiera. Al principio me dijeron que estaba loco, que tenía un muy buen sueldo asegurado, que con la que estaba cayendo era de idiotas dejarse un trabajo así, que cualquiera lo daría todo por estar en mi lugar... y así durante días y días, y semanas, y meses...

»Tengo que admitir que al principio estuve a punto de arrepentirme, de volver a esa zona de confort en la que estamos tan cómodos. No fue fácil, nada fácil, llegué a sufrir una pequeña depresión, durante unos cuantos días también pensaba que se me había caído la vida. Lo tenía todo en contra: unos padres que te han intentado pagar la mejor educación, la mayoría de tus amigos pensando que te has vuelto loco...

y yo encerrado en un pequeño piso de alquiler tocando la guitarra.

»Pero cada día que pasaba junto a ella, cada sonrisa en su rostro al verme cuando la recogía, cada palabra presumiendo de que su padre era cantante, cada mirada...

»Y así, poco a poco, conforme me fui sintiendo mejor, más fuerte, comencé a moverme para conocer gente, para buscar lugares donde tocar.

»Y pasado ya casi un mes volví...

—¿Adónde? ¿Al trabajo?

—Sí, pero no a trabajar, solo quería comprobar una cosa, lo necesitaba.

* * *

Le llega otra pieza amarilla.

La coge y, cuidadosamente, la va ensamblando junto a otra de un tamaño mayor que acaba de montar ella misma. Oye un clic y, con varios movimientos ya automatizados en sus manos —y en su mente—, comprueba que ambas piezas se ajustan correctamente. Las introduce en otra máquina, espera veinte segundos, las saca y las deja unidas sobre otra cinta transportadora.

Ha tardado unos cincuenta segundos, en apenas diez más le llegará otra pieza amarilla.

Durante ese tiempo, e incluso mientras está trabajando, su mente ha viajado hasta esas figuras comestibles que le han encargado. Son para ponerlas sobre la tarta de un cumpleaños: una roja, de ese superhéroe tan conocido; la otra violeta, de esa princesa que todo lo que toca lo convierte en hielo. Aún no sabe muy bien cómo hará el efecto de la escarcha, por eso se muere de ganas de llegar a casa y comenzar a investigar en Internet, comenzar a probar cosas. No hay nada que le haga más feliz que ver la alegría del niño cuando ve la figura y, sobre todo, cuando le dicen que es comestible. Ha pensado tantas veces en montarse algo, en hacer figuras por encargo, en hacer cursos, en montarse una página web desde donde venderlas... Malditos gastos, piensa.

Le llega otra pieza amarilla.

La coge y, cuidadosamente, la va ensamblando junto a otra de un tamaño mayor que acaba de montar ella misma. Oye un clic y, con varios movimientos ya automatizados en sus manos —y en su mente—, comprueba que ambas piezas se ajustan correctamente. Las introduce en otra máquina, espera veinte segundos, las saca y las deja unidas sobre otra cinta transportadora.

En el extremo opuesto de la cinta, una chica joven coge las dos piezas y las introduce en una pequeña caja de cartón. Las protege con corcho blanco y precinta el conjunto. Finalmente le pega una etiqueta y deja el paquete en una cesta metálica que tiene al lado.

Justo al minuto le llegarán, de nuevo, otras dos piezas ya ensambladas.

* * *

—Aquel día, cuando llegué al banco, todos se quedaron sorprendidos. De hecho a alguno hasta le costó reconocerme, no iba con mi típico traje, mi corbata, mis zapatos... Aquel día parecía un cliente más.

»Casi todos me felicitaron por la decisión, por haberme arriesgado a seguir mi camino. Recuerdo que la mayoría me deseó suerte, muchos eran sinceros pero me di cuenta de que allí, entre mis compañeros, había personas de esas que quieren que te vaya bien, pero no mejor que a ellos. —Sonrió.

»Entré a mi despacho a recoger mis cosas, allí ya había un sustituto al que, afortunadamente, conocía. Habíamos sido compañeros en alguna que otra sucursal.

»Y le pedí un favor, necesitaba saber una dirección.

—¿La de la pareja de personas mayores?

—Sí, le dije que eran unos clientes especiales y que les debía un favor. Me dio la dirección y esa misma mañana me presenté en su casa.

Cuando me abrieron la puerta tardaron en reconocerme, hasta que él, aquel hombre, me miró a los ojos y ella comenzó a llorar.

»—¿Qué quieres? —me dijo—. ¿Ver cómo nos quitan el piso? ¿A eso has venido? No te preocupes que tu banco tendrá su maldito piso, dentro de unas semanas nos vamos, todo tuyo.

»—No, no —le contesté, y en ese momento apareció en la puerta un hombre extraño, el mismo hombre que casi me atraviesa con la mirada aquel día desde abajo, bajo la lluvia.

»—¿Algún problema? —me preguntó.

»Y allí, en aquella puerta, hablé con ellos, les conté todo lo ocurrido y les pedí perdón, les pedí perdón mil veces.

»Me invitaron a pasar a su piso, un pequeño piso, humilde, antiguo, un hogar que yo les había quitado.

»—Lo siento, lo siento, lo siento... —Comencé a llorar allí, delante de aquellas tres personas, allí, en aquel pequeño salón se acababan de cambiar los papeles—. Lo siento, siento mucho que ahora, a su edad, tengan ustedes que volver a empezar.

»—¿A qué edad? —preguntó en ese momento el fotógrafo.

»—Bueno, a la suya...

»—No hay una edad mejor que otra para volver a empezar, ¿no?

»Y me callé, en realidad aquellos ojos me hicieron callar.

»Y sin saber muy bien cómo, comencé a ayudarles a recoger cosas, a poner objetos en cajas... Llevaban ya varios días preparando la mudanza.

»—¿Y adónde van? —les pregunté.

»Pero no me contestaron.

»Tras pasar la tarde con ellos, me despedí. Pero cuando ya estaba a punto de cerrar la puerta...

»—Oye, espera —me dijo el fotógrafo.

»—¿Sí?

»—Toma. —Y me dio una tarjeta—. Cuando estés preparado, llámame.

»—¿Preparado?

»—Sí, ya lo sabrás.

»Y allí, en el umbral de aquel hogar que iba a dejar de serlo en breve, me hice una promesa: yo les iba a pagar aquel viaje. Fue así como empecé con la pequeña taza de «Para un crucero».

* * *

Y así, a lo largo de una gran cadena de montaje se distribuyen más de cien vidas que, a pesar de tener bastante claro qué es lo que les gustaría hacer, permanecen ahí, atadas a unas máquinas, alquilando su tiempo por unos pocos euros.

En sus cabezas son los sueños los que intentan volar hacia futuros mejores: montar sus propios negocios, dedicarse a lo que les haría felices... pero las excusas, los miedos y la comodidad les hacen olvidar cada día lo que sueñan al acostarse.

No se atreven porque la rutina es como una losa que aumenta de peso con el paso del tiempo.

Y así pasarán los días, las mañanas y las tardes.

Y los meses.

Y los años.

Y la vida...

O no, porque hoy en día casi nada dura para siempre.

* * *

—Mira, ya hemos llegado —me dijo señalándome una pequeña bodega que se escondía entre la niebla—. ¡Vamos!

Paró el coche, cogió una gran mochila que llevaba en el asiento de atrás y salimos.

Nos colamos por un agujero que había en las vallas que rodeaban el conjunto, por la parte posterior de la bodega.

—¿Por qué entramos por aquí? ¿Por qué no hemos ido con la furgoneta hasta la puerta principal, por la otra parte?

—Aquella está cerrada, pero, en cambio, por aquí, por esta ventana podemos pasar, está abierta.

—¿Qué?

—Sí, hombre, vamos, que ya lo he hecho más veces, solo hay que saltar.

—Pero esto —sonreí—, esto no lo hacía yo desde que era un niño.

—Y de eso hace ya tiempo, se nota —me contestó riendo.

Saltamos los dos.

Ya estábamos dentro.

—Esto da vida, ¿eh? —me dijo.

—Sí.

Reímos.

Caminamos por varios pasillos desiertos. Abrió una puerta, encendió una linterna y bajamos las escaleras. Y allí, en el interior de aquella bodega, me di cuenta de que estaba viviendo más durante aquellos dos días que durante los últimos años de mi vida.

Llegamos a una pequeña sala y me mostró las botellas, había muchas.

Cogió dos y me las dio: eran botellas sin ningún tipo de marca exterior.

Abrió la mochila, sacó una manta y la extendió en el suelo.

Me dio un sacacorchos y mientras yo intentaba abrir una de las botellas, él había sacado un plato de jamón, un gran trozo de queso y dos vasos.

Y allí y como un Quijote y su escudero, nos sentamos: en el centro de la aventura.

En el mismo momento en que íbamos a brindar, se escuchó el ruido de unas máquinas justo al lado, y voces...

* * *

Y una fábrica sigue latiendo a tiempo completo: varias cintas que no saben detenerse, piezas que van de mano en mano, horas que pasan también en cadena, sin descanso... Más de cien personas con sus vidas y sus sueños, cada una de ellas pensando en todo menos en su trabajo: a una quizá le gustaría ser profesora; a la otra tener una floristería, pues en su barrio no hay ninguna; otro desearía montar una empresa para organizar viajes... pensamientos que solo llegan hasta la frontera de la mente, justo en el lugar donde la realidad limita con el sueño, justo en el lugar donde la excusa lucha contra el deseo.

Y arriba, en la planta superior, en las oficinas, el gerente observa toda la fábrica como un vigía controla el horizonte, sabiendo que, de un momento a otro, tendrá que librar una batalla, quizá la más dura de todas: esa que te hace enfrentarte a ti mismo. Aún no sabe cómo dar la noticia.

Aprecia a todos sus trabajadores, muchos llevan allí desde el primer día en que abrió la fábrica. Treinta años, piensa, pero los tiempos cambian...

No sabe cómo decirles que la línea principal de montaje se

va a mecanizar completamente. Ahora podrá sacar el triple de piezas en la mitad de tiempo, y además se ahorrará el coste de los sueldos. Es la única forma de competir con el extranjero. Durante el último año los beneficios han ido cayendo en picado, es eso o cerrar.

Mira a muchos de ellos, pensando en qué será de sus vidas. Treinta años juntos, treinta años, piensa, y no han sido capaces de buscar una alternativa, treinta años haciendo lo mismo...

«¿Nunca habéis pensado que algún día os sustituiría una máquina? —les pregunta desde lejos, con el semblante triste, con la mirada empañada—. ¿Nunca os habéis planteado tener otra opción por si acaso?»

Sabe que no.

Se retira de la ventana, se sienta en el sillón y cierra los ojos: no sabe cómo darles la noticia.

* * *

—¿Qué es eso? —pregunté asustado mientras me levantaba del suelo.

—Bueno... quizá no te he dicho toda la verdad —respondió sonriendo.

—¿Qué?

—La bodega estuvo abandonada pero la han vuelto a comprar, creo que ha sido uno de esos nuevos ricos que vienen de la ciudad, y ahora están reformándola. Por eso necesito sacar cuanto antes las botellas de aquí, porque igual en unos días ya no podré volver a entrar. Si me pudieras ayudar...

—¿Qué?

—Si te lo hubiese dicho no me habrías acompañado —sonrió de nuevo—. Pero no te preocupes, aquí abajo nunca vienen, están arreglando la fachada, la puerta principal.

—¿Nunca?

—Sí, ya te he comentado que he venido varias veces a coger botellas.

—A robarlas —contesté yo.

—Bueno, las dejaron abandonadas aquí, eso ya no es robar. Pero dejemos esta conversación y disfrutemos del vino, y de la compañía.

En ese momento llenó dos copas y brindamos.

—Por nosotros —dijo.

—Por nosotros —contesté.

Y él continuó con su historia.

—Comencé a hacer lo que más miedo me daba en el mundo: comencé a tocar en la calle, algo que solo había hecho de joven, cuando tocaba con mis amigos. Me puse una gorra, unas gafas de sol, me dejé crecer la barba y me fui a una parada del metro. Colega, eso sí que es adrenalina, eso sí que es tener un par de huevos. Me disfracé para que nadie pudiera reconocerme, me daba tanta vergüenza que cualquier compañero del trabajo pasara y me viera...

»Y continué tocando en el metro, en la calle, en plazas... ese es el mejor método para perder el miedo escénico, ahí, en la calle, se te va de golpe la vergüenza.

»Los días iban pasando y cada vez me encontraba más cómodo con mis canciones, hasta que una tarde un hombre se acercó a mí, me dio una tarjeta y me propuso tocar en su *pub*. Por supuesto acepté.

»Quedamos al día siguiente en el local, por la mañana. Me dijo que estaría cerrado pero que llamara a la puerta, así podríamos hablar tranquilamente. Pensé que sería un pequeño bar, con unas cuatro o cinco mesas, algún sitio no muy conocido, pero cuando llegué... Hostia, colega, aquel sitio era grande, bastante grande, y además, allí habían tocado muchos artistas conocidos.

»La puerta estaba cerrada, la golpeé. Al instante el hombre que me había dado la tarjeta me abrió y me invitó a entrar. Nos sentamos en una pequeña mesa en la que había otra persona bebiendo una cerveza y revisando las fotos de una cámara. Allí estaba él, de nuevo, el fotógrafo.

»Me mostraron los carteles con los que iban a anunciar mi concierto, los iban a poner por toda la ciudad. No te imaginas lo que es ver tu nombre en un cartel, allí estaba mi puñetero nombre, colega.

»Avisé a mis amigos, a los de verdad, a algún compañero del trabajo, a mis padres... Aquel fotógrafo me había dado una oportunidad y yo tenía que llenar aquel sitio como fuera.

»Estuve hablando prácticamente toda la tarde con el dueño del local, en cambio el fotógrafo apenas abrió la boca. Y aun así recuerdo las palabras que me dijo justo antes de salir de allí: "La mayoría de la gente se pasa más tiempo hablando de sueños que persiguiéndolos... porque hablar es sencillo, apenas requiere esfuerzo. El problema viene cuando les preguntas por qué no intentan hacer realidad esos sueños... En ese momento sacan su escopeta, esa que tienen cargada de excusas y te apuntan con rabia. Espero que la tuya no tenga munición."

* * *

—Y llegó el día, colega, el día del concierto... Salí a escena y se hizo el silencio.

»Mi cuerpo temblaba.

»Allí estábamos, mi guitarra, los nervios y yo.

»Se apagaron las luces y comencé a tocar mi primera canción en directo. ¿Te apetece que la toque ahora? —me dijo con ilusión en sus ojos.

—Claro... pero ¿no nos oirán? —le contesté asustado.

—Qué va, estamos muy lejos, desde allí no escucharán nada.

Y allí, en el suelo, en el sótano de una bodega, como dos polizontes que se han subido a una aventura, comenzó a tocar...

Un hombre cansado que sube de un bar,
ese soy yo,
cartel de «Cerrado» en el paraíso,
el corazón me pide una tregua,
la luz de reserva se encendió,
tu cuerpo es la fiesta a la que nadie me invitó.
Y yo me pregunto: ¿cómo se baja el telón

en una historia que ni siquiera comenzó?
Siempre tengo sueños sencillos con mujeres complicadas,
veo el amor con la visión deteriorada,
del que lo tuvo todo y luego lo perdió.
Soy experto en echar leña sobre hogueras apagadas,
no sé aceptar que hay ciertas cosas que se acaban...

MARWAN

Yo seguía sus dedos sobre la guitarra con la mirada y allí, en aquel oasis, fui capaz, por primera vez en muchos años, de escuchar con el alma.

Cerré los ojos y comencé a ver la música.

Y así me mantuve hasta que acabó de sonar una de las canciones más bonitas que había escuchado en mi vida.

Le aplaudí en silencio.

Sonrió.

—Toqué esta canción —me dijo—, y otra, y otra, y así hasta cinco canciones seguidas, sin parar, sin levantar la vista... Cuando acabé la última de las cinco, suspiré, y la gente comenzó a aplaudir, mucho, muchísimo.

»Me levanté y en ese momento comencé a observar a las personas que habían venido; la sala estaba llena: muchos compañeros del banco, amigos de toda la vida, un primo mío —en realidad mi mejor amigo— que vivía en otra ciudad... y de pronto vi a mis padres, en una de las mesas de la izquierda y junto a ellos... ellas, mis ellas.

»Ella, mi pequeña, una niña que a esas horas un día entre semana debería estar durmiendo, ella, mi niña, la que me había acompañado durante tantas y tantas horas en el suelo de mi nueva casa, la que me había ayudado a construir los cimientos de ese sueño.

»Ella, mi otra ella, mi otra niña, la que me había acompañado durante tantos años en la vida, una niña más grande que, al igual que yo, también lloraba. Y que aplaudía, y que me miraba con los mismos ojos que cuando, a los dieciocho años me conoció en un concierto del instituto, como cuando descubrimos el color de nuestros iris por primera vez.

»Y dejé la guitarra en el suelo.

»Y me bajé del escenario en dirección a ellas. A una la abracé como nunca la había abrazado, sabiendo que era la persona por la que siempre daría mi vida. A la otra la besé con la pasión con la que se besan antiguos conocidos que acaban de reencontrarse.

»Y allí, en medio de aquel huracán de emociones sentí por fin lo que tanto había estado buscando: esa sensación de que alguien se sienta orgulloso de ti.

»Volví al escenario, cogí la guitarra y continué tocando.

»Fue aquella noche cuando me di cuenta de que era capaz de hacer feliz a la gente, me di cuenta de lo diferente que había sido mi vida hasta ese momento, me di cuenta de que, como decía una de mis canciones, jamás *nadie recibiría una carta de amor del banco.*

»Durante ese primer año me salieron más de treinta conciertos por todo el país. En pequeños bares, de telonero en algún festival, en fiestas de barrio...Y ella y yo volvimos a estar juntos, quizá porque nunca nos habíamos separado.

Finalmente, tras ese año reuní el dinero necesario para aquel crucero.

—¿Y así llegaste a La Isla? —pregunté.

—Sí, llegué, les di el dinero y tras ver todo esto hablé con mi mujer y decidimos que este era un buen lugar para comenzar de nuevo.

»Y bueno, colega, esa es mi historia. Hacía tiempo que no se la contaba a nadie... Ahora vivimos los tres aquí: mi mujer, yo y una preciosa niña con coletas que les vende tazas con cuentos a esas personas que llegan perdidas a La Isla.

* * *

—A esas personas que por llegar a La Isla van a perder su trabajo —le contesté.

—¿Tan importante es el trabajo que tenías? —me preguntó.

—Para mí sí, quizá tú ahora vivas en un mundo mágico de ilusión, pero yo tengo que pagar una hipoteca, un coche y, lo más importante de todo, tengo una hija.

—Yo también tengo una hija —me contestó.

—Entonces no deberías reírte de mí.

—No me río de ti, solo te he preguntado si ese trabajo es tan importante para ti.

—Sí, lo es.

—¿Y tus sueños?

—Donde deben estar, en la cabeza.

—No —me contestó—, no, ahí no deben estar, ahí es donde tú los mantienes encerrados, como a un pobre pájaro en una jaula.

Nos quedamos en silencio.

—Te paraliza el miedo, ¿eres un cobarde?

En ese momento me levanté.

—Creo que ya he tenido bastante, podemos irnos.

—¿Por qué reaccionas así ante una simple pregunta?

—No era una pregunta, era un insulto.

—No era un insulto, era la verdad, y lo sabes, y te duele, te duele que te recuerden que, como la mayoría de la gente, eres un cobarde. Que te pasas la vida diciendo que algún día te dedicarás a vivirla, pero no das un paso para iniciar ese camino. Y lo siento si te duele, eso es ser un cobarde.

—¿Es cobarde querer darle lo mejor a mi hija? ¿Es cobarde que tenga una casa, que tenga ropa, que tenga para sus gastos, que pueda el día de mañana tener sus estudios? —grité—, ¿es eso cobarde?

—No —me contestó tranquilamente—, lo cobarde es no intentar darle eso pero haciendo lo que te gusta.

—¡Qué fácil lo ves todo!

—No es fácil.

—Claro que no, no es fácil, pero cada uno tiene su vida...

—A todo se le puede llamar vida, claro que sí, como puedes llamar comida al bocadillo de un aeropuerto.

Los dos nos quedamos en silencio.

Comenzó a tocar una nueva canción y yo comencé también a calmarme.

Y estuvimos así durante más de media hora, él tocando y yo pensando.

Finalmente, sin decirnos nada, nos levantamos, recogimos todo, cargamos unas cuantas botellas en varias bolsas que él llevaba, volvimos a saltar la ventana y montamos en la furgoneta.

Cuando ya estábamos a punto de salir, al músico le sonó el móvil. Miró el número y salió fuera a hablar.

Vi cómo se alejaba, cómo gesticulaba con la mano.

—¡Ya voy, ya voy! —gritaba desde la distancia.

Vi también cómo se guardaba el móvil en el bolsillo y volvía corriendo a la furgoneta.

—Vamos, que se me ha hecho tarde, me están esperando.

Arrancó y nos incorporamos a la carretera.

Volvíamos a La Isla.

* * *

En el mismo instante en que una furgoneta está a punto de arrancar para regresar a La Isla, en una casa cercana a la plaza cinco personas se reúnen para repartirse todo el dinero.

—¿Y el músico? —pregunta uno de ellos.

—Acabo de llamarle, está por la bodega, dice que ya viene.

—Joder, aún está por allí, bueno, empecemos nosotros...

* * *

Poco a poco el viaje fue suavizando el enfado.

Volvimos a hablar de la vida y, sobre todo, volvimos a escuchar canciones.

Atravesamos una gran recta rodeada a ambos lados por cipreses, un arco, dos arcos, tres arcos... y llegamos de nuevo a la plaza.

Allí aparcó.

—Ahora tengo que irme a una reunión —me dijo—, pero esta noche quedamos aquí de nuevo y te enseño unos cuantos secretos de La Isla, si quieres.

—Vale —contesté.

—Por cierto, ¿has visto ya el Museo de Momentos?

—¿Qué?

—El Museo de Momentos.

—No, no, ¿qué es?, ¿dónde está?

—Es justo ese edificio de ahí. —Y me señaló lo que parecía una gran iglesia, en el extremo de la plaza—. Entra, te gustará.

—Vale —le dije de nuevo mientras se despedía—. Por cierto, ¿hay algún cajero por aquí?

—Cajeros... no, no, aquí en La Isla no somos muy de tarjetas —me contestó—, ni tampoco de bancos. —Sonrió.

—Es que no llevo nada de dinero encima y si quiero cenar o necesito algo.

—No te preocupes, di que vienes de parte del músico, ya haremos cuentas. —Y se despidió a toda prisa mientras me bajaba de la furgoneta.

Me quedé en la plaza, mirando aquel edificio que parecía una iglesia pero según él era un museo. Me acerqué.

Lo primero que vi fue un enorme cartel en la fachada: «MUSEO DE MOMENTOS.»

Nada más entrar me sorprendió una estancia inmensa, muy alta y totalmente pintada por dentro. El techo, las paredes... todo formaba parte de un mismo lienzo, un lienzo convertido en edificio o quizás era el edificio el que se había transformado en un gigantesco cuadro.

Figuras mitológicas, un león, un carnero, el rostro extraño de un hombre pintado de blanco, constelaciones, símbolos del zodiaco, trazos inexplicables, tonos oscuros, de fuego, de hielo, de calor y de miedo. Todo aquel interior era un cuadro que parecía querer tragarme a mí también.

Cuanto más miraba, más veía, cuanto más veía, más creía intuir. Estuve así, evadido, sin pensar en la gente que salía y entraba de aquel lugar, hipnotizado por el lienzo más grande que había visto en mi vida.

No fue hasta que bajé la vista y miré alrededor cuando me di cuenta de que estaba en el interior de un laberinto, un laberinto formado por decenas de paneles entrecruzados, unos paneles cubiertos por fotografías. Fotos de lugares, de personas, de animales, de vivencias... de momentos, pensé.

Miré de nuevo hacia la puerta para tener una referencia y

no perderme en aquel laberinto. En ese momento salía una mujer mayor a la vez que entraba un niño. Un niño al que no podía verle la cara por el reflejo de la luz, pero sí que podía intuirle las piernas, supe que lo conocía.

* * *

En el mismo instante que un niño con una pequeña cojera entra en el Museo de los Momentos, un músico lo hace en una habitación donde ya hace un rato que le esperan.

—Hombre, ¡ya era hora!

—Bueno, lo siento, soy yo el que está cargando con él mientras vosotros estáis aquí contando billetes, ¿quién tendría que quejarse de qué?

—Venga, va, no discutáis más, y acabemos con esto cuanto antes —dice un hombre con un traje violeta.

Y allí, encima de una gran mesa, un policía deja varios sobres: cada uno lleva impreso las iniciales del destinatario.

Y allí, encima de una gran mesa, varias personas se están repartiendo el futuro de un hombre que no sospecha nada, un buen hombre que solo desea regresar de nuevo a casa, volver a estar con su mujer y su hija, e ir, como cada día, a trabajar a su empresa. Un hombre que no sabe que su coche ya está fuera del país, que sus cuentas no tienen dinero, que sus tarjetas no tienen saldo, que a su casa le faltan demasiadas cosas y que su trastero está prácticamente vacío.

* * *

Me acerqué a él.

—Hola —le dije.

Y comenzó a temblar.

Me reconoció, lo supe al instante, pero aun así...

—Ho... Hola —tartamudeó mientras miraba de un lado a otro, como con intención de huir.

—¿Qué haces? —le pregunté.

—Yo... bueno... traía una foto para un trabajo del cole —me dijo mientras noté cómo la ocultaba tras su espalda.

—¿Del cole? Genial, y ¿qué tenéis que hacer? —intenté continuar la conversación.

—Pues... cada uno de nosotros... cada mes traemos una foto de algo que nos haya ocurrido y que sea importante en nuestras vidas. Traemos la foto y la sustituimos por la anterior.

—Vaya, qué bonito, ¿puedo verla? —pregunté.

—No, no puedes —me contestó asustado.

—Vaya... ¿por qué?

—Me han dicho que no puedo enseñarla.

—¿Te han dicho?

—Sí, eso me han dicho mis padres —me contestó cada vez más nervioso.

—¿Que no la enseñes? Pero si vas a ponerla aquí y la va a ver todo el mundo.

—Que no la enseñe, no; que no te la enseñe a ti. —Y salió del edificio con la foto en la mano, corriendo, cojeando, huyendo de mí.

* * *

Me quedé inmóvil, sin saber qué decir, sin saber qué hacer.

¿Y si en aquella foto aparecía mi coche? ¿Y si era ese mismo niño el que se había subido en él? ¿Y si...?

Tras esas preguntas me asomé a la puerta con la intención de perseguirlo, pero ya no estaba, se había esfumado.

¿Qué tendría aquella fotografía? ¿Qué estaba ocurriendo?

Volví al interior y comencé a pasear por aquel laberinto de momentos, de imágenes... pero sin dejar de pensar en esa foto que no había podido ver. Tenía, en cambio, miles a mi alrededor: niños jugando, amigos abrazándose, parejas besándose, un niño y su mascota, una niña y su bici, un anillo, un vestido, un libro, un amanecer, la luna llena en el interior de un día que desaparecía, una flor naranja a la que le faltaba un pétalo... prácticamente todas las fotos representaban momentos felices, era como si aquel lugar fuera la parte contraria al infierno que me había encontrado esa misma mañana en el cementerio.

Tras más de una hora paseando por aquellos pasillos decidí que ya era el momento de salir de nuevo a la calle.

Ya era de noche.

El músico del sombrero de copa cuadrado me había dicho que nos veríamos, pero no habíamos quedado en ningún sitio, no me había dicho dónde. Allí, por aquella plaza ya no pasaba prácticamente nadie, se había quedado desierta y apenas quedaba algún coche aparcado, alguna persona que paseaba en silencio, algún gato vigilándome desde cualquier tejado.

Miré en la cartera y solo llevaba unas monedas. No me apetecía entrar en la pastelería dejando a deber dinero, además, tampoco tenía demasiada hambre... En realidad no tenía ganas de nada, solo quería salir de allí, volver a mi casa, a mi vida. Había estado mirando los horarios de trenes desde el móvil y al día siguiente había uno con destino a mi ciudad que salía sobre las 13:00 h.

Me dirigí hacia la casa, en silencio, como lo estaba toda La Isla a aquellas horas.

Empujé la puerta y encendí las luces, todas, miré debajo de las camas, en las habitaciones... y, finalmente, caí derrotado sobre el sofá.

Cogí el móvil y llamé a mi mujer.

* * *

Le conté parte de lo que me había ocurrido, le dije que había tenido que quedarme un día más en aquel lugar, le conté que podía tener problemas en la empresa por no llegar a tiempo, le dije que habían enviado a otra persona para hacer el trabajo... le dije también que al día siguiente ya me iba, y le dije lo que ni siquiera yo me creía: que todo se solucionaría.

Mi mujer y yo, aquella noche, estuvimos juntos, a través del teléfono, más de una hora. Yo hablando y ella escuchando.

Tras contarle mil cosas, tras preguntarme mil veces si yo estaba bien, tras contestarle mil veces que sí, que todo pasaría, tras decirme mil veces que estaba preocupada... tras todas esas palabras y emociones, colgamos.

Y aun a pesar de todo, aun a pesar de haber estado tanto tiempo hablando, al dejar de oír su voz me dio la impresión de que algo raro ocurría.

Quizá sus pocas palabras, quizá sus demasiados silencios, quizá su despedida... o quizá solo eran fantasmas de esos que no te abandonan mientras les hagas caso.

Me quedé allí, sentado en el sofá, impotente, sin saber qué hacer. Quizá tenía que asumir que solo me quedaba esperar.

Me levanté para dirigirme al pequeño jardín trasero.

Salí y me subí a un columpio. Comencé a balancearme.

¿Podría mantener mi empleo? Seguro que sí, seguro que solo había sido un pequeño enfado, seguro que al final todo se arreglaba. Me caería una buena bronca, nada más.

Pero, y si me despedían, ¿qué iba a ser de nuestra vida, qué íbamos a hacer entonces...? Dejé de pensar en eso.

Continué balanceándome mirando al cielo, a las estrellas, a unos puntos que iban y venían a través de mi movimiento en aquel columpio.

—¿Qué, disfrutando de las estrellas? —me sobresaltó una voz, su voz.

—Vaya, qué susto me has dado —le dije temblando—, pensé que ibas a venir a buscarme a la plaza, fuera del museo.

—No he podido llegar, lo siento. Pero antes de irme a dormir quería pasarme por aquí para comentarte una cosa.

—Dime... —pregunté con miedo.

—Mañana, antes de irnos, quiero enseñarte algo, pero tenemos que hacerlo pronto para que no tengas ningún problema y puedas coger el tren a tiempo. Quedamos a las nueve en la pastelería. Tráete la maleta, ya nos iremos a la estación desde allí.

—No quiero más líos —le dije—, solo quiero coger el tren y llegar a casa. Mañana tendré que ir a la empresa y arrastrarme para que no me despidan.

—Bueno, yo estaré a las nueve en la pastelería, tanto si vienes como si no.

No contesté, continué mirando al cielo.

—Es curioso lo de las estrellas, ¿verdad?

—¿A qué te refieres?

—Pues que la mayoría de estrellas que ahora vemos ya ni siquiera existen. Quizás hace años que murieron y en cambio seguimos observando su brillo. A eso es a lo que aspiro yo —me dijo—. A ser recordado aunque ya no esté aquí. Siempre he pensado que uno no muere mientras haya una persona que te siga manteniendo en sus recuerdos. Solo mueres cuando absolutamente nadie te recuerda, cuando ya nadie puede ver el brillo de tu estrella.

Me quedé en silencio.

—Buenas noches, colega —me dijo, y se marchó calle arriba.

—Buenas noches... —le susurré.

Y me quedé allí, mirando el cielo, buscando mi luz en las partes oscuras del cielo, esas en las que nadie se fija.

La Isla
Tercer día

Desperté.

Mi último día allí; tal vez...

Me levanté inquieto, quizá porque, justo antes de dormirme, había estado imaginando todas esas batallas que se ganan durante la noche y desaparecen cuando amanece.

Miré por la ventana: en ese momento no llovía, pero la humedad continuaba allí, alrededor de La Isla. Podía verla abrazada a los árboles, acariciando el césped del pequeño jardín trasero, incrustada en la madera exterior, sobre las piedras, en el aire en forma de niebla.

Comencé a cambiarme de ropa y a preparar una maleta que ya olía a despedida.

Miré alrededor por si me dejaba algo, en aquel momento no me di cuenta de que me lo dejaba absolutamente todo.

Cerré la maleta, cogí la chaqueta y bajé las escaleras.

Me había despedido mil veces de hoteles, de personas que sabía que jamás volvería a ver, de habitaciones que nunca habían significado nada y, en cambio, allí, en aquella casa...

—Adiós —le dije a unas paredes que no me contestaron ni siquiera con el eco.

Apagué las luces y abrí la puerta.

Y en ese momento, mientras retrasaba mis movimientos por alguna razón que no entendía, me hice de nuevo la pregunta que me había estado goteando en la mente durante toda la noche: ¿y si lo intentaba? ¿Y si lo dejaba todo e intentaba montar mi propia bodega? ¿Y si convertía en realidad mi sueño?

Solo fue un segundo, nada más. Al instante mis creencias agarraron con violencia las riendas de una mente que quería desviarse de su destino. No.

No.

Lo importante era llegar a casa, dejar la maleta y dirigirme inmediatamente a mi empresa para contar la mentira más creíble, para rogar, para suplicar... Todo lo que hiciera falta para no perder un sueldo.

Pero ¿y si?

NO.

Cerré la puerta y me mantuve durante unos segundos con el tirador en la mano, como si no quisiera soltarme, como si no quisiera soltarlo.

—Adiós —susurré.

Silencio.

—Adiós —susurré de nuevo sin darme cuenta de que debería haber dicho: hasta luego.

* * *

Solté el tirador y dejé la puerta cerrada, sabiendo que, en realidad, se quedaba también abierta. A partir de ese momento aquella casa estaba sola, cualquiera podría entrar allí, cualquiera podría compartir aquel sofá que durante unos días había dormido conmigo, cualquiera podría mirarse en ese mismo espejo que me había visto llegar asustado, un espejo que se olvidaría de mí en cuanto otro se pusiera frente a él.

—Adiós.

En el momento de cruzar la calle me di cuenta de que algo extraño ocurría en La Isla: las farolas, los árboles, las ventanas... todo estaba adornado con grandes lazos blancos.

Comencé a caminar.

Había quedado con el músico en el mismo lugar de siempre: en la pastelería de cuento. Me dirigí hacia allí sin prisa, arrastrando una maleta cuyas ruedas jugaban con los adoquines de la calle, arrastrando unos zapatos que a cada paso se preguntaban cuál era el destino.

Giré una calle a la izquierda, otra a la derecha y continué

recto hasta una plaza que se estaba llenando de gente: casi todos iban vestidos de blanco. Me asusté.

¿Y si aquello era una secta? ¿Y si toda la gente de aquel lugar era...? Pensé mil cosas. Me asusté por no saber qué ocurría, me asusté por ser el único que vestía de negro en aquel mar de nácar.

Fui atravesando conversaciones, risas, esquivando juegos de niños... hasta que conseguí llegar a la pastelería.

Abrí la puerta.

Silencio.

—Un momento, un momento, ahora salgo —se oyó su voz desde la habitación que había tras el mostrador—. Hoy voy hasta arriba, un segundo.

Me volví y miré toda la estancia: sillas vacías, mesas vacías... allí no había absolutamente nadie, ¿hasta arriba?

Mientras esperaba a que ella saliera me asomé a la ventana: cada vez se iba agrupando más gente en el exterior.

Tras varios minutos apareció.

—Ah, hola, eres tú, perdona, pero hoy hay faena para rato: ¡quinientos pasteles son quinientos pasteles!

—¿Qué?

—Sí, son para lo de esta mañana, ¿no te has enterado?

—¿Esta mañana? ¿No? ¿Qué?

—Pues que...

Y en ese momento entró el guitarrista por la puerta.

—Buenos días, colega, ¿cómo va todo? —me saludó dándome una palmada en la espalda—. Estaba ahí afuera hablando con un amigo cuando te he visto entrar. ¿Qué? Preparado para abandonarnos.

—¿Ya te vas? —me preguntó sorprendida la pastelera.

—Sí, bueno, algún día tenía que ser —contesté.

—¿Y te lo vas a perder?

—¿El qué?

—Ahora se lo explico yo, no te preocupes —interrumpió el guitarrista—. Sírvenos dos cafés para llevar, que nos vamos.

—¿Pero adónde vamos?

—Tú deja la maleta aquí, no te preocupes, es un momento, ahora volvemos. Vamos al castillo.

—¿Al castillo?

—Sí, ¿no te acuerdas? El primer día que viniste, cuando paramos en el descampado que hay a la entrada te dije que cuando uno sube ahí arriba descubre todo lo que desde fuera no se puede ver.

Cogimos los cafés y nos fuimos en dirección a uno de esos lugares capaces de cambiar el futuro, pero, sobre todo, el pasado.

* * *

Atravesamos una plaza en la que cada vez había más personas.

—¿Y toda esta gente? —pregunté.

—Ah, sí, por el entierro.

—¿El entierro?

—Sí, un entierro, pero luego te lo explico, vamos.

Continuamos recto por la calle principal en dirección a un castillo que se veía desde lejos. Tras unos pocos minutos llegamos a un puente que salvaba un foso para comunicarnos con la entrada.

—¿Te has dado cuenta de que el puente está más alto que la entrada? —me dijo.

—Sí...

—Lo normal es lo contrario, siempre hay que subir al castillo, no bajar. Eso nos indica que este puente no es el original, que se construyó después, cuando la principal preocupación ya no era la invasión de La Isla.

»Esto —continuó— era una antigua fortaleza que hace unos cuantos años estaba prácticamente abandonada. No había dinero del Estado para repararla y nunca llegaban ayudas, por eso decidieron rehabilitarla entre varias personas. Ahora es un lugar en el que hay una galería de arte, una sala de conferencias, una guardería y un pequeño hotel.

—¿Un pequeño hotel? —pregunté extrañado—. ¿No me dijiste que no había hoteles en La Isla?

—¿Yo te dije eso? —me contestó.

—Sí, claro que sí.

—No creo, ¿cómo te voy a decir eso si está este hotel, colega?

—Pero esa fue la razón por la que me quedé en la casa.

—No, yo simplemente te busqué una casa porque era mucho más barato, de hecho te ha salido gratis.

—No, no fue así, me dijiste que no había ningún hotel —protesté de nuevo.

—Bueno, colega, no nos vamos a poner a discutir justamente hoy, ¿no?

Y me callé, quizá yo estaba confundido, quizás él tenía razón, quizá nunca me dijo que no había hoteles...

Atravesamos la puerta principal y accedimos a un precioso patio desde el que se veía todo el conjunto por la parte interna.

—Mira, ven por aquí, te voy a enseñar la guardería, es preciosa.

—Pero ¿una guardería en un castillo...? —pregunté.

—Y ¿por qué no?

—Y ¿por qué no? —contesté, aquello era La Isla.

Abrió una puerta de colores y accedimos a una recepción desde la que se veía una gran sala repleta de niños pequeños: iban disfrazados de caballeros, de princesas, de duendes... había espadas de plástico y escudos de cartón, sillas desperdigadas sin orden, varias mesas de madera, tres cuidadoras vestidas de época —una de ellas de princesa— y una pizarra gigante que ocupaba una de las paredes.

—¿A que es bonita?

—Sí, mucho.

—Mira, entra, voy a presentarte a una persona muy especial. —Y desde allí llamó a la cuidadora que estaba vestida de princesa.

Se acercó a nosotros una mujer rubia, alta y guapa, muy guapa, con un vestido azul hielo que llegaba hasta el suelo.

—Hola —nos saludó.

—Hola —le dijo el guitarrista mientras le daba dos besos—. ¿Cómo va todo, princesa? —Y ambos se echaron a reír.

—Tengo un castillo, un traje y un montón de niños a mi alrededor, no puedo quejarme. —Volvió a reír.

—Te presento a mi amigo —dijo el guitarrista—, la pena es que ya se va hoy, pero quería enseñarle esta guardería, quería enseñarle que hay gente capaz de perseguir sus sueños. Ella —me dijo de nuevo— es la responsable de que todo esto esté funcionando, seguramente nunca pensó en que lo lograría, pero lo intentó y mira, hoy en día prácticamente todos los niños de La Isla han pasado por aquí antes de tener la edad para ir al colegio. Y además se ha convertido en lo que soñaba ser algún día: una princesa. —Y comenzaron a reír.

Y aquella mujer me dio dos besos mientras yo era incapaz de separar mi mirada de sus ojos: uno azul mar y otro verde esmeralda; preciosos.

* * *

—Vamos, que se nos hace tarde. —Y salimos de nuevo al patio del castillo—. Mira, allí, al fondo, hay una pequeña sala de conferencias y ahí, justo en frente, está la entrada al hotel que te comentaba.

No contesté.

—Mira allí arriba —me dijo de nuevo señalando una pequeña puerta ubicada en la torre, a unos veinte metros de altura—. Antiguamente, si el enemigo había conseguido llegar hasta aquí, cosa muy, muy improbable, para entrar en la torre del castillo tenía que hacerlo por allí arriba. ¿Complicado, eh?

—Mucho.

—Si te fijas bajo esa entrada hay como dos vigas de madera. Si alguien conseguía llegar hasta ahí arriba, no había forma de acceder si no era con una tabla apoyada sobre esas dos vigas. Pero hoy vamos a llegar de otra forma más fácil, no te preocupes. —Me sonrió.

Abrió una pequeña puerta y comenzamos a subir unas estrechas escaleras de caracol que se iban arremolinando junto a nuestros cuerpos.

—Aquí cuidado con la cabeza —me dijo mientras salíamos al exterior.

Caminamos unos metros sobre una de las murallas.

—Estamos en la parte más alta de La Isla, desde aquí podemos ver la parte sur del cañón que envuelve el río. Mira, por ahí abajo va.

Me asomé y el vértigo pudo conmigo. Intenté mirar hacia arriba para compensar el miedo a la caída y allí, frente a nosotros, en la parte superior del otro lado de aquel cañón, distinguí cinco cometas, cinco cometas rojas que volaban a la vez, que volaban en el interior de una coreografía de viento.

—¿Qué es eso? —pregunté.

—Ah, sí, forma parte del festejo de hoy. Una de las últimas personas que llegó a La Isla se gana la vida de una forma muy original...

—¿Volando cometas? —Sonreí.

—Bueno, sí, volándolas y, sobre todo, vendiéndolas, claro —comenzó a reír—. Ha conseguido hacer una fortuna con su *hobby*, hace cometas para katesurf, parapente... y, por supuesto para eso que ves, para realizar coreografías. Sus cometas son muy especiales, pues la mayoría tienen mensajes impresos. Si te fijas observarás que en todas hay una o varias palabras escritas en negro, en letras grandes.

—Sí, es cierto —contesté sorprendido—, ¿y qué pone? Parece como si las letras estuvieran al revés.

—Bueno, están al revés porque las lees desde abajo y esas frases están hechas para leerse desde arriba, desde el cielo.

—¿Qué?

—Es una larga historia, digamos que ese hombre solo espera que alguien, desde allí arriba, algún día le perdone. Sigamos.

Y yo, como tantas otras veces, no me había enterado de nada.

Continuamos caminando unos metros más hasta otra de las torres del castillo.

—Esta es la torre de la Vela, el nombre viene porque aquí es donde velaban los centinelas para dar el aviso ante cualquier alarma. Si miras ahí abajo, justo frente a ti, puedes ver los tres arcos que atravesamos el primer día, los tres arcos que dan acceso a La Isla.

»¿Entiendes ahora por qué nadie consiguió entrar jamás aquí? Solo había una entrada posible, esa que ves ahí abajo, que a la vez es un embudo que se va estrechando a cada arco. Y desde aquí arriba los tenían bien a tiro, colega.

Me fui asomando por cada hueco de la torre imaginándome cómo sería aquello en el pasado, todo lo que podría haber ocurrido allí.

—Mira, ven por aquí, por este lado, te voy a enseñar una parte muy curiosa.

Rodeé la torre de la Vela por dentro.

—Esta es la parte norte de La Isla, y mira, justo allí, frente a nosotros... ¿ves aquella otra torre tan extraña? Nadie sabe para qué sirve, no es una torre de defensa, pues como puedes observar está más baja que en la que estamos ahora mismo, además tiene una puerta justo abajo, es totalmente accesible. Tampoco era una cárcel, ni se usaba de vigilancia... Se dice que quizá pudo ser un observatorio, pero es todo un misterio, pues...

Y a partir de ese momento dejé de escuchar, incluso de oír; a partir de ese momento el paisaje comenzó a difuminarse a mi alrededor. Era como si estuviera atravesando el pasado a demasiada velocidad, como si la mente quisiera controlar un cuerpo que se tambaleaba ante lo que estaba viendo: una torre redonda, con otras cuatro más pequeñas a su alrededor; la misma torre que había visto en la foto del funeral de mi padre.

* * *

Varios años antes de mi llegada a La Isla

En una gran avenida de una ciudad, un semáforo acaba de ponerse en verde. Todos los vehículos arrancan con furia, como si les faltara tiempo para llegar al mismo sitio al que van cada día. Todos menos uno que se ha quedado varado en un mar de tráfico, humo y prisas.

En su interior un hombre se mantiene inmóvil, apretando el volante con las manos, mirando fijamente hacia ningún sitio, como si su cuerpo estuviera decidiendo entre seguir viviendo o morir allí dentro.

El coche situado detrás hace sonar el claxon, una vez, dos, tres... El coche situado detrás del coche que acaba de hacer sonar el claxon hace lo mismo, una vez, dos, tres... Y así varios coches más.

Nada.

Vehículo y hombre no se mueven.

El coche situado detrás adelanta como puede por la derecha y, a través de una ventanilla que acaba de bajar, le insulta.

Y acelera.

Nada.

Otro de los coches hace exactamente lo mismo, se pone a su lado, le insulta —varias veces—, y además le enseña su dedo anular por la ventanilla.

Nada.

Y así continúa ese rosario de gestos e insultos hasta que, tras poco más de un minuto, el semáforo se vuelve a poner en rojo.

* * *

—¿Te ocurre algo? —me dijo.

Silencio.

—Colega, ¿te ocurre algo? —me volvió a insistir mientras me agarraba del brazo.

Yo continuaba en silencio, mirando fijamente aquella extraña torre...

—¡Oye, colega, me estás asustando, no tiene gracia! —me gritó.

Finalmente...

—Esa torre... esa torre... —acerté a responder—. Esa torre, ¿estás seguro de que no hay otra torre igual? —le pregunté temblando.

—No, que yo sepa no hay otra igual, pero ¿qué te ocurre?

—¿Seguro? —le dije casi gritando.

—Seguro, ¿pero qué te pasa?

Y allí, sobre aquel castillo me di cuenta de que jamás había visto el cadáver de mi padre. Solo me llegaron unas cenizas, unas cenizas que tiré en la playa. En ese momento comenzaron a encajar todas las piezas de un rompecabezas demasiado

extraño. Pistas sueltas, indicios, sospechas, momentos, frases...
el fotógrafo.

—El fotógrafo... ¡El fotógrafo! —grité.

—Sí, qué le pasa.

—El fotógrafo del que me has hablado tantas veces —le dije
temblando—, ¿vive aquí?

—Tiene una casa aquí, sí, en la plaza, justo al lado del Museo de Momentos, pero muy pocas veces está en ella, casi siempre está viajando.

—¿Cuántos años dices que tendrá? ¿Unos 65-66? —pregunté con ansiedad, con nervios, con miedo... con una voz que
hería cada una de las palabras que salían por mi boca.

—Sí, más o menos, ¿por qué lo dices...?

Suspiré y, mientras entraba el aire en mi cuerpo, comencé a
temblar. No podía ser, no podía ser, no podía ser, no podía ser...

No podía ser.

No podía ser.

No podía ser...

—¿Te ocurre algo?

—Quiero verlo, tengo que verlo, necesito verlo, ¿está aquí?
¿Está aquí? —le dije agarrándole las manos.

—Pues hoy seguramente sí porque hay un entierro y él
suele ser el encargado de hacer las fotos, pero ¿quieres decirme qué ocurre?

—Necesito verlo, necesito verlo, vamos, vamos, indícame
dónde vive, por favor... —comencé a suplicarle.

—Pero..

—Llévame, por favor, llévame. —Y le cogí de las manos—.
Por favor... por favor... por favor...

* * *

Varios años antes de mi llegada a La Isla

En una gran avenida de una ciudad cualquiera un semáforo vuelve a ponerse en verde. Todos los vehículos arrancan menos uno.

Y de nuevo más pitos, e insultos, y anulares que se asoman a través de las ventanillas. Un motorista pasa por su lado con intención de darle una patada al coche, no lo consigue. Un hombre al que se le comen las prisas porque sus dos hijos —que van sentados detrás en sus sillitas— llegan tarde al colegio, abre la ventanilla al pasar a su lado y le grita un «Arranca, hijo de puta». Una mujer pasa por su lado y deja sonando el claxon más de cinco segundos...

Nada.

En el interior de ese coche inmóvil continúa —inmóvil también— un hombre que acaba de perder el presente y, sobre todo, el futuro. Por eso ha elegido vivir en ese mismo instante en el pasado, el lugar donde siempre se sintió seguro.

Y los coches siguen rodeándole sin que nadie se pare a ver

si le ha ocurrido algo a ese conductor que no se ha movido desde hace ya varios minutos.

El semáforo se vuelve a poner rojo.

* * *

Bajamos de la torre, yo corriendo, él tras de mí.

Llegamos al patio y no fui capaz de esperarle, sabía cómo llegar hasta la plaza, y de ahí al museo, y de ahí... No podía ser, no podía ser... continuaba martilleando aquellas palabras mi cabeza. No podía ser...

Y allí, en aquella Isla vestida de blanco, un hombre con traje negro atraviesa cada una de sus calles sin observar el alrededor, sabiendo que es el centro de todas las miradas pero sin importarle demasiado. Un hombre que persigue un pasado que se le escapó de las manos sin poder despedirse de él.

Llegué exhausto a una plaza llena de gente.

Corrí hacia el museo, y allí, frente a él, me detuve, ¿dónde estaba aquella casa?

El guitarrista llegó también y se colocó a mi lado.

—Colega, ¿cómo se puede correr tanto?

—¿Dónde es? ¿Dónde es?

—Ven, es por detrás, ven conmigo.

Juntos dimos la vuelta por la parte izquierda del museo y justo en la otra esquina, a unos cincuenta metros, vi una pequeña puerta de metal.

—¿Es allí? —pregunté.

—Sí, sí, pero ¿puedes explicarme qué ocurre?

—Ahora no puedo, necesito entrar, y necesito hacerlo solo —le dije.

Mientras caminaba me fijé en que aquella casa, como todas las de La Isla, también tenía un cartel sobre la puerta. A cada paso intentaba adivinar lo que ponía, a cada paso se me iba acelerando más el corazón, aun sin verla claramente ya intuía la frase...

Llegué frente a la puerta y pude leerla.

«Si hoy fuera tu último día, ¿qué estarías haciendo?»

Temblando busqué el timbre para llamar, pero me di cuenta de que no había. Simplemente empujé la puerta y se abrió. En ese momento sonó una campanilla que me asustó.

Entré, y allí solo había oscuridad.

Me fijé en una luz roja en la pared, una luz roja que parpadeaba, y debajo de ella, un cartel:

«Si ha entrado en mi casa, lo primero bienvenido, o bienvenida. Si la luz roja parpadea significa que estoy abajo, en el taller de revelado, pero no se preocupe porque habré oído la campanilla, en un momento subo.

»Entre en el salón y tómese un té si lo desea, es todo recto.»

Y entré.

Llegué a una gran habitación con apenas muebles: una alfombra en el centro y sobre la misma una pequeña mesa con varios asientos en el suelo.

Me senté y mientras esperaba comencé a pensar en mis padres. Allí, a solas, sus recuerdos comenzaron a llover sobre mi cabeza: la mañana de Reyes, cuando la ilusión era la que me despertaba e iba a su cama temblando de alegría; aquellas tardes de domingo en las que mi madre, tras ducharme, me hacía una cresta como un punky y yo salía al salón para darle un susto a mi padre; dormirme con ellos viendo la tele en el sofá y aparecer mágicamente a la mañana siguiente en la cama; bailar subido a los pies de mi madre; simular que conducía un coche en el regazo de mi padre; cada vez que, por las noches, me metía en su cama, entre los dos, en silencio, con cuidado, pensando que no se daban cuenta; todas aquellas noches en las que creía que me moría por los ataques de asma y cualquiera de ellos me cogía en brazos hasta que se me pasaba; aquellos viajes en los que al llegar a casa me hacía el dormido para que me subieran hasta la cama...

Allí estaba yo, sobre el suelo de una casa extraña, llorando recuerdos, preparándome para una situación para la que no estaba preparado.

De pronto escuché una puerta que se abría y se cerraba en el piso de abajo.

Y pisadas.

Subía.

* * *

Varios años antes de mi llegada a La Isla

En una gran avenida de una ciudad cualquiera un semáforo vuelve a ponerse en verde. Todos los vehículos arrancan menos uno.

Y vuelve a ocurrir lo mismo que en las dos anteriores ocasiones, a excepción de que, a unos diez metros de la escena, alguien ha sacado una cámara de fotos y ha enfocado hacia ese hombre con expresión perdida. Dispara: una, dos, tres veces.

Se guarda la cámara en la mochila y atraviesa el tráfico entre gritos, insultos y miles de bocinas que crean una melodía de ruido.

Se acerca al coche y abre la puerta del conductor.

—¿Está usted bien? —pregunta.

No hay respuesta.

—¿Está usted bien? —grita un poco más, y eso parece despertar a un hombre que se ha dormido con los ojos abiertos.

—¿Qué, qué? —reacciona.

—¿Que si está usted bien?

—No —le contesta sin apenas poder mirarle a los ojos.

—No se preocupe, yo le sacaré de aquí, ¿puede cambiarse de asiento?

—Sí, sí —susurra mientras se quita el cinturón y pasa con dificultades de un asiento al otro.

En ese momento el fotógrafo se pone a las manos del volante de un vehículo que no es suyo.

—¿Dónde vive? —le pregunta.

—Ya en ningún sitio.

—¿Adónde vamos entonces?

—Adonde usted quiera llevarme, a algún lugar que esté lejos de los recuerdos.

—Creo que conozco un sitio.

El semáforo se pone de nuevo en verde y un coche atraviesa a toda velocidad una avenida en dirección a un lugar tan aislado que hasta los propios recuerdos se perderán al intentar localizarlo.

* * *

Y allí, ante mí, apareció un hombre de entre 65 y 70 años, alto, con gafas, una poblada barba y vestido totalmente de blanco, como un fantasma recién salido del pasado, pero no el que yo había venido a buscar... No, aquel no era mi padre.

—Hola —me saludó mientras se acercaba para estrecharme la mano—. ¿Qué le trae por aquí?

Me quedé, por un momento, sin habla, con mi mano aferrada a la suya.

—El pasado —contesté, finalmente.

—Vaya, el pasado... tan amigo como enemigo, siempre está ahí para recordarnos que hemos vivido —me contestó mientras se servía una infusión—. ¿Quiere?

—Vale.

—¿Y qué le ha dicho ese pasado?

—Que usted podría ser mi padre.

—Curioso —contestó sin inmutarse—. ¿Y lo soy?

—No, no, no lo es.

—Menos mal, porque no me imagino a estas alturas con un hijo más. Tome. —Y mientras me daba aquella pequeña taza me miró fijamente a los ojos—. Pero usted tenía una esperanza, aunque fuera pequeña, de encontrarlo, ¿a que sí?

—Sí —contesté.

—Tantos años tras el objetivo de una cámara me han doctorado en miradas. ¿Sabe?, sería capaz de adivinar lo que piensa cualquier persona simplemente observando sus ojos, solo con eso.

Bebió un sorbo de la taza y se sentó en el suelo, junto a la pequeña mesa. Y me senté frente a él.

—¿Y por qué aquí? ¿Por qué esperaba encontrarlo aquí?

—Porque creo que usted le hizo una foto.

—Vaya, ¿sí?, ¿dónde?

—Aquí, en La Isla, en la torre de ahí afuera, esa tan extraña, la de las cuatro torres redondas.

—Bueno, es posible, allí he hecho muchas fotos. Tengo además la manía de fotografiar a todo aquel que entra en nuestro pequeño pueblo, es una forma de tener controlada La Isla.

—¿A todos?

—Sí, eso le he dicho.

—¿Y a mí? ¿Me ha fotografiado a mí también?

—Sí, por supuesto.

—¿Y puedo ver la foto?

—No, lo siento, está abajo, entre todos los carretes de los últimos días, revelándose. Sí, ya sé que hoy en día es todo digital, pero ¿qué quiere que le diga?, me sigue cautivando esa magia de revelar una foto. Si quiere verla, de aquí a un tiempo quizá pueda hacerlo, quién sabe... Pero bueno, que nos desviamos, ¿cómo es su padre?

—Era... —contesté. Al menos eso creo, pensé—. Era un hombre más o menos de su edad, un poco más bajo, también con barba... así le recuerdo de las últimas fotos que me envió.

—La descripción no es muy concreta.

—Se llamaba... —Y le dije su nombre.

—Venga, acompáñeme.

* * *

Y un hombre y un fotógrafo suben las escaleras que llevan a una gran buhardilla cuyas paredes están repletas de fotografías.

El primero está nervioso, ilusionado, pensando que quizás, al decir el nombre de su padre, ese fotógrafo ha recordado algo. El fotógrafo está actuando pues desde el primer momento sabía quién es ese hombre que ha venido a visitarle —el mismo al que le ha robado el coche—, de hecho lo estaba esperando.

* * *

Llegamos a una gran buhardilla con las paredes repletas de fotografías. Estaban, de alguna forma, clasificadas por fechas, pues los únicos letreros que se distinguían entre todo aquel mar de imágenes eran los años en carteles de madera. En el centro había un mapamundi gigante con miles de chinchetas.

—Vaya —exclamé—, ¿qué es todo esto?

—Todo esto son mis momentos —me contestó—. Hay gente que colecciona sellos, relaciones, monedas, desilusiones, horas de trabajo, dinero, enemigos, zapatos... Yo prefiero coleccionar momentos.

Me quedé mirando todo un alrededor plagado de imágenes, y en ese momento me fijé en el techo, allí había escrita una gran frase: «Muévete y el camino aparecerá.»

—A veces vengo aquí —me dijo—, me siento en el suelo, en medio de esta habitación, y me doy cuenta de que no le tengo miedo a la muerte. De hecho, creo que estoy en deuda con ella, pues he vivido más de una, de diez, de cien vidas... He visitado tantos lugares, he conocido a tanta gente, he realizado tantas actividades... y empecé sin nada de dinero, solo con mi cámara y mi ilusión. Al final me he dado cuenta de que la vida se basa en decisiones, hay personas que deciden pasar los años de su vida repitiendo el mismo día, hablando con la misma gente de siempre, yendo a los mismos lugares de siempre, viendo lo mismo de siempre... y también hay personas que deciden acumular momentos, experiencias, conocer mundo, vidas... Yo elegí lo segundo.

Se fue hacia una de las paredes y yo le seguí.

—Mire, estas fueron mis primeras fotos. Este canijo de aquí era yo. Tan pequeño y ya soñaba con congelar la realidad. ¡Qué tiempos!

—¿Y ha conseguido vivir de esto? —le pregunté, curioso.

—Por supuesto, todo aquel que apuesta por lo que realmente le gusta acaba viviendo de ello, sin duda, es una ley de la naturaleza. No verá a nadie pidiendo en la calle por haber querido perseguir su sueño, todo lo contrario, la mayoría de personas que llegan a ese punto se han pasado la vida trabajando para otros, quizás incluso toda la vida en la misma empresa, sin cambios, sin sobresaltos... hasta que ha llegado un momento en el que ya nadie ha querido alquilarles su tiempo. Personas con terror a los cambios. Yo jamás les he tenido miedo a los cambios, lo que realmente me da miedo es la gente que no cambia.

Continuó mostrándome fotografías.

—Qué bonito vivir de lo que a uno le gusta. Ojalá yo pudiera.

—¡Ojalá! Eso solo lo dicen los que no quieren hacer algo, los que de verdad quieren hacerlo no dicen ojalá, simplemente lo hacen. Todo el mundo que vive en La Isla ha sido capaz de vivir dedicándose a lo que realmente les gusta, todos. Podríamos decir que en La Isla nadie trabaja. Eso sí, entiendo que no es sencillo mentalizarse de que uno puede ser capaz de mantenerse a sí mismo. La mayoría ni siquiera se lo plantean, por eso necesitan a un jefe que les mande, a alguien que les diga lo que tienen que hacer, a una empresa que les alquile su tiempo por unos euros. No es fácil darse cuenta de que uno es capaz de hacer lo que se proponga, no es fácil... Ya ve que La Isla no está superpoblada. —Sonrió.

Continuó paseando hacia la siguiente pared, y en ese momento me señaló una fotografía.

Y a mí se me paró el corazón.

* * *

Allí estaba mi padre, abrazado al hombre que ahora mismo me acompañaba.

—Sí —sonreí—, ahí está, ese es. ¿Puedo... cogerla?

—Sí, claro. Cómo olvidarme de él —me dijo mientras la quitaba de la pared para dejármela—. Un nuevo rico.

—¿Un nuevo rico?

—Sí, así llamamos aquí a las personas que se dan cuenta de que lo más importante que hay en la vida es el tiempo. Cuanto más tiempo libre tienes para dedicarte a lo que deseas, más rico eres —sonrió—, independientemente de la cantidad de dinero que poseas. Entre una persona que tiene millones en el banco y está ocupada doce horas al día y otra que tiene lo suficiente para vivir pero apenas «trabaja» dos o tres horas al día, ¿quién es más rico?

Silencio.

—Tu padre comprendió esto último.

—Quizá demasiado tarde...

—Nunca es demasiado tarde. Recuerdo que me lo encontré un día al volante de un viejo todoterreno granate.

—Sí, el suyo —interrumpí.

—Se había parado en medio de un semáforo, allí permanecía, inmóvil, llorando, como si durante toda su vida no hubiera gastado ni una sola lágrima.

»Me pidió que le llevase a algún lugar donde los recuerdos no pudieran encontrarlo, y lo traje aquí. Y le engañé, lo sé, porque uno nunca puede separarse de sus recuerdos, pero sí puede añadir nuevos.

»Estuvo aquí durante unas cuantas semanas, nos contó que acababa de perder a su mujer, que no sabía qué hacer, que no quería convertirse en un estorbo para su hijo, que no quería pasarse el resto de su vida sentado en un banco dándole pan a las palomas mientras revivía el pasado en su mente.

»Y entonces yo le hice una simple pregunta, le pregunté cuál era su sueño. ¿Qué es lo que había querido hacer siempre y nunca se había atrevido? Me comentó que su ilusión era comprarse una caravana y viajar a Estados Unidos, a Hollywood.

—Sí —asentí mientras cogía la foto en mis manos—. Papá —le susurré.

—Un hombre muy interesante, estuvimos varios días hablando, hablamos mucho, le encantaban las películas, sobre todo las...

—Antiguas —contesté yo, y sonreímos.

—Sí, las antiguas, siempre me decía que lo importante era...

—La trama —volví a contestar.

—Sí, la trama. Finalmente se compró la caravana y quién sabe, quizás ese hombre pueda, algún día, conseguir su sueño.

—Mi padre murió —le recordé—, pero sí, consiguió su sueño, llegó a Hollywood.

—Bueno, ese no era realmente su sueño —me sorprendió—, lo del viaje era solo la excusa, tu padre tenía otro sueño.

—¿Otro? —me sorprendí—. ¿Cuál? ¿Qué sueño?

—Lo siento pero prometí no decírselo a nadie.

—¿Qué? Pero ahora ya está muerto...

—¿Sí? ¿Cómo lo sabe? —cambió su tono—. ¿Cómo está tan seguro? ¿Quizá porque no ha sabido de él en un tiempo? Si esa fuera la razón, muchas de las personas que creemos vivas estarían también muertas: amigos que lo han sido todo en la infancia y después, sin más razón que el día a día, dejamos de verlos; o esos familiares con los que solo coincides en bodas y entierros; o esa expareja con la que has compartido noches, días, vivencias, secretos, caricias... lo más íntimo de tu vida y, al separarte de ella, quizá no vuelvas a verla en años... o quizá ya nunca más, ¿cómo es posible? La muerte es tan relativa... —me dijo mientras me quitaba la foto de las manos y la colocaba de nuevo en su lugar—. Venga conmigo, tenemos que hablar —insistió con un tono de voz distinto, incluso creo que hasta su rostro era distinto.

* * *

Bajamos de nuevo al salón, puso más infusión en las tazas y nos sentamos frente a frente.

—Verá, todo en la vida tiene dos caras, la buena y la mala, la alegre y la triste... todo, absolutamente todo, incluso algo que puede parecer tan bonito como la fotografía tiene esa parte triste, pues cada instante que fotografío, de alguna forma dejo de vivirlo. Si ahora mismo una mariposa se posase sobre esa ventana durante unos segundos, yo podría hacer dos cosas: observarla o fotografiarla. Y si hiciera lo segundo solo tendría una imagen en un trozo de papel, pero la realidad de ese momento me la habría perdido. Por eso, muchas veces, cuando estoy a punto de hacer una gran instantánea, me quito la cámara de los ojos para disfrutar de lo que va a ocurrir. Con el tiempo he aprendido que a veces las fotografías que no se hacen son las que más se recuerdan.

Me quedé en silencio, a la espera.

—Todo, las personas también, todas las personas tenemos esas dos caras. Yo, por ejemplo, como amigo soy capaz de hacer cualquier cosa, pero como enemigo también.

Tomó un sorbo de su taza y yo comencé a temblar.

—Su padre me cayó bien, muy bien, estuvimos varios días juntos e hice por él todo lo que estuvo en mi mano. Le ayudé a salir del agujero mental en el que se había metido, le devolví las ganas de vivir, le ayudé a elegir la caravana, le estuve ayudando también a planificar el viaje, yo le reservé los vuelos, los hoteles y muchísimas más cosas que usted ni se imagina... pero su padre no volvió.

Silencio de nuevo.

—No volvió y me dejó a deber mucho dinero. Recuerdo que con la miseria que sacó del plan de pensiones apenas si tenía para una caravana decente.

Tragué saliva.

—Sí, ya lo sé, según todos los indicios, su padre murió, pero la deuda seguía ahí. Durante todo este tiempo he estado buscando una forma de recuperar todo el dinero... Supongo que se habrá dado cuenta de que aquí, en La Isla, sí que le damos importancia al dinero. Mucha.

Me mantuve en silencio, temblando.

Más silencio.

Volvió a tomar, tranquilamente, un sorbo de su taza.

—Pero bueno, tranquilo, no se preocupe por esa deuda, ahora ya está saldada.

En ese momento se levantó y me invitó a salir de allí con una mirada que podría atravesar a cualquier persona.

Abrió la puerta y me tendió la mano.

—Bueno, siento no ser más cortés, pero va a comenzar un entierro y antes de ir aún tengo que bajar al sótano para ver cómo han quedado las fotos que acabo de revelar.

No dije nada, simplemente salí a la calle.

Ya me había alejado unos metros cuando...

—Ah, por cierto —me dijo desde la puerta—, su padre me dejó una última carta para usted, una última carta de despedida.

—¿Qué? —pregunté sorprendido, nervioso...

—Sí, sé que se la tendría que haber dado hace tiempo, pero antes tenía que saldar esta deuda. No se preocupe que se la haré llegar.

—Pero...

Y cerró la puerta.

Y me dejó allí, sin saber qué hacer, con ganas de echar la puerta abajo, con rabia, con impotencia... y con tanto miedo.

* * *

En el mismo instante en que un hombre sale de una casa en la que ha encontrado noticias que no esperaba de su padre, un fotógrafo se dirige, escaleras abajo, hacia una sala oscura.

Revisa todas las fotos que están en proceso de revelado y, entre ellas, elige una que tomó hace tan solo dos días, una en la que poco a poco va apareciendo la silueta de un hombre que vuelve derrotado de una de las pocas batallas serias de su vida: un hombre totalmente empapado al que le han robado un coche blanco, caro, nuevo.

* * *

Fuera, a unos metros, sentado en un banco me esperaba él.

—¿Has encontrado lo que buscabas? —me preguntó.

—Creo que ya es hora de marcharme... —le dije temblando.

—¿Qué ha pasado?

—Nada, nada, nada... ¿Qué hora es?

—Pronto, aún queda bastante, no te preocupes que hoy no
perdemos el tren.

—Por favor...

—Seguro, pero no puedo irme de La Isla sin asistir al entierro —me dijo—, compréndelo.

—Pero me habías dicho, me habías prometido...

—Sí, que hoy te llevaba a la estación, y llegarás a tiempo,
te lo aseguro, esto no durará más de veinte minutos, pero tengo que ir, toda La Isla va.

Comenzamos a caminar junto a un buen número de personas que se dirigían hacia el río por la parte ancha, por la más
accesible, por la que yo había subido el día anterior.

Aquella era una de las comitivas más extrañas que uno puede imaginar: ancianos, hombres con trajes blancos, mujeres con flores en sus manos, y niños, muchos niños.

—¿Y ellos? —pregunté.

—Bueno, cuando hay un entierro todos los niños del colegio suelen venir, es una actividad extraescolar que les encanta.

—Pero... —Y opté por no preguntar más, asumí que cada cuestión no era más que una pérdida de tiempo en un lugar donde cada acción parecía una locura. Simplemente seguí caminando.

—Bueno, hay cosas que no se comprenden hasta que se viven —me contestó él.

Continuamos descendiendo en silencio: los niños corrían en silencio, varias mujeres hablaban entre ellas también en silencio, un grupo de hombres portaba un pequeño pedestal con una urna en la parte superior, y arriba, las cometas también volaban en silencio. Y yo no paraba de darle vueltas a todo lo que había ocurrido en aquella casa, a todo lo que me había dicho aquel hombre. Caminaba como un zombi, sin prestar prácticamente atención a nada.

Tras varios minutos llegamos abajo, justo al lado del río, junto a los nichos excavados en la roca.

Y allí nos detuvimos.

Había mucha gente, creo que prácticamente toda La Isla estaba allí.

Sonó una campana y dos hombres llevaron una urna negra hasta un pequeño altar situado en el abrigo de la roca.

Comencé a observar el alrededor y pude ver que, a unos metros, había grandes mesas con comida, pasteles, bebidas... Unos metros más a la izquierda había también dos castillos hinchables, además de los columpios.

De pronto se oyó de nuevo una campana.

Un hombre de mediana edad, con el pelo corto y una camisa blanca subió al altar. Miró alrededor y después frente a él, arriba, en la zona de las cometas. Estuvo con sus ojos observando ese lugar durante un buen rato.

Todo se mantuvo en silencio.

A unos metros, a su derecha, distinguí al fotógrafo. Estaba con su cámara colgada del cuello, dispuesto a escuchar lo que tenía que decir aquel hombre que, supuse, era familiar del fallecido. Un hombre que dio uno de los discursos más extraños que había oído en mi vida.

* * *

—¿Qué significa ser padre? —comenzó.

»Quizá penséis que quien no ha tenido un hijo nunca podrá saberlo, pero no es cierto, con el tiempo me he dado cuenta de que también se puede ser un padre huérfano.

»Yo nunca pude tener hijos. A pesar de desearlo con todas mis fuerzas, a pesar de insistir e insistir, a pesar de hacerle trampas a la naturaleza... Lo intenté todo, probé todo lo que estuvo en mis manos, pero nada funcionó, mi cuerpo nació sin la capacidad de generar vida.

»Quizá lo deseé tanto que me olvidé de que a mi lado había una compañera de la que me iba alejando, volqué todo el cariño en un niño que no tenía y se lo quité a la persona con la que compartía mi vida. Y aquello... aquello al final salió mal. Fue ahí cuando me hundí, no solo por la separación, sino porque sabía que, sin pareja estable, iba a ser demasiado complicado poder adoptar un niño.

»Me aislé en un pequeño piso desde el que asumí que tendría que escribir en singular mi vida.

»Asumí también que nadie me despertaría por las noches

para refugiarse en mis brazos por temor a una pesadilla; que no habría cuentos a quien contar; que cada seis de enero, por la mañana, sería un día más en mi vida; que no construiría un castillo en la arena, ni saltaría las olas en el mar; que mi casa no estaría llena de juguetes desparramados por el suelo; que no tendría que limpiar las paredes porque nadie habría dibujado nada en ellas... Asumí también que no me haría falta comprar una sillita para el coche, ni una cuna, ni un carrito; que la televisión de mi casa no estaría nunca invadida por dibujos animados; asumí que no tendría que abrir ninguna puerta para demostrar que no hay monstruos en el armario.

»Y en cambio...

Y en cambio...

Volvió a mirar hacia el cielo y allí, en aquel momento, fui capaz de distinguir el arcoíris en sus ojos.

—Y en cambio hay tantos padres que no deberían serlo, que dejan a sus hijos crecer como si fueran hierbas en un descampado; como esa mascota que, de pronto, molesta demasiado; como un estorbo que no saben cómo quitarse de al lado. Padres que utilizan a sus hijos como el cenicero en el que apagar sus enfados, como ese saco de boxeo que nunca se compraron; como esa moneda de cambio contra la expareja, la que hace más daño.

El hombre se detuvo.

Miró de nuevo a las cometas, quizás un poco más arriba, al cielo.

Continuó.

—Durante mucho tiempo me dolía salir de mi casa porque la calle era ese teatro donde se representaban funciones para las que nunca tenía entrada: una niña volando en un columpio mientras su madre la empujaba; un niño subido a hombros de su padre, riendo, riendo ambos; un par de hermanos pidiendo, de puntillas, ante un mostrador un pequeño helado. Me dolía pasar por delante de un colegio por las mañanas, por un parque por la tarde, justo a esa hora en la que acaban las clases; salir un domingo a la montaña y escuchar gritos dirigidos a niños que, corriendo entre los árboles, se escapaban...

Suspiró.

—Pero no he venido aquí a hablar de mí, he venido a hablar del hombre que enterramos hoy: un hombre capaz de matar a un niño. Un miserable, un cobarde, un hombre que, afortunadamente, ya no está entre nosotros.

»En aquel momento comencé a mirar alrededor, nadie se movía, todos mantenían la mirada, atentos. ¿Nadie se extrañaba de aquellas palabras?

Continuó.

* * *

—Todos conocemos a personas que pasan de puntillas por la vida, desapercibidas, personas que huyen de cualquier conflicto... que jamás se manifestarán por nada, que si ven una agresión en la calle girarán la cara o lo que es peor, la grabarán con el móvil; que si ven una injusticia preferirán no tomar parte; que si escuchan que, en la pared de al lado, alguien está sufriendo se pondrán los cascos con el volumen alto para evitar seguir escuchando el dolor de la realidad.

Se detuvo y esta vez no le sirvió de nada mirar hacia el cielo para contener las lágrimas.

Silencio.

—Dicen que la vida es peligrosa, sí, pero no por la gente que hace el mal sino por los que se sientan a ver lo que pasa, los cobardes. Y él era así, cobarde hasta la médula, cobarde.

Silencio de nuevo.

Yo no entendía nada, y en cambio los demás parecían entenderlo todo.

Se secó las lágrimas de fuera con un pequeño pañuelo,

sabiendo que las de dentro solo sería capaz de limpiarlas el tiempo.

—Pero hoy, hoy ya no está, ese hombre por fin ha muerto. Por fin ese hombre tan honrado, tan prudente, tan aséptico ha muerto. Ha muerto gracias a vosotros. Gracias por acoger su cadáver en La Isla.

»Gracias.

Y de pronto se escuchó un gran aplauso que duró varios minutos, un gran aplauso dedicado a la muerte de un hombre.

A continuación comenzó a sonar una música que venía desde la parte superior del cañón, justo donde estaban las cometas.

Unas cometas ahora distintas, ocho cometas blancas con ocho letras en negro: OTИƎIꙄ O⅃. Unas cometas que comenzaron a volar en una preciosa coreografía al ritmo de la música.

Mientras todo eso ocurría una pareja de ancianos cogieron el pequeño jarrón negro y lo depositaron en uno de los nichos de la segunda fila. Otros dos hombres colocaron la lápida.

—Vamos —me dijo.

—¿Adónde?

—En cuanto se acabe la música todo el mundo irá a felicitar al hombre que ha hablado, habrá ya demasiada cola y no querrás perder el tren de nuevo, ¿no?

—No, no...

—Por eso, vamos ahora a darle la enhorabuena y así ya nos vamos.

—¿Qué? ¿La enhorabuena?

—Sí, vamos. Ah, toma esta pequeña flor. —Y me dio una flor blanca que supuse que había cogido de alguno de los ramos que llevaban otras personas.

—¿Para qué es?

—Para dejarla en la lápida.

Nos acercamos a un hombre que continuaba mirando el cielo, le dimos la mano, nos saludó y nos dirigimos al nicho para dejar la flor. En ese momento vi la foto.

Allí estaba él, era su propia foto.

* * *

—Pero... —le dije al guitarrista.

—Sí, en estos nichos cada mariposa deja el cadáver de su gusano. La Isla solo es el lugar donde se produce la metamorfosis. Pero el esfuerzo, el sacrificio, eso ya es cosa de cada uno. Y aun así —me dijo mirándome a los ojos—, la mariposa nunca debe olvidar que fue gusano.

Asentí en silencio.

Subimos de nuevo la cuesta mientras mi mente no paraba de martillearme a pensamientos: la urna de mi padre también era negra, pequeña, como esas..., nunca vi su cadáver... y sí... no podía ser. Y esa deuda, y ese fotógrafo... ¿Qué estaba pasando...?

Llegamos a la parte baja del castillo sin hablar, sin cruzar una sola palabra. Desde ahí nos dirigimos a la plaza.

—Mientras vas a por la maleta yo iré a coger la furgoneta, te espero aquí fuera en unos cinco minutos.

Entré en la pastelería. Estaba abierta pero allí no había nadie, solo mi maleta, justo donde la había dejado, esperándome. Me di cuenta de que quizás aquella Isla era uno de los pocos lugares en los que podías dejar la puerta de tu casa abierta. Me senté en un pequeño sofá desde el que veía, a través de una ventana, la plaza. Y allí, en la penumbra, esperé a que llegara.

Las nubes se acercaban pero ya no llevaban lluvia, solo una pequeña oscuridad que parecía querer ensombrecer eternamente el día.

Esperé.

Y comencé a pensar en todo lo que me había sucedido durante las últimas horas, en cómo había llegado allí, en mi coche. Un coche que me habían robado... un coche que... podría haber servido para saldar una deuda... y fue en ese momento cuando la semilla de un temor comenzó a germinar en mi cabeza.

Esperé.

Miré de nuevo por la ventana.

Silencio.

A los pocos minutos escuché el sonido de un motor.

Cogí la maleta y salí.

Y allí estaba, frente a mí, al otro lado de la plaza, la misma furgoneta que hacía tres días me había llevado a una Isla que no estaba en el mar.

—Vamos —me gritó desde el interior de la furgoneta—, tenemos que irnos. Tanto tiempo intentando huir de aquí y ahora parece que no te quieras marchar.

Caminé hacia él.

Abrí la puerta trasera y dejé allí la maleta.

Abrí la puerta delantera y dejé allí mi cuerpo.

* * *

Arrancamos y, en silencio, comenzamos el camino inverso a aquel día en el que un mendigo me llevaba a su lado.

Atravesamos el primer arco.

El segundo.

El tercero y, a los pocos metros, llegamos a esa explanada desde la que se veía todo el conjunto.

—¿Dónde estás, papá? —me susurré a mí mismo—. ¿Qué significa todo esto? ¿Qué ocurrió aquí? ¿Qué pasó en este lugar?

Sabía que no solo dejaba atrás una pequeña ciudad; dejaba a una mujer con un pañuelo pirata que hacía los mejores pasteles que había probado en mi vida; dejaba atrás a un hombre, con traje violeta, que se dedicaba a construir columpios para niños y adultos; dejaba atrás a la profesora más dulce que nunca había conocido; dejaba también atrás a un niño con una pequeña cojera que guardaba una foto que yo no podía ver; a una niña con dos coletas, que sería, sin duda, una muy buena vendedora; dejaba también atrás a un policía al que nunca había visto sin las gafas de sol; a aquella mujer con los ojos de distinto color que había conseguido su sueño; a ese hombre que había resucitado sin morirse; a aquella pareja de ancianos a los que les encantaba cuidar los nichos del cementerio, al camarero de La Cabaña, a la mujer policía... también dejaba atrás a las estrellas que me saludaban al anochecer cuando yo me escondía entre el miedo y el silencio, y... sobre todo, allí dejaba aquellas tierras de viñedos, las mismas en las que me imaginaría cada noche y cada día.

Pero también dejaba atrás una amenaza, un capítulo oscuro de la vida de mi padre, una deuda con aquel fotógrafo, un coche robado. Ya lo había denunciado, el seguro me lo cubriría. Si ese era el precio por saldar la deuda de mi padre no iba a darle más vueltas.

Atravesamos de nuevo una gran recta, con sus filas de cipreses a los lados. Miraba a través del retrovisor de mi ventana y, poco a poco, aquella Isla se iba haciendo pequeña, iba desapareciendo, como si nunca hubiera existido, como si todo hubiera sido un sueño.

Fue un regreso en silencio.

Después de tanto hablar, de tantas conversaciones, de tantas vivencias; después de haber pasado los tres días más extraños de mi vida, después de todo eso aquel hombre y yo no éramos capaces de decirnos nada.

Llegamos a la estación de tren.

—Bueno, colega, hemos llegado, y con una hora de adelanto —dijo por fin.

—Sí —contesté en silencio.

—Pues aquí acaba todo. Cuídate, y cuida a esas dos niñas que tienes en casa, ya sabes, cada día, cada hora, cada minuto... porque los momentos no vuelven.

—Gracias.

Y fui a darle la mano, pero me la apartó.

Me dio, en cambio, un abrazo, un gran abrazo que duró quizá demasiado.

—Lo siento —me susurró.

—¿Lo siento? —pregunté.

—Los remordimientos —me contestó.

—¿Qué? —pregunté confuso.

—Nada, nada, nada... cosas mías, ya sabes que aquí todos somos un poco raros.

Bajé de la furgoneta, cogí la maleta y ya me dirigía hacia la estación, cuando, de pronto...

—Ah, espera, espera, que se me olvidaba, te he traído un regalo.

—No hacía falta...

—Bueno, me apetecía, además creo que puede servirte de ayuda.

Se puso a buscar en el asiento de atrás, cogió una pequeña caja envuelta en papel de periódico con mil cintas adhesivas y me la entregó a través de la ventanilla.

—No será una urna... —pregunté riendo.

—No, tranquilo. En realidad es una pequeña venganza, por cómo me trataste el día en que nos conocimos —me dijo con un tono serio—. Si algo he aprendido en esta Isla es que cuando alguien juzgue mi camino lo mejor que puedo hacer es prestarle mis zapatos, ahí los tienes. —Cerró la ventanilla, arrancó y se fue.

* * *

Y con esas palabras se despidió de mí.

Estuve observando cómo se alejaba.

No entendía por qué se había marchado así, por qué me había hablado así, con esa dureza.

Cogí la caja y la abrí nervioso, me temblaban las manos, unas manos incapaces de romper aquel papel, aquella caja. Finalmente, a la fuerza, lo rompí todo. Y allí apareció una taza, una taza con una inscripción: «Para un billete de tren.»

No entendía nada.

Miré el móvil: aún tenía casi una hora.

Mientras hacía cola en la máquina de billetes comencé a mirar los titulares de los periódicos que había en un kiosco contiguo: las mismas noticias de siempre, daba igual leerlos que no, en realidad no era más que una realidad que se repetía.

Había estado tres días sin saber nada del mundo, y el mundo todavía seguía ahí, igual que siempre, con las mismas noticias de siempre, con el fútbol, con el mismo partido del siglo, con las revistas de prensa rosa diciendo lo mismo de siempre y con los mismos políticos insultándose unos a otros.

Introduje la tarjeta de crédito: error.

Me quedé extrañado, no podía ser, aunque esa era la misma que ya me había fallado en el restaurante.

Lo intenté de nuevo: error.

Probé con la otra tarjeta: error.

¿Qué estaba ocurriendo?

Probé de nuevo: error.

Comencé a temblar, a mirar en mis bolsillos: apenas unas monedas, no tenía el dinero necesario para el billete.

* * *

«Para un billete de tren...»

Y reapareció una idea que me había estado rondando la cabeza desde hacía ya un tiempo. Una sospecha que mi propia mente había estado evitando hasta ahora, quizá con la intención de protegerme, quizá porque lo que no se piensa no duele.

Cogí el móvil, nervioso, con unos dedos que temblaban sobre una pantalla que iba demasiado lenta.

Busqué la aplicación de uno de mis bancos y accedí a la misma para consultar el estado de mi cuenta bancaria.

Y...

Y...

Nada, allí no quedaba prácticamente nada, apenas unos diez euros en una cuenta que hacía tres días tenía muchos más ceros.

Me quedé inmóvil.

Me faltaba el aire, se me escapaba el pulso.

Noté como se me nublaba el alrededor, los pensamientos y hasta la propia vida.

«Para un billete de tren...»

Pero... ¿cómo sabía ese músico que no iba a tener dinero para poder comprarme el billete de tren? ¿Cómo sabía que no iba a tener saldo en mis tarjetas? ¿Cómo...?

Y de pronto, miles de imágenes comenzaron a derrumbarse sobre mi cabeza. Durante unos instantes fui capaz de notar cómo los pensamientos luchaban unos con otros en el interior de mi mente: conversaciones, momentos, sensaciones... piezas que, poco a poco, iban dando forma a un puzle macabro: el robo del coche, el guitarrista esperándome en el área de servicio, la tarjeta que no funcionaba en el restaurante, la sospechosa aparición de mi maleta, la deuda de mi padre... esa que según el fotógrafo ya estaba saldada... y, sobre todo, esa extraña sensación de estar atrapado en La Isla.

—¡Hijos de puta! —grité.

Varias personas se giraron hacia mí.

—Hijo de puta —susurré en voz alta con rabia, con violencia.

Comencé a andar en círculos, apreté los puños.

No podía ser, no podía ser, no podía ser...

¡No podía ser!

Mis tarjetas, mis tarjetas, mis tarjetas... y ahí reaccioné. ¡Mis tarjetas! Las tarjetas y todo lo que podían estar haciendo ahora mismo con ellas, con mis datos, con mis cuentas.

Busqué nervioso el número para llamar a los bancos. Me puse en contacto con ellos, les comenté lo sucedido y anulé mis tarjetas, bloqueé las cuentas.

Tras colgar busqué un lugar alejado, me senté y comencé a pensar que todo era una pesadilla, que solo podría tratarse de un sueño, que en cualquier momento despertaría.

Siempre había pensado que todas esas cosas les ocurrían a otros. Cada vez que oía en las noticias que habían robado un coche, que habían utilizado la tarjeta de alguien, que habían sacado dinero de una cuenta bancaria... cada vez que escuchaba ese tipo de noticias pensaba que eso no podía pasarme a mí.

Quería llamar a mi mujer, a la policía, a... respiré y poco a poco intenté tranquilizarme; comencé a establecer prioridades: ya había hecho lo principal, ya estaban todas las cuentas bloqueadas. Tenía también que denunciarlo todo, pero lo más urgente era salir de allí, coger el tren y llegar a casa, a mi casa.

Pero ¿cómo llegaba a casa?

* * *

«En realidad es una pequeña venganza por cómo me trataste el día en que nos conocimos», recordé las palabras que me acababa de decir.

¿El día en que nos conocimos? Sí, cuando pensé que estaba allí pidiendo. Y ahora, ahora era yo el que tenía que pedir para poder llegar a casa. ¡Cabr...!

En aquel momento, sentado allí, me acordé de aquellos niños que llamaron a mi timbre y me vendieron una taza y un pastel. Una taza con un cuento, un cuento que necesitaba leer de nuevo.

Abrí mi maleta y saqué la taza.

EL ANILLO DEL EQUILIBRIO

Había una vez un rey que no era capaz de mantener el equilibrio entre la alegría y la tristeza. Cuando algo bueno le sucedía lo celebraba de forma exagerada, pero cuando algo malo le ocurría se pasaba muchos días sin ganas de hacer nada.

Harto de esta situación, prometió mil monedas de oro

a quien fuera capaz de fabricar un anillo que le ayudara a tolerar mejor las malas situaciones y a no celebrar de forma tan exagerada las buenas. Un anillo para encontrar el equilibrio en sus emociones.

Durante semanas pasaron por palacio todo tipo de personas: famosos joyeros, magos, artesanos... Todos ellos le trajeron centenares de anillos distintos, pero ninguno era capaz de proporcionar al rey el equilibrio que necesitaba.

Cuando habían pasado ya casi dos meses y todos se habían dado por vencidos, llegó al reino un viajero que solicitó un encuentro con el rey.

—Majestad —le dijo—, tengo aquí el anillo que necesitáis. A mí me ha servido desde hace años para mantener el equilibrio en todo momento. Cada vez que me encontraba muy triste o muy alegre, lo observaba durante unos minutos. Tomad.

El rey, nada más cogerlo, se dio cuenta de que era un simple anillo de bronce, sin ningún valor económico aparente y sin ninguna característica especial, hasta que, de pronto, se quedó mirando las tres palabras que había escritas en su superficie. Las leyó, sonrió y se lo puso.

—Gracias, viajero, este es justo el anillo que necesito.

Y dirigiéndose a todos los cortesanos exclamó:

—Este hombre ha traído el anillo que tanto tiempo he estado buscando. Un simple anillo de bronce, un anillo que tiene tres palabras escritas, las mismas tres palabras que quiero que a partir de ahora se incluyan en mi escudo real: «Esto también pasará.»

«Esto también pasará... —pensé—, esto también pasará...»

Miré el reloj, nervioso, aún quedaba tiempo, aún quedaba tiempo... Tenía que coger ese tren como fuera, pues ya no había otro hasta el día siguiente.

Me miré el bolsillo y saqué todo lo que tenía: unas monedas, en total casi cinco euros. Pero aún me faltaba bastante.

Sabía que la única solución era pedir dinero.

«Para un billete de tren...»

Quizás era una de las cosas que más vergüenza me daba, pero tenía que hacerlo si quería llegar a casa.

Respiré hondo y me acerqué a un hombre que estaba leyendo el periódico en un banco. Cuando apenas me faltaban cinco metros para llegar a su lado, me fui.

No podía, no podía, me superaba la vergüenza.

Fue en ese momento cuando comprendí mejor a todas las personas que, por diferentes razones, se ven abocadas a pedir dinero en la calle. Comprendí que llega un momento en que la necesidad supera a la vergüenza y uno hace todo lo necesario para seguir adelante.

Miré de nuevo el reloj: cada vez quedaba menos tiempo.

Me acerqué a una mujer que estaba mirando unas revistas en el kiosco, le intenté explicar —nervioso, tartamudeando— que me habían robado la cartera y que necesitaba llegar a casa, que solo me faltaban unos euros para el billete. Estaba haciendo lo que tantas veces me habían hecho a mí... el problema es que yo nunca daba dinero, a nadie. Pero ella me miró, me sonrió y me dio unas monedas.

—Gracias, muchas gracias. Si me dice alguna forma de ponerme en contacto con usted, en cuanto pueda se lo devuelvo —le dije.

—No, no hace falta —me contestó.

Continué.

Pregunté a una mujer mayor que estaba sentada en un banco y me dijo que no mientras se aferraba a su bolso. Me acerqué a un hombre que miraba algo en su móvil de pie, en el andén, le conté lo ocurrido y, finalmente, con un rostro de resignación metió la mano en el bolsillo y me dio dos monedas. Me acerqué entonces a una familia: padre, madre e hija, que esperaba también en el andén; otra moneda.

Pedí a una chica joven que se alejó de mí sin dejar que le explicase nada; a una pareja joven que también negaron con la cabeza; a un hombre de negocios que me dijo que no con una mirada de desprecio; a un chico con una mochila que me dio un euro; a un par de hombres mayores que, tras mirarse el uno al otro, sacaron una moneda cada uno; a una mujer cargada con varias bolsas que al verme se giró como si no me hubiera visto; a un hombre con un maletín que...

Y así, venciendo una vergüenza que me dolía cada vez que me acercaba a alguien, finalmente conseguí el dinero necesario.

Compré el billete y corrí hacia el tren.

Aquel día me di cuenta de que la gente es buena.

* * *

Subí al tren, busqué mi asiento, dejé la maleta y comencé a mirar el exterior, pero, como siempre, desde dentro. Comencé también a llorar a escondidas, de impotencia, quizá para liberar toda la tensión acumulada, quizá porque no sabía qué iba a ocurrir con mi vida a partir de ese momento, con nuestra vida...

Tenía la esperanza de que al denunciar el robo, el banco me devolviera el dinero. Estaba deseando llegar a casa, cambiarme de ropa e ir a la policía, a los bancos...

Cogí el móvil y llamé a mi mujer: fuera de cobertura.

Suspiré.

Arrancó el tren y comenzó a moverse el exterior.

No podía estar quieto, me temblaban las piernas, el pulso, la vida, la ropa, los pensamientos... Me levanté mil veces de mi asiento, paseé como un loco por un vagón casi vacío. Maldije un millón de veces a cada uno de los habitantes de aquella maldita Isla. ¿Cómo me había dejado engañar así? ¿Cómo? ¡¿Cómo?!

Poco a poco, en cada parada, mi vagón se iba llenando de

gente. Hasta que, alguien, una mujer, ocupó el asiento de al lado.

Respiré, respiré, intenté calmarme, no iba a solucionar nada allí dentro. Y así, tras una hora de viaje, mis pensamientos me dieron una tregua.

Mi cabeza se dirigió hacia aquellos viñedos, a la bodega en la que entramos a escondidas, a la torre... «Papá, ¿qué ocurrió en aquella Isla?»

Y así pasé demasiado tiempo, autodañándome con mis propias ideas, como aguijones entre los pensamientos, como heridas abiertas que supuran sin descanso.

Paré.

Cerré los ojos.

¿Y mi dinero?, ¿y mi dinero? Y mi hija, y su futuro, y nuestro futuro, y la hipoteca de la casa, y el préstamo del coche...

Y mi trabajo...

* * *

Mientras un hombre intenta aguantar las lágrimas en el interior de un tren, en ese mismo vagón —a unos cinco asientos de distancia— una mujer regresa tras estar toda la mañana en una joyería, un trabajo que, piensa, muchas chicas envidiarían: siempre bien vestida, pintada, pocos clientes, rodeada de lujo y además con flexibilidad horaria. Y, aun así, hoy ha vuelto a llorar porque se siente inútil, como cualquiera de los objetos que la rodean, que brillan pero no se mueven, no evolucionan, no crecen, no se relacionan... Preparó su vida para ser intérprete de signos, para poder comunicarse con personas que, lamentablemente, no siempre lo tienen fácil; para ayudar a los demás, para sentirse útil... preparó su vida para eso pero se le olvidó cómo hacerlo rentable. El dinero, siempre el dinero. Piensa en sus hijos y ese es el placebo en el que se apoya para justificarse a sí misma convenciéndose de que hizo lo correcto.

Justo a su lado, un hombre mayor ha acabado su jornada. Es conserje, en realidad lo ha sido toda su vida, desde el primer día en que empezó a trabajar. Millones de horas sentado, piensa, recogiendo paquetes, cartas y preguntas. Pero su ilusión siempre la ha mantenido en un segundo plano, en el último cajón del armario, alejada de todos, incluso de sí mismo. De vez en cuando, en algún cumpleaños, en alguna celebración familiar... en esos momentos abría ese cajón y sacaba el disfraz de payaso: azul y rojo y verde y amarillo y mil colores más, con una pajarita casi tan grande como su cabeza, con un sombrero casi tan alto como su pajarita, con una nariz roja, unos guantes blancos y unos zapatos exagerados. Y mientras se vestía de lo que le gustaría haber sido, el resto del mundo pensaba que simplemente era un *hobby*, una afición, un divertimento... cuando, en realidad, payaso es lo que a él le gustaría haber sido. Piensa que, dentro de pocos años, cuando se jubile, se apuntará a alguna de esas organizaciones que va por los hospitales haciendo reír a los niños, cuando ya no trabaje, cuando ya nadie le pueda decir, ¿se ha vuelto loco el abuelo?

En el vagón contiguo, una mujer va en dirección a un supermercado, allí estará más de ocho horas sobre una silla, cobrando productos, deseando desde el primer minuto que se acabe la jornada. Tendrá un descanso de apenas media hora en el que aprovechará, como siempre, para tomar algo y continuar leyendo un libro. Esa es su afición, su vida: la lectura. Le gustaría, algún día, abrir una pequeña librería en la que incluir todos aquellos libros que le han marcado la vida, y han sido tantos...

Justo enfrente de ella, un chico joven se dirige ahora a una librería en la que comenzó a trabajar para ganarse un pequeño sueldo, de eso hace ya cinco años. No está a disgusto, pero cada día le cuesta un poco más empezar la jornada. Sus mejores momentos son cuando no hay nadie en el establecimiento y puede dedicarse a leer todos los libros sobre viajes, libros en los que se muestran fotos de lugares increíbles. Su mayor ilusión: montarse una agencia de actividades de aventura. Ya ha pensado hasta el nombre. Todo lo haría por Internet, sin intermediarios, viajes a medida, a destinos distintos, a paraísos naturales... Solo le falta ahorrar dinero, buscar tiempo y lo que de momento aún no tiene: el valor para hacerlo.

* * *

Cada vez estaba más cerca de casa.

Llamé de nuevo a mi mujer pero continuaba sin cobertura, seguramente estaba en alguna reunión... y ahí, de nuevo, comenzaron las dudas.

Y si...

Y si ella...

Y si ella también me había estado engañando: tantos viajes en tan pocas semanas, tantos compromisos, ese tono extraño al hablar por el móvil...

Nunca había dudado de ella, jamás había comprobado si lo que me decía era verdad, jamás había invadido la intimidad de sus mensajes, de sus conversaciones...

Y si...

Intenté no pensar en eso, demasiados impactos en un solo día, demasiados golpes para alguien que no estaba acostumbrado a subir al ring.

Miré el reloj, ya solo quedaba media hora para llegar.

* * *

En ese mismo tren, a varios vagones de distancia, una chica joven regresa tras haber estado más de nueve horas trabajando de limpiadora en un hospital. Consiguió el trabajo hace dos años, tras pasar mucho tiempo en el paro. Es una oportunidad, le dijeron. Pero a ella le gustaría ser enfermera, poder cuidar de la gente. Sabe que debería haber estudiado cuando era más joven, sabe también que no puede excusarse en que no tuvo oportunidades —las tuvo pero decidió abandonar los estudios en cuanto pudo hacerlo e ir sobreviviendo de trabajo en trabajo—. Ahora sabe que aún no es tarde, que podría comenzar a prepararse y en unos años ya sería enfermera, pero no lo hará. Preferirá quejarse una y mil veces antes que lanzarse a hacerlo, pues las quejas son gratis y en cambio, para materializar un sueño hay que invertir demasiado esfuerzo.

A dos asientos de distancia, un chico de unos treinta años vuelve de un colegio en el que es maestro desde hace cuatro años, recuerda sonriendo la última ocurrencia de uno de sus alumnos. Se quita los zapatos y se relaja, asume que no cobra demasiado pero sabe que es rico porque se dedica a lo que más le gusta en la vida: enseñar.

En el último vagón de ese mismo tren, una mujer regresa a casa después de haber estado ejerciendo de diosa, introduciendo y quitando vidas del padrón de habitantes de un ayuntamiento. Vuelve cansada de mirar cada día a través de la misma ventana: una pantalla de ordenador que de momento no tiene persianas. Vuelve también ilusionada porque sabe que cuando llegue a casa se asomará a esa otra ventana que tanto le gusta: un lienzo en blanco en el que dibujará ese futuro que muy pronto pretende alcanzar.

Y así se mueven tantas vidas en ese mismo tren: la de un informático al que le gustaría ser escritor; la de una dependienta en una tienda de móviles a la que le gustaría dedicarse a restaurar obras de arte; la de una mujer que ha cumplido su sueño de tener un pequeño hotel rural; la de un profesor de inglés al que le hubiera encantado ser periodista; la una diplomada en turismo que trabaja como secretaria; la de una ingeniera a la que le gustaría tener una pequeña floristería; la de un chico que trabaja a horas libres en una floristería pero al que le gustaría ser bombero; la de un joven que disfruta dibujando cómics; la de un hombre que lleva un año en el paro y se conformaría con cualquier trabajo; la de una mujer que trabaja en la recepción de un centro deportivo y a la que le gustaría ser fotógrafa y viajar alrededor del mundo retratando realidades; la de una comercial de seguros a la que le gustaría convertirse en diseñadora de ropa...

* * *

Y por fin, mi estación.

Me levanté, cogí la maleta y salí corriendo al andén.

Llamé a un taxi.

—¿Adónde? —me dijo.

—A casa...

—¿Qué?

—Perdone, a la calle... —Y le di mi dirección.

Estaba de nuevo en mi ciudad, conocía las calles, sabía por dónde me estaba moviendo, hacia dónde me dirigía..., allí no había niños que vendían tazas, ni torres extrañas, ni frases en las puertas de cada casa.

Tras más de veinte minutos entre atascos, ruidos y rutinas, finalmente el taxi me dejó justo enfrente de mi edificio, en mi hogar. Un hogar que sabía vacío: mi mujer vendría al día siguiente y mi hija estaba en el colegio, hoy la recogería la abuela.

—Bueno, pues ya hemos llegado —me dijo.

—¿Cuánto es...? —Y en ese momento advertí que...—. Perdone, tengo que subir a casa a coger dinero, es que no llevo nada encima.

Le cambió la expresión, me miró de arriba abajo, miró también la maleta.

—Vale, pero la maleta se queda aquí y el tacómetro sigue contando.

—De acuerdo, gracias, ahora mismo bajo.

Abrí la puerta y salí corriendo hacia el portal de un edificio que no tenía ningún cartel en la fachada, solo millones de anuncios de cerrajeros ensuciando la pared.

Abrí el portal y me encontré con la realidad de nuevo, con la misma maceta en el descansillo, con los buzones repletos de folletos de hipermercados, con el ascensor de siempre, con una nota en la que se convocaba a una de esas pequeñas batallas con los vecinos, esas en las que nunca nadie está de acuerdo en nada.

Entré en el ascensor y tuve la tentación de meter la llave para bajar al garaje, quizá mi coche había vuelto y todo había sido un sueño.

Pero no, pulsé el botón de mi piso.

Salí al rellano.

Miré mi puerta desde fuera.

Metí la llave y abrí.

Ya estaba en casa, una casa incompleta.

* * *

Allí, allí... allí faltaban demasiadas cosas. No estaba la televisión, esa tan grande y tan cara que nos compramos; ni el equipo de música; ni la mesita del centro, la de cristal, ese capricho que nos costó tanto dinero... solo quedaban las cosas grandes, todo aquello que no se puede robar fácilmente: el sofá, el armario, la mesa donde comíamos cuando venía la familia algún domingo...

Me quedé inmóvil, bajo la puerta.

—¡Hijos de puta! —grité.

Entré en casa, cerré la puerta de golpe y comencé a gritar de nuevo.

—¡Hijos de puta! ¡Hijos de puta! ¡Hijos de puta!

Me quedé arrodillado, pegando puñetazos al suelo.

Me habían robado también en el piso... pero ¿cómo?

Y entonces vinieron de nuevo a mi cabeza algunos de los momentos vividos en La Isla: el robo del coche, con la maleta dentro, con las llaves dentro... la misma maleta que me devolvieron esa misma tarde, con las llaves dentro... ¡Las llaves!

Pero ¿cómo sabían que no había nadie en casa? ¿Y los vecinos? ¿Nadie había visto nada? ¿Nadie había oído nada? Para sacar todo aquello de mi casa debieron de haber hecho ruido. ¿Cómo era posible?

Y pensé en mi padre de nuevo, pero ¿de cuánto era la deuda?

—¡Papá! —grité—. ¡¿Cuánto dinero les debías?! ¡Cuánto!

Avancé por la casa hasta la cocina, allí parecía que no faltaba nada. Continué por nuestra habitación: en principio estaba todo, pero los cajones de las mesitas estaban abiertos, esos en los que mi mujer guardaba algunas de sus joyas: ya no estaban. Ni sus joyas ni ninguno de mis relojes; se habían llevado todo lo de valor.

Salí de allí en dirección a la habitación de mi niña, sabía que ella no estaba en casa, que estaba con los abuelos, pero eso no evitó que no parase de temblar.

Entré y todo parecía estar en orden, allí no faltaba nada pero... pero había un objeto nuevo en el suelo.

* * *

Una botella de cristal con un papel en su interior.

Me acerqué a cogerla.

Me temblaban las manos.

Me temblaba el cuerpo.

Me temblaba la vista.

Me temblaban hasta los recuerdos.

Cogí la botella e intenté sacar —nervioso— el papel que había dentro. Imposible.

Fui al cuarto de baño y de un solo golpe la rompí contra el lavabo. Cerré los ojos al ver cómo varios trozos de cristal saltaban por el aire.

Con cuidado saqué el papel: un mapa.

Un mapa del tesoro, un mapa con una cruz en un lugar que yo conocía muy bien.

—¡Papá! —grité—. ¡Papá!

Ya estaba a punto de salir de casa cuando me acordé del dinero, del taxi.

Me fui a mi habitación con el mapa en la mano. Abrí el armario con la esperanza de que no hubieran encontrado un dinero que siempre guardaba «de reserva» en un bolsillo de una chaqueta que hacía años que no me ponía.

No, no lo habían encontrado, allí estaba. Cogí algunos billetes, salí de casa y bajé a toda prisa hacia un taxi que aún me estaba esperando.

—Tome —le dije—, pero necesito que me lleve a otro sitio.

Miró el dinero.

—¿Adónde?

—A la playa de...

Arrancamos de nuevo.

¿Y si estaba vivo? ¿Y si durante todo este tiempo había estado escondido por no poder pagar una deuda, por miedo? ¿Pero por qué no se había puesto en contacto conmigo?

No podía ser.

Pero ¿y si...?

Tras unos quince minutos llegamos.

—Pues ya estamos —me dijo el taxista—. ¿Dónde le dejo? ¿En qué parte de la playa?

—Ahí... —le dije tartamudeando—, ahí... justo en esa esquina, al lado de... de... al lado de ese coche.

* * *

El taxi aparcó junto a un vehículo vacío: el suyo. Un todoterreno antiguo, granate, el coche de mi padre.

Se había dejado la puerta abierta, quizá por olvido, quizá porque nunca tuvo intención de volver.

Miré dentro del coche pero allí no había nada.

Comencé a buscarlo con la mirada a través de un alrededor desierto, de un alrededor de invierno, por la mañana.

Miré de nuevo el mapa que llevaba en la mano: la cruz, el tesoro, ese punto donde dejé sus cenizas: en la playa.

Caminé hacia allí, en silencio.

Y de pronto, a lo lejos, pude distinguir una cometa roja.

* * *

En el mismo instante en que un hombre acaba de ver una cometa roja, a unos doscientos metros de distancia, en la misma playa, junto a unas pequeñas rocas, una mujer y una niña ríen y juegan sobre la arena.

Ella, la mujer, permanece sentada sobre una toalla, con una carta en la mano, observando cómo el viento mueve una cometa, la que lleva su hija mientras corre por la orilla.

Ella, la niña, continúa moviéndose de aquí para allá, intentando no mojarse con el agua, soltando poco a poco hilo, haciendo mil piruetas con sus manos para que la cometa no caiga.

—¡Mamá! —le grita desde lejos—. ¿Hoy ya puedo decírselo?

—Hoy sí —grita también su madre poniendo las manos alrededor de la boca.

—Por fin, ¡qué bien! —le contesta mientras continúa corriendo.

* * *

Una cometa roja.

Me acerqué asustado.

Me acerqué para descubrir que la sostenía una niña: mi hija, mi tesoro.

Comencé a correr sobre la arena.

Corrí, corrí hacia ella.

Y ella, mi tesoro, en cuanto me vio comenzó a gritar.

—¡Papá, papá, papá! ¡Mira, mamá, el papá está ahí! —le gritaba a su madre.

Y en ese momento se le olvidó que tenía una cometa en la mano y la soltó.

Y vino corriendo hacia mí.

Y yo hacia ella.

Y la cogí.

Y la subí al aire.

Y la apreté contra mi cuerpo.

Y en ese momento supe que estábamos tocando el cielo.

Me acerqué con ella en brazos hasta donde estaba mi mujer. Se levantó y entre lágrimas nos dio también un abrazo.

Y allí, en medio de aquella playa donde, además de nosotros tres, estaban también las cenizas de mis padres... allí, mi
hija me hizo una pregunta que lo cambió todo.

—Papá, ¿te gusta nuestra nueva casa?

* * *

La carta

Hola, hijo.

Qué difícil escribir una carta sabiendo que si llegas a recibirla significará que estoy muerto.

Pero bueno, nada dura para siempre y a todos nos llega ese momento en el que el alma se va despidiendo de su compañero: el cuerpo.

Esta mañana, cuando me he levantado, lo he notado. Ha sido una sensación extraña, como un dolor sin daño, como si un gran suspiro se hubiera escapado desde dentro. Me he sentido vacío, hueco, desnudo... como si debajo de la piel ya solo me quedaran los huesos.

Hasta ahora había creído que sería capaz de ir más rápido que la enfermedad, que podría llegar a tiempo para volver a verte, pero hoy...

Por eso, porque me temo que la muerte me va a pillar en pleno regreso, he decidido escribirte mi última carta, una carta de despedida.

Te la escribo desde mi casa ambulante, una caravana que puedo trasladar al lugar que quiera. Hoy, a pesar de que lleva toda la noche amenazando tormenta, a pesar de este cielo negro como el miedo y de unas nubes que no dejan de escupir viento, he decidido llevarla a alguna playa cercana.

Finalmente he encontrado una a unos pocos kilómetros. No es como la nuestra, como la que estás tú, esa en la que nos despedimos, esa en la que ahora mismo tienes a tus tesoros... Ves, hijo, los tesoros sí existen, el problema es que casi siempre los buscamos fuera, sin darnos cuenta de que los tenemos al lado.

En esta playa no hay sol, ni arena, ni espacio para pasear descalzos... aquí solo hay rocas que luchan contra el mar, olas que rompen con furia y un cielo que está a punto de llorar.

Me recuerda a un cuento que me contaron una vez... el de un pájaro que se sentía tranquilo en medio de una tormenta. ¿Sabes?, así me siento yo ahora mismo. Yo soy ese pájaro, la caravana, mi nido, y el alrededor, la tormenta, y aun así estoy tranquilo, escribiendo una carta a la persona más importante de mi vida. Quizás esto también sea la felicidad.

Pero bueno, empecemos por el principio, por mi viaje a Hollywood, por mi sueño. Un sueño que nunca me atreví a confesar a nadie, ni a mis amigos, ni a mis compañeros de trabajo, ni a la familia, ni siquiera a ti... Solo una persona lo sabía: tu madre.

A ella se lo dije cuando éramos novios, en esa época de la vida en la que los sueños aún están a pocos centímetros de nuestras manos y, sobre todo, de nuestras mentes. Después, el tiempo y la rutina se van encargando de alejarlos, es lo que tienen los sueños, que cuanto menos piensas en ellos más se separan de nuestro lado.

En realidad mi gran sueño no era ir a Hollywood, ese solo era el camino para conseguirlo, mi gran sueño siempre había sido otro: dirigir una película. Siempre imaginé que al jubilarme me iría con tu madre a Hollywood para aprender todo lo necesario. Y después... después regresaría, buscaría ayuda y rodaría una película.

También pensé, incluso, en alquilar una sala de cine y así poder enseñártela y que, de alguna forma, te sintieras orgulloso de mí.

Pero, de pronto, en apenas unos días, sin ni siquiera darme tiempo a asumirlo, tu madre murió.

Fue allí, en el hospital, durante una de sus últimas noches —durante una de nuestras últimas noches—, cuando me hizo jurar que cumpliría mi sueño, por ella, por ti, por mí. Y allí, cuando nuestras horas juntos se acababan, cuando los dos asumíamos que era el final... allí, en una noche de hospital, se lo juré.

Me detuve unos instantes para observar el horizonte con los ojos cerrados.

Respiré.

Miré a mi alrededor y observé cómo mis tesoros paseaban de la mano, a unos cuantos metros, bordeando la orilla, sobre la arena mojada.

Aquel día, después de despedirme de ti en la playa cogí el coche y comencé a dar vueltas por la ciudad, sin rumbo, sin saber qué hacer, sin ilusión, sin ella... hasta que, de pronto, en un semáforo, me detuve.

Se puso verde mil veces y yo mil veces me quedé allí, parado. Al principio escuché el sonido del tráfico, de los pitos, de los insultos, de la rabia... pero poco a poco dejé de escucharlo, en mi cabeza solo había sitio para ella, mi ella, una ella que ya no estaba allí, en el asiento de al lado.

Después de no sé cuánto rato, alguien entró en mi coche, se puso al volante y me sacó de allí.

Durante varias semanas estuve en un lugar que, si todo ha ido bien, ya conocerás: La Isla.

* * *

Y no sé, hijo, pero creo que a veces es la propia vida la que te lleva al sitio adecuado, creo que esa Isla es lo que, sin saberlo, siempre había estado buscando. De pronto encontré un lugar en el que la vida era tan... tan de otra manera.

Allí fue donde lo organizamos todo. Yo me iría a Hollywood, aprendería lo necesario y les iría enviando el guion, mis propuestas, mis ideas... El gran problema era, cómo no, el dinero. Para hacer una película en condiciones se necesita dinero, mucho dinero.

Por eso vendí mi casa, saqué todo lo del plan de pensiones, también liquidé mis cuentas. Me compré una caravana, me guardé algo para el viaje y el resto se lo di al fotógrafo para que comenzara a comprar todo lo necesario para la película: cámaras, vestuario, presupuesto para actores, técnicos de sonido, de imagen...

Solo faltaba una cosa, lo más importante: el guion.

Durante el tiempo que permanecí en La Isla, me di cuenta de que me había pasado la mayor parte de mi vida en movimiento pero sin llegar a ningún sitio. Cada día, mientras conducía aquel maldito camión que ha estado más tiempo conmigo que tu madre —que tú—, me preguntaba si eso era todo lo que podía ofrecerme el mundo.

Me hacía preguntas a las que nunca encontraba —mentira, a las que nunca buscaba— respuesta. ¿Durante los treinta próximos años me voy a dedicar a esto? ¿Va a ser siempre así, hasta que me jubile? ¿Entre los millones de cosas que se pueden hacer, por qué he elegido una que me obliga a estar tan lejos de mi familia?

No te imaginas todo lo que os eché de menos en aquella cárcel con ruedas, no había día que no pensara en todo lo que estaríais haciendo en mi ausencia.

A ella, a tu madre, me la imaginaba por las noches, cenando en soledad, frente a un televisor que sustituía mi compañía. Me la imaginaba recogiendo la mesa, fregando los platos y dirigiéndose en silencio a una cama de dos que solo se deshacía por un lado. Me la imaginaba despertando también sola, mirando de vez en cuando a esa zona en la que había un compañero intermitente.

Muchas veces también me la imaginaba acompañada de alguien que no era yo, quizá conociendo a otra persona que pudiera llenar mis ausencias, que pudiera colorearle las risas que yo ni siquiera le sabía dibujar, alguien que le diera, además de amor, compañía.

Y luego viniste tú, mi tú, mi niño, mi tesoro. Y fue entonces cuando el dolor se duplicó, si es que el dolor se puede medir en cantidades, porque ahora ya eran dos ausencias las que yo no llenaba.

Ni siquiera pude verte nacer, fallaron los cálculos y, sobre todo, las distancias. Tú tenías que nacer una semana más tarde y yo hubiese debido estar unos mil kilómetros más cerca.

Intenté pasar más tiempo contigo en tu infancia, pero ni siquiera entonces fui capaz de conseguirlo. Te veía de fin de semana en fin de semana, y eso significaba verte crecer a saltos. Unos saltos que al principio, cuando eras un bebé, apenas tenían altura, pero que poco a poco, conforme fuiste haciéndote mayor, crecieron hasta ese punto en el que uno sabe que ya no puede reparar el pasado. Hasta ese punto en el que hay demasiadas cicatrices entre los recuerdos.

Y el problema es que, conforme pasaba el tiempo, en lugar de coleccionar momentos estaba coleccionando ausencias: cuando no te escuché decir tu primera palabra que, sin duda, no fue papá; cuando no te vi dar el primer paso, ni el segundo, ni el tercero... No estuve allí la primera vez que tu mano, la cuchara y tu boca se pusieron de acuerdo para completar todo el proceso; ni cuando te asomó el primer diente; no estuve allí tampoco cuando nos dibujaste a los tres en un papel. Y no estuve en casa el día que le preguntaste a tu madre por qué nunca le decía: «Te quiero.»

Cuando me lo contó se me cayó el alma al suelo. Estuve pensando durante mucho tiempo en aquello, en aquella pregunta... y era cierto, casi nunca se lo decía, alguna vez por las noches, en la intimidad... y a ti... a ti solo en mis pensamientos.

Siempre he utilizado la excusa de que no me enseñaron a decirlo, de que era otra época, de que me costaba hablar de mis sentimientos... pero sí, son solo excusas.

Por eso, por si acaso esta carta es el último vínculo que tenemos antes de que la muerte me lleve, quiero que sepas que aunque nunca te dije te quiero con palabras sí que lo hice de otras formas.

Te dije te quiero cada una de las noches que estaba en casa y, de madrugada, cuando tu madre ya dormía me acercaba a tu habitación, me sentaba al lado de tu cama y te veía dormir. Me quedaba allí varios minutos, a veces horas... Era mi ridícula forma de compensarte todo el tiempo que la carretera me había quitado.

Recuerdo que durante aquellos primeros años soñabas mucho, y la mayoría de las veces reías durmiendo. Yo te miraba y me hacía la ilusión de que estabas soñando conmigo, de que al menos vivías en sueños todo lo que no podías hacer despierto a mi lado.

Te dije te quiero cada vez que te tuve en mi regazo; cada vez que te subía en brazos por las escaleras; cada vez que te acompañaba a buscar los regalos de reyes y tu madre te despistaba para que yo, a escondidas, pudiera pagarlos y esconderlos en el maletero del coche. Te dije te quiero cuando te abrazaba, cuando te llevaba sobre mis hombros, cuando te apretaba fuerte en aquellas atracciones de la feria para mayores, ¿recuerdas? Te dije te quiero cuando aprendías a nadar junto a mí en la piscina; cuando te cogía de las manos y te ayudaba a saltar las olas; cuando te hundías en el agua y salías con los ojos completamente abiertos buscando mis manos que en ese momento eran tu salvavidas...

Y conforme fuiste creciendo te lo seguí diciendo sin decírtelo: cuando me presentaste aquella chica; cuando me traías las notas y me sentía tan orgulloso de ti; cuando te sacaste el carnet de conducir y nos llevaste a mamá y a mí de viaje por aquellas montañas; cuando aquel día... aquel maravilloso día cogiste a tu hija recién nacida y me la pusiste en mis brazos... Allí, en aquel momento, te miré y me di cuenta de cuántos besos se me habían caído fuera de ti. Aquel día te hubiera abrazado tanto, te hubiera dicho tantos, tantos te quiero... pero no supe... lo siento, hijo, lo siento.

Pero aquel día, el del nacimiento de esa preciosa niña, fue solo un oasis en una relación —la nuestra— que se había ido convirtiendo en desierto. Poco a poco, con el transcurso de los años y de mis ausencias fueron desapareciendo los abrazos, las confidencias, incluso alguna vez hasta el respeto.

Pero, hijo, quiero que sepas que a pesar de que esa distancia se ha ido haciendo cada vez más grande, siempre te he seguido queriendo, nunca he dejado de hacerlo. No ha habido un solo día en el que no hubiera dado mi vida por ti, jamás. Jamás, ¿me oyes, hijo?, jamás.

Te quiero, hijo.

Te quiero, te quiero, te quiero.

Paré de leer.

Me mordí los labios, el alma y las lágrimas.

Me olvidé de hacer tantas cosas contigo, me olvidé de compartir tantos momentos, tantas palabras, tantos sentimientos... y ahora, aquí, cuando ya se me acaba el tiempo es cuando me doy cuenta de que el olvido puede llegar a ser el peor de los recuerdos.

Lo siento.

Quizá te estés preguntando por qué te estoy contando todo esto, o quizá ya lo estés sospechando...

Sí, te estoy contando todo esto porque me he dado

cuenta de que tú, hijo mío, estás haciendo exactamente lo mismo con tu hija... lo mismo que yo te hice a ti.

Dejé de leer, apreté con fuerza la carta entre mis manos, negando con el pensamiento lo que sabía que era cierto.
No, le dije.
No, me dije.
Pero sí.

Quizás ahora mismo estés negándolo, quizá pienses en mí con rabia y digas que jamás harás con tu hija lo que yo hice contigo, pero sí, quieras reconocerlo o no, lo estás haciendo.

Tú también las ves a saltos, también estás en continuo movimiento sin llegar nunca a ningún lado.

Y también pensarás, al igual que yo hice, que no pasa nada, que hay muchos días, que recuperarás el tiempo perdido, pero no será así.

Llegará un día en el que te darás cuenta de que tu hija, a pesar de estar en casa, se ha ido. Y te aseguro que cuando llegue ese momento el dolor será insoportable, porque comprenderás que no se puede volver al pasado.

Por eso, para intentar ayudarte, mi idea era hacer una película en la que el protagonista —alguien como tú y como yo, o como cualquier otro— abriera los ojos. Pensé que sería un buen guion y que podría ayudar a mucha gente y, sobre todo, que podría ayudarte a ti.

Pero cuando ya tenía todo el guion preparado y se lo envié al fotógrafo explicándole el porqué del mismo, me sorprendió con su respuesta:

—Eso no servirá de nada —me dijo—. Absolutamente de nada, no pierdas el tiempo. Ojalá una película pudiera cambiar a la gente, pero no es así. Es posible que esa misma noche, tras verla haya personas que decidan que van a cambiar, pero al día siguiente, cuando se levanten, todo seguirá igual: cuando se despierten en su cama, en su casa, en su sofá, frente a su tele... con toda su vida colocada, se olvidarán de todo lo que pensaron la noche anterior. Es lo que tiene la rutina, que no deja espacio para los sueños.

»Al final la gente solo cambia si le ocurre algo grave: un fuerte accidente, una muerte cercana, una enfermedad de esas que casi te mata... y aun así... aun así la mayoría de veces tampoco ocurre. En realidad solo cambia cuando algo o alguien les obliga a hacerlo.

»¿Le quieres? ¿Quieres a tu hijo? —me preguntó.

—Mucho —le contesté.

—Entonces dale un papel en la película, el principal, haz que sea el protagonista. Hazle ese regalo.

* * *

Y eso es lo que vamos a hacer. Hemos decidido —aunque yo ya no esté— rodar una película sin cámaras, en directo. El escenario será La Isla, los actores sus propios habitantes —como habrás podido comprobar no hay que caracterizarlos demasiado—, la banda sonora la pondrá ese músico y, por supuesto, el protagonista serás tú.

El fotógrafo me ha comentado que dejarlo todo preparado nos costará más o menos un año. Hay que construir tu nueva casa y lo que más tiempo —y dinero— llevará: volver a acondicionar una vieja bodega abandonada.

Por eso, teniendo en cuenta ese plazo de tiempo, hace unos días que salí de Hollywood en dirección a casa. Mi intención era aprovechar el regreso para pasar por todos aquellos lugares en los que he ido dejando amigos. Pensaba que en unos meses estaría listo y llegaría con tiempo de sobra a La Isla. Lo que no esperaba es que ese tiempo se me iba a acabar tan pronto.

Pero bueno, no hablemos de eso...

La idea es que comiences una nueva vida sin deudas,

con todo pagado, por eso les dije que utilizaran todo el dinero que les había dado, incluso esta caravana se venderá cuando yo ya no esté. Y aun así, hemos hecho cuentas y sé que faltará dinero. El otro día, el fotógrafo me preguntó cómo íbamos a saldar esa deuda, cómo íbamos a pagar a los albañiles, a los proveedores del material de la bodega... Estuvimos pensando y, finalmente, el fotógrafo decidió que ellos iban a adelantar todo el dinero, pero que ya se lo cobrarían, ya te lo sacarían a ti.

No sé si has mirado el saldo de los bancos, pero si todo ha salido bien supongo que ahora mismo no tendrás prácticamente nada: ni dinero en tus cuentas, ni tu coche, ni todas esas cosas del trastero que nunca utilizaste... Tampoco tendrás hipoteca porque tu piso seguramente ya se habrá vendido o estará en trámites de venderse. Pero a cambio lo tendrás todo.

En ese momento dejé de leer.
Respiré nervioso, me faltaba el aire.
Mi piso, nuestro piso...

Pero a cambio tendrás una casa nueva que habrás podido comprar al contado, sin ninguna deuda; tendrás también un viejo todoterreno granate que va perfectamente y, por supuesto, tendrás una bodega ya pagada para empezar a construir tu sueño.

Hace ya un tiempo que hablé con tu mujer para explicarle todo lo que queríamos hacer y le dije que sin su apoyo nada de esto sería posible. No sabía cuál sería su reacción pero, tras una charla de más de dos horas, finalmente me confesó, llorando, que no podía seguir mucho más tiempo así, que se sentía sola, que se daba cuenta de que la niña crecía y tú casi nunca estabas allí, que... ¿sabes, hijo?, me pareció estar hablando con tu abuela.

Sí, entiendo que ahora mismo te puedas sentir furioso, engañado, traicionado... pero créeme, no había otra forma de hacerlo. Sé cómo eres, sé que eres un cobarde, como lo fui yo, como lo es la mayoría de la gente.

Pero no es culpa tuya. Desde pequeños se encargan de quitarnos la libertad, de ir marcando nuestro camino. Empiezan ya por el colegio, con una educación totalmente obsoleta, una educación en la que tratan a todos los niños por igual, sin distinción, en la que lo único que les interesa es que los niños acumulen conocimientos que olvidarán a los pocos días, en lugar de dedicarse a desarrollar la imaginación de cada uno. Un sistema educativo en el que el profesor habla mucho y escucha poco. Un sistema educativo que ha olvidado que nadie aprende a nadar con clases teóricas.

Un sistema educativo heredado de cuando tenían que preparar a la gente para ser trabajadores de grandes fábricas. Por eso, si te fijas, el colegio no es más que el ensayo de lo que después será una jornada laboral. Si eres capaz de doblegar a un niño para que esté sentado sus ocho horas al día —con media hora de descanso—, conseguirás a un adulto preparado para estar ocho horas trabajando —con media hora de descanso—. Nos preparan desde pequeños para ser carne de multinacional.

Saben que si nos hacen trabajar ocho, nueve, diez horas al día, cuando lleguemos a casa ya no nos quedarán fuerzas para perseguir nuestros sueños. Saben que cuando lleguemos a casa no tendremos fuerzas ni para cocinar —y así venderán más productos preparados—, ni para leer un libro —y así nos engancharán a una televisión cuya misión final no es entretener, sino que compremos productos—, ni para contarles un miserable cuento a nuestros hijos... en lugar de eso los colocaremos junto a nosotros, en el sofá, frente a la tele... para que, de mayores, sean también carne de empresa.

Y claro, en esa carrera de la rata, nadie se pondrá a pensar que si todas esas horas diarias que dedicamos a trabajar para otros lo hiciéramos para nosotros mismos, seguramente casi todos podríamos vivir perfectamente de nuestros sueños.

Por eso quería llevarte a La Isla, porque allí aprendí que la vida puede ser distinta, que hay gente que es capaz de salir de la manada, capaz de mirar más allá de la jaula, porque todos los que están allí han conseguido cumplir sus sueños. Incluso yo.

Sí, hijo, incluso yo. Porque si ahora mismo estás leyendo esta carta, eso significará que todo ha salido bien, eso significará que he podido cumplir mi sueño: escribir una buena película y rodarla, aunque no sea con cámaras, aunque el director esté muerto, aunque el protagonista no sepa ni siquiera los diálogos... pero una película al fin y al cabo, con acción, con policías, con robos, con trama, mucha trama... Una película con un título sencillo: *El Regalo*.

Hijo mío, disfruta de todo lo que ahora tienes y no me odies demasiado. Quiéreme, aunque ahora te duela, quiéreme porque algún día, no sé dónde, volveremos a encontrarnos, y espero que para entonces, los dos, al vernos, nos abracemos sabiendo que hemos cumplido nuestros sueños.

Y, por favor, nunca te olvides de quererla. Quiérela, quiere a esa niña que lo único que desea ahora mismo es tenerte a su lado. Quiérela ahora como si no hubiera mañana, como si el ayer no existiera, quiérela y díselo, díselo todas las veces que haga falta. Nunca olvides que la mejor herencia que le puede dejar un padre a un hijo son buenos recuerdos.

¿Sabes?, tengo la sensación de que el día que estés leyendo esta carta habré sido capaz de volver a quitarte los ruedines de esa bicicleta a la que llamamos *vida*.

Te quiero.

Fin de la historia

—Y así acaba la historia —le susurré a una niña que ya dormía.

Finalmente había cumplido mi promesa: un cuento y una historia.

Había sido un día duro, un día en el que yo mismo había muerto sin morir: una fiesta en un cementerio con un lápida más: la mía; con una fecha: demasiado joven; y con una foto: esa en la que volvía derrotado tras perseguir un coche.

Miré a mi hija.

—Te quiero —le susurré.

»Nunca olvides estos momentos —me susurré.

Miré a mi alrededor: peluches que cada vez iba utilizando menos, un armario con un precioso espejo que cada vez iba utilizando más, varios pósters en las paredes... de esos que indican que se escapa la infancia y, sobre un pequeño mueble, varias fotos: una conmigo en un parque de atracciones; otra los tres juntos, en la playa; varias más en las que estaba con sus amigas... y, por último, una en la que aparecía abrazada a un niño: ella con un parche en el ojo y él con una bandera pirata, ambos sonreían divertidos mirando a la cámara... Una foto que en su día no pude ver, una foto perfecta para estar en el Museo de los Momentos.

Apagué la luz de una pequeña habitación situada en el interior de una casa de madera en una extraña Isla.

Salí en silencio.

Bajé las escaleras y me dirigí al patio exterior.

Abrí la puerta con cuidado, intentando no hacer ruido, me subí en uno de los dos columpios y comencé a mirar las estrellas.

Aquella noche permanecí más de mil horas contando todos los puntos brillantes que decoraban el cielo hasta que, en mitad de la madrugada, apareció ella, mi otro tesoro.

—¿Cuántas hay? —me dijo sonriendo mientras se subía en mi regazo.

—Son preciosas... —le susurré atrapándola entre mis brazos.

Silencio.

Apoyó su cabeza sobre mi hombro y...

—¿Si hoy fuera tu último día...? —me preguntó.

—Aquí, sin duda, aquí —le contesté.

* * *

La Isla existe.
Físicamente podría ubicarse en muchos lugares,
pero mentalmente está en ti.

Existe también un camino para llegar a ella,
pero no lo dibujaron en ningún mapa,
solo lo encontrarás cuando tus sueños
tengan más poder que tus excusas.